KB152055

검찰 측의 증인

Witness for the Prosecution

애거서 크리스티 추리 문학 33

검찰 측의 증인

최운권 옮김

AGATHA CHRISTIE MYSTERY AGATHA CHRISTIE MYSTERY AGATHA CHRISTIE MYSTERY AGATHA CHRISTIE MYSTERY AGATHA CHRISTIE MYSTERY AGATHA CHRISTIE MYSTERY AGATHA CHRISTIE

해문

■ 옮긴이 **최운권**

서울대학교 농과대학 졸업. 주한 미국대사관 근무.
〈The English Weekly〉 편집장. 〈월간 영어〉 〈백만인의 영어〉 발행
저서로 《영어의 속담과 명언》《영자 신문 읽는 법》등이 있음.

검찰 측의 증인

초판 발행일	1987년 04월 20일
중판 발행일	2009년 08월 24일
지은이	애거서 크리스티
옮긴이	최 운 권
펴낸이	이 경 선
펴낸곳	해문출판사
주 소	서울시 마포구 합정동 392-2 써니힐 202호
TEL/FAX	325-4721~2 / 325-4725
출판등록	1978년 1월 28일 (제3-82호)
가격	6,000원
ISBN	978-89-382-0233-8 04800
	978-89-382-0200-0(세트)

차   례

검찰 측의 증인

메이헌 씨는 코안경을 바로잡고, 특유의 짤막한 마른기침을 하며 목청을 가다듬었다. 그런 다음, 모살죄(謀殺罪)로 기소되어 그의 맞은편에 앉아 있는 남자를 다시 쳐다보았다.

메이헌 씨는 태도가 분명하고, 모양을 냈다기보다는 단정하게 차려입은 키가 작은 사람으로, 아주 빈틈없고 날카로운 회색 눈을 가지고 있었다. 그는 한 구석도 어수룩해 보이지 않았다. 사실, 사무 변호사로서 메이헌 씨의 명성은 대단히 높았다. 자신의 의뢰인과 말할 때 그의 목소리는 무미건조하긴 했지만 매정하지는 않았다.

"나는 당신이 아주 중대한 위험에 처해 있으니, 극히 솔직할 필요가 있다는 것을 다시 주지시켜야겠소."

레너드 볼은 자기 앞에 있는 빈 벽을 멍하니 응시하고 있다가, 변호사에게로 시선을 옮겼다.

"알고 있습니다." 그가 힘없이 말했다.

"계속 그런 말씀을 하시는군요. 그러나 아직도 제가 살인, 살인 혐의로 기소되었다는 것이 믿어지질 않아서요. 그것도 그렇게 비열한 범죄로 말입니다."

메이헌 씨는 경험이 풍부하여 감정에 치우치지 않았다. 그는 다시 기침을 하며, 코안경을 벗어 세심하게 닦은 다음 걸쳐 썼다. 그러고는 말했다.

"예, 예, 예. 자, 볼 씨. 우리는 무슨 일이 있어도 당신을 빼내도록 노력할 겁니다—그리고, 우리는 꼭 성공하게 될 겁니다. 성공하고말고요. 그러기 위해서는 내가 모든 사실을 알아야 하오. 그 사건이 당신에게 정말 어느 정도로 불리한지 알고 있어야 합니다. 그래야만 최선의 변호 방향을 설정할 수 있잖겠소."

그 젊은 남자는 멍하고 무기력한 태도로 여전히 그를 쳐다보고 있었다. 메이헌 씨가 보기에 이 사건은 아주 절망적인 것 같았고, 피고의 유죄가 확실한 것 같았다. 그러나 처음으로 그는 그렇지 않을지도 모른다는 생각이 들었다.

"선생님은 제가 유죄라고 생각하고 계시는군요."

레너드 볼은 나지막한 목소리로 말했다.

"그러나, 맹세코 저는 그러지 않았습니다! 상황이 제게 아주 불리해 보인다는 것은 잘 알고 있습니다. 저는 올가미에 걸린 것 같습니다. 그물이 온통 저를 사로잡고 있어서 어느 쪽으로 돌아서도 걸리고 말아요. 그러나 저는 그러지 않았습니다, 메이헌 씨. 저는 그러지 않았다고요!"

그러한 입장에 처한 사람은 으레 자신의 무죄를 주장하게 마련이다. 메이헌 씨는 그것을 알고 있었다. 그런데도, 그는 감명을 받았다. 어쩌면 레너드 볼이 결백할지도 모를 일이었다.

"당신 말이 옳아요, 볼 씨." 그는 엄숙하게 말했다.

"이 사건은 당신에게 아주 불리해 보입니다. 그렇지만, 나는 당신의 말을 받아들이겠소. 자, 그럼, 그 사건에 대해 다시 한 번 들어봅시다. 당신이 에밀리 프렌치 양을 어떻게 알게 되었는지 정확하고 솔직하게 말해 주시오."

"언젠가 런던의 옥스퍼드가(街)에서였습니다. 저는 어떤 나이 든 부인이 길을 건너는 것을 보았습니다. 그녀는 물건을 잔뜩 들고 있었죠. 길 한가운데에서 그것들을 떨어뜨려 주우려고 하다가, 버스 한 대가 거의 그녀를 덮칠 뻔한 것을 보고는, 사람들이 소리치는 통에 얼떨떨하고 당황해서 저는 가까스로 그녀를 길 가장자리로 피하게 해주었죠. 그러고는 그녀의 물건들을 주워 흙을 잘 털어 낸 다음, 끈으로 다시 묶어서 그녀에게 돌려주었습니다."

"당신이 그녀의 생명을 구해 주었다는 데에는 의문의 여지가 없었겠군요?"

"오, 아니에요! 제가 한 행동은 순전히 호의에서 비롯된 평범한 것이었습니다. 그녀는 굉장히 고마워하며 제 행동거지가 요즘 젊은이들과 다르다는 뜻의 어떤 말을 했습니다—그 말을 정확하게 기억할 수가 없군요. 그런 다음 저는 모자를 약간 들어 올려 인사를 하고 그 자리를 떠났습니다. 그녀를 다시 만나게 되리라고는 생각지도 못하고서요. 하지만, 인생이란 우연의 일치로 가득 차 있죠. 바로 그날 저녁 저는 한 친구의 집에서 있었던 파티에서 그녀와 마주쳤습니다. 그녀는 저를 대번에 알아보고 제 소개를 하라고 하더군요.

저는 그때야 비로소 그녀가 에밀리 프렌치 양이고, 크리클우드에 살고 있다는 것을 알았습니다. 저는 잠시 그녀와 이야기를 나누었습니다. 그녀는 사람들한테 갑작스럽고 맹렬하게 정을 쏟는 노부인이었던 것 같습니다. 그녀는 누구라도 할 수 있었던 아주 단순한 행동을 보고 저를 좋아하게 된 거죠. 떠날 때, 그녀는 제 손을 다정하게 잡으며 꼭 자기 집에 놀러 와달라고 하더군요. 물론 저도 그렇게 하고 싶다고 했죠. 그랬더니 그녀는 대번에 날짜를 정하라는 것이었습니다. 저는 특별히 가고 싶다는 생각은 없었지만, 거절하는 게 좀 뭣한 것 같아서 그다음 토요일로 정했죠. 그녀가 가버리고 난 다음, 저는 친구들한테서 그녀에 대한 것을 좀 알게 되었습니다. 그녀가 부자라는 것과 하녀 한 명만 데리고 살고 있으며, 고양이를 여덟 마리나 기르는 괴짜라고 말입니다."

"알겠소." 메이헌 씨가 말했다.

"그녀가 잘산다는 말이 꽤 일찍 나왔군요?"

"제가 물어봤다고 생각하시는 건가요……."

레너드 볼이 몹시 화를 내며 말하기 시작했으나, 메이헌 씨가 손짓으로 그를 잠자코 있게 했다.

"나는 이 사건을 일단은 저쪽 검찰 측 입장에서 살펴봐야만 하오. 보통 사람들은 프렌치 양이 재산이 많다고는 생각지 않을 거요. 그녀는 가난하게, 아주 초라하게 살고 있었으니까. 당신이 그 정반대라는 말을 듣지 못했다면, 당신도 아마 십중팔구는 그녀가 가난하다고 생각했을 거요—적어도 처음에는 말이오. 당신에게 그녀가 잘산다는 말을 한 사람이 정확히 누구였소?"

"조지 하비라는 친구인데, 그의 집에서 그 파티가 열렸죠."

"그가 그렇게 말한 것을 기억하고 있을까요?"

"잘 모르겠군요, 꽤 시간이 흘러서."

"좋습니다, 볼 씨. 검찰 측에서는 당신의 경제 사정이 궁핍했다는 것을 첫번째로 겨냥할 텐데……. 그건 사실이죠?"

레너드 볼은 얼굴을 붉혔다.

"예—." 그는 나지막한 목소리로 말했다.

"저는 그땐 정말 지독한 불운의 연속이었습니다."

"좋습니다." 메이헌 씨가 다시 말했다.

"내 말대로 당신은 경제적으로 궁핍한 상태에서 부유한 노부인을 만나 그녀와의 관계를 이끌어 왔습니다. 만일 우리가, 당신은 그녀가 잘산다는 것을 몰랐으며, 당신이 그녀를 방문한 것은 순수한 인정에서였다고 말할 수 있는 입장이라면……."

"정말로 그랬습니다."

"아마 그렇겠죠. 나는 그 점을 의심하는 게 아니오. 그 이면의 관점에서 그것을 보고 있소. 당신 친구 하비 씨가 기억을 하느냐 못 하느냐에 많은 것이 달려 있습니다. 그 사람이 그 대화를 기억하고 있을까요, 못 할까요? 그것이 더 나중의 일이 아니냐고 물으면, 그는 그럴지도 모른다고 할 수도 있지 않을까요?"

레너드 볼은 몇 분간 생각을 해보았다. 그런 다음 아주 침착하게, 그러나 얼굴이 좀 창백해진 채 이렇게 말했다.

"그쪽은 성공하지 못할 것 같습니다, 메이헌 씨. 그 당시 거기에 있었던 여러 사람들이 그의 말을 들었는데, 그들 중 한두 명이 제가 부유한 노부인을 낚았다고 놀렸거든요."

변호사는 손을 내저으며 실망한 기색을 감추려고 애썼다.

"유감스럽군." 그가 말했다.

"그러나 솔직하게 말해 주니 기쁘오, 볼 씨. 내가 나아갈 방향을 가리켜 줄 사람은 당신뿐이오. 당신은 아주 정확하게 판단한 겁니다. 좀 전에 말한 방향으로 계속 밀고 나갔다간 비참해졌을 거요. 그 문제는 일단 제쳐놓기로 합시다. 아무튼 당신은 프렌치 양을 알게 되었고, 그녀를 방문함에 따라 그녀와의 관계가 진전되었습니다. 우리는 그 모든 것에 대한 뚜렷한 이유를 알아야 합니다. 당신처럼 잘생기고, 운동을 좋아하고, 친구들에게 인기가 많은 서른세 살의 젊은 남자가 무엇 때문에 공통점이라곤 거의 찾아볼 수 없는 나이 많은 부인에게 그렇게 많은 시간을 쏟았습니까?"

레너드 볼은 손을 신경질적으로 홱 벌렸다.

"모르겠습니다, 정말 모르겠습니다. 첫 번째로 찾아간 날 그녀는 자기는 외롭고 불행하다는 이야기를 하며 저에게 꼭 다시 와달라고 하더군요. 그녀는 제가 거절하기 어렵게 만들었습니다. 그녀가 저에 대한 확고한 애정을 너무 솔직하게 드러냈기 때문에 저는 입장이 정말 난처했습니다. 보시다시피, 메이헌 씨, 저는 마음이 약해요—남에게 이끌려 다니죠. 저는 싫다는 말을 못하는 사람입니다. 그리고 저를 믿든 안 믿든 그건 선생님 마음이지만, 세 번짼가 네 번째로 방문하고 난 뒤로는 저도 진실로 그 할머니를 좋아하게 되었습니다. 전 어렸을 때 어머니를 여의고 아주머니가 길러 주셨는데, 아주머니 역시 제가 열다섯 살이 채 되기 전에 돌아가셨죠. 제가 정말 어머니한테 하듯이 응석 부리는 것을 즐겼다고 말씀드리면, 아마 선생님은 웃으시겠죠?"

그러나 메이헌 씨는 웃지 않았다. 웃기는커녕 오히려 코안경을 다시 벗어 닦았는데, 그에게는 그것이 깊은 생각에 잠겨 있다는 표시였다.

"나는 당신의 말을 믿소, 볼 씨." 그는 마침내 이렇게 말했다.

"나는 그것이 심리학적으로 가능한 일이라고 봅니다. 배심원이 그러한 견해를 받아들일지 어떨지는 모르겠지만 말이오. 이야기를 계속해 주시오. 프렌치 양이 자신의 사업 문제를 처음으로 이야기했던 때가 언제였소?"

"제가 그녀를 세 번짼가 네 번째 방문한 뒤였습니다. 그녀는 자기는 사업에 대해서 거의 아는 게 없다고 하며, 몇 군데 투자를 해놓았는데, 꽤 걱정이 된다고 했습니다."

메이헌 씨는 날카롭게 쳐다보았다.

"잘 생각해서 말해야 합니다, 볼 씨. 재닛 매킨지라는 그녀의 하녀는 자기 여주인의 사업 수완은 놀라운 것이라고 했으며, 모든 문제를 직접 처리했다고 주장하고 있고, 또 이 사실은 그녀와 거래하던 은행들의 증언에서도 확인된 말이오."

"전 그 말밖에 할 수 없습니다. 그녀가 저에게 그렇게 말했으니까요."

볼이 진지하게 말했다.

메이헌 씨는 잠시 동안 말없이 그를 쳐다보았다. 그는 그렇게 말할 생각은 없었지만, 레너드 볼이 무죄라는 생각이 그 순간에 더욱 강해졌다. 그는 노부인들의 심리에 대한 것을 잘 알고 있었다.

메이헌 변호사는 이 잘생긴 젊은이한테 열중하여, 그를 자기 집으로 끌어들일 구실을 찾는 데 혈안이 된 프렌치 양을 생각해 보았다. 자기는 사업에 대해서는 문외한인 체하며, 그에게 자기의 사업을 도와 달라고 하는 것보다 더 그럴 듯한 게 무엇이 있겠는가? 그녀는 어떤 남자라도 그의 명석함을 인정해 주면 우쭐해 한다는 것은 알 만큼 세상 물정에 밝은 여자였다. 레너드 볼은 우쭐해 했겠지. 아마 그녀 역시 자신이 부자라는 것을 이 남자에게 알리는 게 싫지는 않았을 테고 에밀리 프렌치는 의지가 강한 성격이고, 자기가 원하는 것을 위해서는 기꺼이 그 대가를 지불할 여자였다.

이 모든 것이 메이헌 변호사의 마음속을 재빨리 스쳐 지나갔으나, 그는 아무런 내색 없이 그다음 질문을 했다.

"그래서 당신은 그녀의 요청에 따라 그녀 대신 업무를 처리했습니까?"

"예."

"볼 씨." 변호사가 말했다.

"당신에게 아주 중요한 질문 하나를 할 테니, 어떠한 일이 있어도 정직하게 대답해 줘야만 하오. 당신은 경제적으로 궁핍한 상태에 있었습니다. 그리고 한 노부인의 업무를 대신 처리해 주고 있었소. 그 노부인은 자기는 사업에 대해서는 거의, 아니 아무것도 모른다고 했소. 당신은 언제, 어떤 방법으로든, 당신이 처리한 증권을 당신의 이익을 위해 돌려쓴 적이 있었습니까? 그리고 또 자신의 금전상의 이익을 위해 비밀리에 어떤 거래를 한 적은 없었습니까?"

그는 상대편의 대답을 가로막았다.

"대답하기 전에 잠깐만 기다리시오. 우리에게는 두 가지 길이 있습니다. 한 가지는 그녀의 일을 대행해주면서 당신이 보여 준 성실함과 정직함을 내세우면서, 그렇게 아주 쉬운 방법으로도 차지할 수 있었을 돈 때문에 살인을 저지른다는 것이 얼마나 비현실적인가를 지적하는 것이오. 한편, 당신이 일을 처리하는 과정에서 검찰 측이 눈치챌 만한 어떤 것이 있다면—즉, 노골적으로 말해서, 당신이 그 노부인을 어떤 식으로든 속였다는 사실이 증명될 수 있다면,

그녀는 이미 당신에게 유익한 수입원이었다는 말이 되므로, 우리는 당신에게 살인을 저지를 만한 동기가 없었다는 방향으로 이끌어 갈 수 있소. 그런 차이점이 있다는 걸 알아두기 바랍니다. 자, 부탁하겠는데, 천천히 대답해 주시오."

그러나 레너드 볼은 조금도 지체하지 않았다.

"저는 프렌치 양의 일을 더할 나위 없이 공명정대하게 처리했습니다. 그 문제를 조사해 보면 누구라도 알 수 있겠지만, 전 제 능력이 닿는 한 그녀에게 이익이 되도록 했습니다."

"고맙소." 메이헌 씨가 말했다.

"그 말을 들으니 굉장히 안심이 되는군요. 당신은 현명한 사람이라, 이렇게 중요한 문제가 걸린 일에 대해서는 내게 거짓말하지 않으리라고 굳게 믿소."

"그럼요." 볼이 호소하듯이 말했다.

"제게 가장 유리한 점은 동기가 없는 겁니다. 제가 돈을 빼앗으려고 부유한 노부인과의 관계를 맺으려 했다 하더라도(그것이 선생님이 하고 계신 말의 요점인 것 같은데), 그녀의 죽음으로 제 모든 기대가 무산되지 않았습니까?"

변호사는 그를 뚫어지게 응시했다. 그런 다음 아주 신중하게, 코안경을 닦는 그의 무의식적인 버릇을 되풀이했다.

그는 그것을 자신의 코에 단단히 올려놓은 다음에야 입을 열었다.

"프렌치 양이 당신을 주요 상속자로 하는 유언장을 남겼다는 사실을 모르고 있습니까, 볼 씨?"

"뭐라고요?"

피고는 벌떡 일어났다. 그가 당황해 하는 빛은 명백하고도 자연스러웠다.

"그럴 리가! 지금 무슨 말씀을 하고 계신 겁니까? 그녀가 제게 재산을 남겼다고요?"

메이헌 씨가 천천히 고개를 끄덕였다. 볼은 손으로 머리를 잡고 다시 털썩 주저앉았다.

"그 유언장에 대해 아무것도 모르는 체하기요?"

"체하다뇨? 체하는 게 아닙니다. 저는 그것을 전혀 몰랐어요."

"재닛 매킨지라는 하녀가 당신이 알고 있다고 증언했다면, 당신은 뭐라고 할 테요? 그녀의 여주인이 그 문제로 당신과 의논했으며, 그녀의 뜻을 당신에게 전달했다고 분명히 자기에게 말했다고 하던데?"

"그래요? 그녀가 거짓말하는 겁니다! 아뇨, 제가 극단으로 치닫고 있군요. 재닛은 나이 많은 여자입니다. 그녀는 자기 여주인에 대한 충실한 감시인인 동시에 저를 좋아하지 않았죠. 그녀는 질투심도 많았고 의심도 많았습니다. 프렌치 양이 자기의 뜻을 재닛에게 털어놓았다고 했는데, 재닛이 뭔가 그녀의 말을 잘못 알아들었거나, 아니면 제가 노부인에게 그렇게 하도록 재촉했다고 마음속으로 확신한 걸 겁니다. 아마 그녀는 이제는 거의 프렌치 양이 정말로 자기에게 그런 말을 했다고 믿고 있을 거예요."

"혹시 그녀가 당신을 너무 싫어한 나머지, 고의로 그 문제에 대해 거짓말하는 것은 아닐까요?"

레너드 볼은 깜짝 놀라는 것 같았다.

"아니, 그럴 리야! 그녀가 무엇 때문에 그렇게 하겠습니까?"

"나도 모르겠소." 메이헌 씨가 생각에 잠긴 채 말했다.

"혹시, 그녀가 당신에게 너무 반감을 품고 있어서……."

그 가엾은 젊은이는 다시 괴로워했다.

"이제야 알겠어요." 그가 중얼거렸다.

"소름끼치는군요. 제가 그녀의 환심을 산 다음—검찰에선 이런 식으로 말할 테죠. 그녀에게 저한테 돈을 남긴다는 유언장을 만들게 해놓고는, 그날 밤 그 집에 가서, 그 집에는 아무도 없었으니……. 그리고 그 다음 날 아침에 그녀의 시체가 발견되었단 말이죠. 오, 이럴 수가, 끔찍하군요!"

"집에 아무도 없었다는 말은 틀렸소." 메이헌 씨가 말했다.

"당신도 기억하겠지만, 재닛은 그날 저녁 외출하기로 되어 있었죠. 그녀는 밖에 나갔다가, 밤 9시 반경에 한 친구에게 갖다 주기로 약속한 블라우스 소매 원형을 가지러 돌아왔소. 그녀가 뒷문으로 들어가서, 2층으로 올라가 그것을 찾아 가지고 다시 나갔습니다. 그때 그녀는 응접실에서 나는 목소리를 들었는데, 무슨 말을 하는지는 알 수 없었지만, 그중 하나는 프렌치 양의 목소리였고, 하나는 남자의 목소리였다고 증언했소"

"밤 9시 반이라고요?" 레너드 볼이 말했다.

"9시 반이라면……." 그는 벌떡 일어섰다.

"그러면 저는 구제됩니다, 구제된다고요."

"구제되다니, 무슨 말이오?" 메이헌 변호사가 깜짝 놀라며 소리쳤다.

"9시 반경에 저는 집에 있었거든요! 아내가 그것을 증명해 줄 겁니다. 저는 8시 55분쯤 프렌치 양과 헤어졌어요. 집에는 9시 20분쯤에 도착했죠. 아내가 집에서 절 기다리고 있었습니다. 오, 고마운 일이군요. 고마운 일이에요! 재닛 매킨지의 소매 원형에 축복이 깃들길."

그는 잔뜩 흥분해 있는 바람에 변호사의 엄숙한 표정이 변하지 않았다는 것을 거의 깨닫지 못했다. 그러다가 변호사의 말에 그는 그만 기가 꺾여 버리고 말았다.

"그렇다면, 당신 생각엔 누가 프렌치 양을 살해했을 것 같소?"

"그야 물론, 강도를 제일 먼저 생각할 수 있겠죠. 그 창문이 억지로 열려 있었다는 것을 기억해 보십시오. 그녀는 쇠막대로 세게 얻어맞아 죽었으며, 그 쇠막대가 시체 옆 바닥에 놓인 채 발견되었습니다. 그리고 물건들이 여러 가지 없어졌어요. 저에 대한 재닛의 터무니없는 의심과 반감만 없었다면, 경찰에서도 그러한 정확한 증거에서 벗어나지는 않았을 겁니다."

"아니, 그렇지 않을 겁니다, 볼 씨." 변호사가 말했다.

"없어진 물건들은 위장하기 위해 가져간, 아무런 가치가 없는 하찮은 것들뿐이오. 그리고 창문에 난 흔적도 결코 결정적인 단서는 되지 않습니다. 게다가, 이걸 잘 생각해 보시오. 당신은 9시 반에 그 집에 있지 않았다고 했는데, 그렇다면 재닛이 들었다는, 응접실에서 프렌치 양에게 말하던 남자는 누구였겠습니까? 그녀가 강도와 유쾌한 대화를 나누었을 리는 없잖소?"

"그렇군요." 볼이 말했다.

"물론……." 그는 당황하고 실망한 것 같았다.

"그렇지만 어쨌든……." 그는 다시 용기를 내어 말했다.

"저는 아닙니다. 저는 알리바이가 있어요. 로메인을(우리 집사람입니다), 만나보십시오, 당장에."

"물론 그렇게 하겠소." 변호사는 잠자코 받아들였다.

"당신이 구속되었을 때 당신 부인이 집을 비우지만 않았더라면, 벌써 만나 보았을 겁니다. 내가 바로 스코틀랜드로 전보를 쳤으니까, 당신 부인이 오늘 밤에 돌아올 겁니다. 나는 당신 부인이 도착하면 즉시 만나볼 생각이오."

볼은 굉장히 만족스러운 표정을 띤 채 고개를 끄덕였다.

"예, 로메인이 선생님께 말해 줄 겁니다. 아, 정말 다행입니다!"

"실례지만, 볼 씨, 당신은 아내를 사랑합니까?"

"물론입니다."

"그리고 부인께서도?"

"로메인은 저한테 아주 헌신적입니다. 그녀는 저를 위해서라면 무슨 일이든 할 겁니다."

그는 열광적으로 말했지만, 변호사의 심정은 조금 침체되었다. 헌신적인 아내의 증언―그것이 신용을 얻을 수 있을까?

"당신이 9시 20분에 돌아오는 것을 본 그 밖의 다른 사람이라도 있습니까? 예를 들어, 하녀라도?"

"우리는 하녀가 없습니다."

"그럼, 돌아오는 길에 거리에서 만난 사람이라도 있습니까?"

"아는 사람은 없었습니다. 도중에 버스를 탔으니까, 혹시 차장이 기억할지는 모르겠습니다."

메이헌 변호사는 의심스러운 듯이 고개를 저었다.

"그럼, 당신 부인의 증언을 증명해 줄 수 있는 사람이 아무도 없단 말입니까?"

"예. 그런데 그것이 꼭 필요한 건 아니잖습니까?"

"아마 그럴 거요, 아마도." 메이헌 변호사가 주저하며 말했다.

"자, 딱 한 가지가 더 있습니다. 프렌치 양은 당신이 결혼한 사람이라는 것을 알고 있었소?"

"오, 물론입니다."

"그런데 당신은 부인을 그녀에게 한 번도 데려가지 않았습니다. 왜 그랬소?"

순간적으로 레너드 볼은 망설이며 불확실하게 대답했다.

"글쎄요, 모르겠습니다."

"재닛 매킨지가 자기의 여주인은 당신을 독신이라고 믿고 있었으며, 장차 당신과 결혼할 생각이었다고 말하는 것을 알고 있소?"

볼은 웃었다.

"말도 안 돼요! 우리는 나이 차이가 40년이나 나요."

"하지만, 그래도 결혼한 사람들이 있지요."

변호사가 사무적인 목소리로 말했다.

"사실은 사실이오. 당신의 아내는 프렌치 양을 한 번도 만난 적이 없습니까?"

"예."

다시 어색한 침묵이 흘렀다.

"이런 말을 해도 된다면……." 변호사가 말했다.

"나는 그 문제에 대한 당신의 태도를 조금도 이해할 수가 없군요."

볼은 얼굴을 붉히며 머뭇거리다가 말했다.

"다 털어놓고 말씀드리겠습니다. 아시다시피 저는 돈에 쪼들렸습니다. 저는 프렌치 양이 돈을 좀 빌려주었으면 했죠. 그녀는 저를 좋아했지만, 젊은 부부가 살려고 버둥거리는 것에는 전혀 관심이 없었습니다. 그녀는 우리 부부가 사이가 좋지 않아 별거하는 것으로 생각하고 있다는 것을 전 일찌감치 눈치채고 있었습니다. 메이헌 씨, 전 돈이 필요했습니다―아내 로메인을 위해서죠. 저는 아무 말도 하지 않고, 노부인이 마음대로 생각하도록 내버려두었습니다. 그녀는 저를 양자로 삼겠다는 이야기는 했습니다. 하지만, 결혼 이야기는 결코 한 적이 없었어요. 그건 다만 재닛이 상상해 낸 것일 겁니다."

"그게 전부요?"

"예, 전부입니다."

그 말에 망설이는 기색이 있었던가? 변호사는 그렇다고 생각했다.

그는 일어나서 손을 내밀었다.

"잘 있으시오, 볼 씨."

그는 수척한 젊은이의 얼굴을 들여다보며 전에 없이 충동적으로 말했다.

"나는 당신 앞에 놓인 수많은 불리한 사실들에도 당신이 무죄라고 믿소. 그것을 증명하여 당신의 혐의를 완전히 벗겨 주고 싶소."

볼은 그를 보고 미소 지었다.

"제 알리바이가 확실하다는 것을 아시게 될 겁니다."

그는 쾌활하게 말했다. 그는 상대자의 반응이 없다는 것을 또 알아차리지 못했다.

"모든 일이 재닛 매킨지 하녀의 증언에 크게 좌우됩니다. 그녀는 당신을 미워하고 있소. 그것만큼은 확실하오."

메이헌 씨가 말했다.

"절 미워할 이유가 없습니다." 그 젊은이는 주장했다.

변호사는 머리를 흔들며 나갔다.

'이제 볼 부인을 향하여.'라고 혼잣말로 중얼거렸다. 그는 돌아가는 일의 양상에 심각한 불안을 느꼈다. 볼 부부는 런던 서쪽의 패딩턴 그린 근처의 한 작고 초라한 집에 살고 있었다.

메이헌 씨는 그 집으로 갔다. 그가 초인종을 누르자, 파출부임이 분명한 몸집이 크고 단정치 못한 한 여인이 문을 열었다.

"볼 씨댁이죠? 부인께서 돌아오셨는지요?"

"한 시간 전에 오셨어요. 하지만, 만나실 수 있을는지 모르겠군요."

"내 명함을 갖다 주면 틀림없이 만나자고 할 거요."

메이헌 변호사가 조용하게 말했다.

그 여인은 그를 의심스럽다는 듯이 쳐다보더니, 앞치마에 손을 닦고 그 명함을 받아들었다. 그런 뒤 그의 면전에서 문을 쾅 닫고 그를 바깥 계단에 세워 둔 채 안으로 들어갔다.

그러나 몇 분 뒤 그녀는 약간 달라진 태도로 돌아왔다.

"들어오세요."

그녀는 그를 조그만 응접실로 안내했다. 메이헌 변호사는 벽에 걸린 그림을 들여다보고 있다가, 거의 알아채지 못할 정도로 아주 조용하게 들어온 키가 크고 가냘픈 여자를 마주 보고 깜짝 놀랐다.

"메이헌 씨? 선생님이 제 남편의 변호사이시죠? 그이가 당신을 보냈나요? 좀 앉으시겠어요?"

그는 그녀가 말을 하기 전까지는 그녀가 영국인이 아니라는 것을 알아채지 못했다. 그녀를 좀더 자세히 관찰해 보니, 툭 튀어나온 광대뼈며, 짙은 감색이 감도는 검은 머리카락이며, 이따금씩 나오는 가벼운 손동작이 명백히 이국적이었다. 야릇한 분위기의 아주 조용한 여자였다. 너무 조용해서 불안할 정도였다. 바로 첫 순간부터 메이헌 씨는 자신이 이해할 수 없는 어떤 것에 직면해 있다는 느낌이 들었다.

"저, 볼 부인." 그가 입을 열었다.

"절대 포기해서는……."

그는 멈췄다. 로메인 볼은 조금도 포기할 생각이 없다는 것이 너무나 명백했기 때문이다. 그녀는 더할 나위 없이 침착하고 냉정했다.

"그 사건에 대해 모두 말씀해 주시겠어요?" 그녀가 말했다.

"저는 모든 것을 알아야만 해요. 제게 신경 쓰지 말고 말씀해 보세요. 저는 최악의 상태를 알고 싶어요."

그녀는 망설이다가 나지막한 어조로 되풀이했는데, 거기에는 그 변호사가 이해할 수 없는 이상한 어감이 깃들어 있었다.

"저는 최악의 상태를 알고 싶어요."

메이헌 씨는 레너드 볼과 나눈 이야기를 모두 들려주었다. 그녀는 가끔 머리를 끄덕이며 주의 깊게 들었다.

"알겠어요." 그가 말을 마치자, 그녀는 이렇게 말했다.

"그이는 제가 그날 밤 자기가 9시 20분에 들어왔다고 말해 주기를 원한다는 말이죠?"

"남편은 정말 그 시간에 들어왔습니까?" 메이헌 씨가 날카롭게 물었다.

"그것은 문제가 안 돼요." 그녀는 냉정하게 말했다.

"제가 그렇게 말하면 그이가 석방될까요? 그들이 제 말을 믿어 줄까요?"

메이헌 씨는 깜짝 놀랐다. 그녀는 문제의 핵심을 너무도 빨리 알아차렸던 것이다.

"저는 바로 그걸 알고 싶어요." 그녀가 말했다.

"그렇게만 하면 충분한가요? 제 증언을 뒷받침해 줄 수 있는 다른 사람이 있나요?"

그녀의 태도에 감춰진 간절함에 변호사는 어렴풋하게나마 불안을 느꼈다.

"아직까지는 아무도 없습니다." 변호사는 마지못해 이렇게 말했다.

"알았어요." 로메인 볼이 말했다.

그녀는 잠시 동안 꼼짝도 하지 않고 있었다. 그녀의 입가에 희미한 미소가 감돌았다.

변호사는 점점 더 의아스러워졌다.

"볼 부인." 그가 말했다.

"당신의 심정이 어떤지 잘 알고 있습니다……."

"그러세요? 흥미 있군요." 그녀가 말했다.

"상황이 그러하니만큼……."

"상황이 그러하니만큼, 저는 혼자 힘으로 해보겠어요."

그는 당황하여 그녀를 쳐다보았다.

"그렇지만, 볼 부인, 부인은 너무 긴장하고 있어요. 부인이 남편에게 너무 헌신적인 나머지……."

"예? 뭐라고 하셨어요?"

그녀의 목소리가 얼마나 날카로웠던지 그는 깜짝 놀랐다.

그는 주저주저하며 되풀이했다.

"부인이 남편에게 너무 헌신적인 나머지……."

로메인 볼은 여전히 입가에 그 이상한 미소를 띤 채 천천히 고개를 끄덕였다.

"제가 헌신적이라고 그이가 말하던가요?" 그녀가 상냥하게 물었다.

"아! 예, 그랬을 거예요. 남자들은 얼마나 어리석은지! 어리석고, 어리석고, 정말 어리석군요."

그녀는 갑자기 벌떡 일어섰다. 변호사가 그 분위기에서 줄곧 느끼고 있었던 긴장감이 이제 온통 그녀의 어조에 집중되어 있었다.

"분명히 말씀드리지만, 저는 그이를 증오해요! 증오해요, 증오한다고요! 전 그이가 교수형 당하는 꼴을 보고 싶어요."

변호사는 그녀의 눈에 끓어오르는 격정을 보고 뒷걸음질쳤다.

그녀는 한 걸음 더 가까이 다가서며 격렬한 어조로 계속했다.

"아마 저는 그것을 보게 될 거예요. 제가 선생님에게 그날 밤 그이는 9시 20분이 아니라, 10시 20분에 들어왔다고 말씀드린다면? 그이는 자기에게 들어올 돈에 대해서는 아무것도 몰랐다는 말을 했다고 하셨는데, 제가 선생님에게 그이는 그것을 모두 다 알고 있었고, 그것을 기대했으며, 그것을 손에 넣기 위해 살인을 저질렀다고 말씀드린다면? 그날 밤 그이가 들어와서 자신이 한 일을 제게 모두 털어놨다면? 그이의 외투에 피가 묻어 있었다고 말씀드린다면? 그런 다음 어떻게 할까요? 제가 법정에 서서 이 모든 것들을 다 말한다면?"

그녀의 눈은 그에게 도전하는 것 같았다. 그는 자신이 점점 더 당황하고 있다는 것을 감추려고 애쓰며, 차분한 어조로 말하려고 노력했다.

"아내는 법정에서 자기 남편에게 불리한 증언을 할 수 없습니다……"

"그 사람은 제 남편이 아니에요!"

그 말이 너무 빨리 나왔기 때문에, 그는 그녀의 말을 잘못 들었다고 생각했다.

"뭐라고 했습니까? 나는……."

"그 사람은 제 남편이 아니라고요."

침묵이 너무 깊어 핀 하나가 떨어지는 소리라도 들을 수 있을 지경이었다.

"전 과거에 빈에서 여배우로 지내고 있었어요. 제 남편은 아직도 살아 있어요. 하지만 정신병원에 있죠. 그래서 우리는 결혼할 수가 없었어요. 그게 오히려 잘된 일이죠."

그녀는 도전적으로 머리를 끄덕였다.

"한 가지만 말해 주시오."

메이헌 씨가 말했다. 그는 여전히 냉정하고 감정에 사로잡히지 않은 것처럼 보이려고 노력했다.

"레너드 볼에 대해서 왜 그렇게 원한을 품고 있습니까?"

그녀는 약간 미소를 띤 채 머리를 흔들었다.

"예, 선생님은 그걸 알고 싶으시겠죠. 하지만, 얘기하지 않겠어요. 전 제 비밀을 지키겠어요."

메이헌 씨는 짤막하게 마른기침을 하며 일어섰다.

"얘기를 더 나눈다고 해도 별 의미가 없겠군요. 내 변호 의뢰인과 이야기해 본 다음 다시 연락드리겠소."

그녀는 그에게 좀더 가까이 다가와, 그 이상한 검은 눈으로 그의 눈을 들여다보았다.

"말씀해 주세요." 그녀가 말했다.

"선생님은 오늘 여기에 오실 때 그이가 무죄라고……, 정말로, 믿으셨나요?"

"그랬소." 메이헌 씨가 말했다.

"정말 한심하시군요." 그녀는 웃었다.

"그리고 지금도 여전히 그렇게 믿고 있소." 변호사는 끝을 맺었다.

"안녕히 계십시오, 부인."

그녀의 놀란 얼굴을 뒤로하고 방을 나왔다.

'이거 야단났는데!'

메이헌 씨는 거리를 따라 성큼성큼 걸어 내려갔다.

모든 것이 이상했다. 이상한 여자, 아주 위험한 여자, 여자들은 원한을 품으면 악마로 변하는군. 어떻게 해야 하지? 그 불행한 젊은이한테는 이제 지탱하고 일어설 다리 하나가 없는 셈이다. 물론, 어쩌면 그가 그 범죄를 저질렀을지도 모른다.

'젠장!' 메이헌 씨는 혼잣말로 중얼거렸다.

'그에게는 불리한 증거가 너무 많아. 하지만, 나는 그 여자의 말을 믿지 않아. 그녀는 모든 이야기를 꾸며대고 있어. 그래도 법정에서까지야 그런 말을 하지는 않겠지.'

그는 그 점에 대해서는 확신할 수가 없었다.

경찰의 법정 진술은 간단하고 극적이었다. 검찰 측의 주요 증인은 죽은 여인의 하녀였던 재닛 매킨지와 피고의 정부(情婦)인 오스트리아 국적의 로메인 하일저였다.

메이헌 변호사는 법정에 앉아서 로메인 하일저가 말하는 그 끔찍한 이야기를 죄다 들었다. 그 얘기는 지난번 그 부인과 만났을 때 그대로였다.

피고는 자신의 변호를 보류한 채 재판의 진행을 지켜보았다. 메이헌 변호사는 어찌할 바를 몰라 했다. 레너드 볼에 대해 그 사건은 불리하기가 이루 말할 수 없을 정도였다. 피고 측에 선 그 유명한 왕실 고문 변호사도 혀를 내두를 지경이었다.

"만일 그 오스트리아 여인의 증언을 흔들리게 할 수만 있다면, 뭔가 될 것도 같은데." 그는 모호하게 말했다.

"그러나 그게 좀 어려워야 말이지."

메이헌 변호사는 한 가지 문제에 심혈을 기울이고 있었다. 레너드 볼이 진실을 말하고 있다고 가정하고, 9시에 그 살해된 여인의 집에서 나왔다면, 재닛이 9시 반에 프렌치 양에게 말하는 것을 들었다는 그 남자는 누구일까?

오직 한 줄기 빛을 찾아볼 수 있다면, 과거에 돈이 없어 자기 아주머니(죽은 프렌치 양)를 여러 번 속이고 협박한 망나니 조카한테서였다. 재닛 매킨지도 변호사가 알기로는, 그 젊은이를 꽤 좋아해서 자기 여주인에게 돈을 좀 주라고 부추겼다고 한다. 게다가, 그가 늘 다니던 곳 어디에도 모습을 나타내지 않은 것을 보아 레너드 볼이 프렌치 양의 집을 떠난 뒤 프렌치 양과 함께 있었던 사람은 확실히 그 조카일 가능성이 컸다.

변호사는 그 밖의 모든 다른 방향으로도 조사해 보았으나, 결과는 매우 부정적이었다. 레너드 볼이 자기 집으로 들어가는 것이나 프렌치 양의 집에서 나오는 것을 본 사람은 아무도 없었다. 또한, 크리클우드에 있는 프렌치 양의 집으로 들어가거나 나오는 다른 어떤 남자를 본 사람도 없었다. 조사해 본 것은 모두 실패로 돌아갔다.

메이헌 변호사가 자신의 생각을 완전히 새로운 방향으로 돌리게끔 된 편지를 받은 것은 재판이 다시 시작되기 전날 저녁이었다. 그것은 6시경 우편으로왔다. 싸구려 편지지에 무식하게 휘갈겨 써서는, 우표도 비뚤게 붙인 더러운봉투에 넣은 것이었다.

메이헌 변호사는 그것을 한두 번 읽고 나서야 그 의미를 파악할 수 있었다.

친애하는 선생님
당신은 그 젊은 친구를 위해 일하는 변호사 양반이오 만일 그 바람
둥이 외국 여자가 말하는 것이 거짓말투성이라는 것을 폭로하고 싶으
면 오늘 밤 스티프니에 있는 쇼네 셋집 16번지로 오시오 200파운드
가 들 거요 목슨 부인을 찾으시오

변호사는 이 이상한 편지를 읽고 또 읽었다. 그것은 물론 못된 장난일지도
모르지만, 다시 생각해 보니 점점 더 그것이 진짜라는 확신이 들었으며, 그것만
이 피고를 위한 유일한 희망 같았다. 로메인 하일저의 증언은 피고를 완전히
구석으로 몰아넣어서, 변호인 측이 구상하는 방향, 즉 부도덕한 생활을 한 여인
의 증언은 믿을 게 못 된다는 주장은 아무래도 설득력이 없을 것만 같았다.

메이헌 변호사는 결심했다. 어떤 희생을 치르더라도 자신의 의뢰인을 구하
는 것이 그의 의무였다. 그는 쇼네 셋집으로 가기로 했다. 그는 지독한 악취를
풍기는 빈민가에서 그 쓰러질 듯한 건물을 겨우 찾아내어 목슨 부인을 찾자,
4층의 한 방으로 올라가라고 했다.

그 문을 두드렸으나, 아무 대답이 없어 다시 두드렸다. 두 번째로 문을 두
드리자, 안에서 발을 질질 끄는 소리가 들리더니, 이윽고 문이 반 인치 가량
조심스레 열리고, 허리가 구부러진 사람이 빠끔히 내다보는 것이었다.

그 여자는(그건 여자였다), 갑자기 낄낄 웃으며 문을 활짝 열었다.

"당신이었군 그래." 그녀는 씩씩거리는 목소리로 말했다.

"함께 온 사람은 아무도 없소? 속임수를 쓰는 것은 아니겠지? 그럼 좋아요,
들어와요. 들어오라니까."

변호사는 좀 머무적거리며 문지방을 넘어 가스등의 불꽃이 어른거리는 그
조그맣고 더러운 방으로 들어갔다. 이부자리도 개지 않은 채 너저분한 침대가
한쪽 구석에 있었으며, 평범한 전나무 탁자 하나와 다 쓰러져가는 의자 두 개
가 있었다. 메이헌 씨는 그 불쾌한 셋방의 거주자를 처음으로 자세히 살펴보

있다. 그녀는 허리가 굽은 중년 여인으로, 회색 머리는 더부룩하게 흐트러져 있었고, 얼굴에는 스카프를 단단히 두르고 있었다.

그녀는 변호사가 자기를 쳐다보고 있다는 것을 알자, 다시 그 이상하고 억양 없는 목소리로 낄낄거리며 웃었다.

"내가 예쁜 얼굴을 왜 감추고 있는지 궁금하죠, 그렇죠? 히히히. 그게 당신을 유혹할까 봐? 하지만 보여 드리지, 보여 드리고말고."

그녀가 스카프를 옆으로 젖히자, 그는 심하게 문드러져 있는 새빨간 색의 흉터 자국을 보고 숨이 탁 막혔다. 그녀는 스카프를 다시 가렸다.

"이젠 입 맞추고 싶지 않으시겠지? 히히, 그럴 줄 알았다니까. 그러나 나도 예전에는 예쁜 여자였다오. 당신이 생각하는 만큼 그리 오래전 일도 아니지, 황산이오, 황산, 그게 이렇게 만들었소. 아! 하지만 나도 갚아 줄 거야ㅡ."

그녀가 갑자기 불결한 말을 소름끼칠 정도로 마구 내뱉기에 메이헌 변호사가 진정시키려고 해보았으나 소용이 없었다. 그녀는 한참 뒤에야 잠잠해지더니 손을 신경질적으로 쥐었다 풀었다 했다.

"이젠 그만하시오." 변호사가 위압적으로 말했다.

"내가 여기에 온 것은 당신이 레너드 볼이라는 내 의뢰인의 혐의를 풀어 줄 정보를 줄 수 있다고 믿었기 때문이오. 그럴 수 있겠소?"

그녀는 교활하게 그를 곁눈질했다.

"돈은 어떻게 됐죠? 정확하게 200파운드요." 그녀는 씩씩거리며 말했다.

"증언하는 것은 당신의 의무이기 때문에, 우리는 당신에게 그렇게 하도록 요구할 수 있소."

"그렇게는 안 될걸. 나는 나이가 들어 아무것도 몰라요. 그러나 당신이 나한테 200파운드를 주면 한두 가지 힌트는 줄 수 있지. 알겠소?"

"어떤 힌트를?"

"편지라면 뭐라고 할 테요? 그녀가 쓴 편지라면. 내가 그것을 어떻게 손에 넣게 되었는지는 신경 쓰지 말아요. 하지만 나는 200파운드를 받아야겠어."

메이헌 씨는 그녀를 날카롭게 쳐다보고는 마음을 굳혔다.

"10파운드를 주겠소. 더는 못 줍니다. 그것도 그 편지가 당신이 말하는 대로

일 경우에만 주겠소"

"10파운드?" 그녀는 사납게 소리쳤다.

"20." 메이헌 변호사가 말했다.

"이제 더 이상 말하지 않겠소"

그는 갈 것처럼 일어섰다. 그러더니 그녀를 자세히 지켜보며, 지갑을 꺼내어 지폐로 21파운드를 세었다.

"보다시피." 그가 말했다.

"이게 내가 가진 전부요. 받든 말든 알아서 하시오."

그러나 그는 이미 그 돈만 해도 그녀에게는 굉장히 큰 액수라는 것을 알고 있었다. 그녀는 무력하게 욕설을 퍼붓고 날뛰더니, 결국엔 받아들이는 것이었다. 그녀는 침대로 가서 누덕누덕한 시트 밑에서 뭔가를 끄집어냈다.

"여기 있소. 빌어먹을!" 그녀는 버럭버럭 소리 지르며 말했다.

"당신에게는 더없이 중요한 것일 게요"

그녀가 그에게 던져 준 것은 편지 뭉치였는데, 메이헌 변호사는 그것들을 풀어 평소의 그 차분하고 정연한 태도로 자세히 살펴보았다. 그 여인은 그를 열심히 지켜보고 있었으면서도, 그의 태연한 얼굴에서 아무런 낌새도 알아차릴 수가 없었다.

그는 편지를 하나씩 자세히 읽어 본 다음, 맨 위의 편지를 한 번 더 읽었다. 그런 다음 그 뭉치를 다시 조심스럽게 묶었다. 그것은 로메인 하일저가 쓴 연애편지였는데, 수신인은 레너드 볼이 아니었다. 맨 위의 편지는 그가 구속되던 날에 쓰인 것이었다.

"내 말이 맞을 거요, 안 그래요?" 그 여인이 투덜거렸다.

"그 편지만 있으면 그년이 꼼짝 못하겠지?"

메이헌 변호사는 그 편지들을 호주머니 속에 넣고 한 가지를 물었다.

"이 편지들을 어떻게 손에 넣게 되었소?"

"그런 말을 하면 비밀이 탄로 나요." 그녀는 곁눈질하며 말했다.

"그러나 나는 알고 있는 게 더 있지. 나는 법정에서 그 창녀가 말하는 것을 들었소. 그년이 집에 있었다고 말한 10시 20분에 그년이 어디에 있었는지 찾아내 봐요. 라이언 로드 극장에 가서 물어봐요. 그들이 기억할 게요. 그와 같은 늘씬하게 잘빠진 여우라면—빌어먹을!"

"그 남자는 누구요?" 메이헌 변호사가 물었다.

"여기에는 세례명밖에는 없는데."

그녀의 목소리는 더 세고 거칠어졌으며, 손을 계속 쥐었다 풀었다 했다.

마침내 그녀는 한 손을 들어 얼굴로 가져갔다.

"나를 이렇게 만든 남자. 이제는 몇 년 전 일이 되었지만. 그년이 내게서 그를 가로챘소—그때 그년은 깜찍한 계집애였지. 그래서 내가 그를 뒤쫓아가서, 그에게 덤벼들자, 그가 그 빌어먹을 물건을 내게 집어던졌어요! 그랬더니 그 망할 놈의 계집애가 웃는 거예요. 앙큼한 것 같으니라고! 나는 몇 년 동안 그년에게 원한을 품어 왔어요. 그 계집을 따라다니며 감시했지. 그래서 이제야 겨우 붙잡은 거라고요! 그 계집은 이것 때문에 틀림없이 벌 받을 거요, 안 그렇소, 변호사 양반?"

"아마 위증죄로 금고형을 받게 될 거요."

메이헌 변호사가 조용하게 말했다.

"감옥에 간단 말이지. 그랬으면 정말 좋겠소. 가시려고? 돈은 어디 있어요? 그 멋진 돈이 어디 있느냐 말이오?"

그는 군말 없이 그 지폐를 탁자 위에 내려놓았다. 그런 다음, 숨을 깊게 쉬고는 돌아서서 그 더러운 방을 나왔다. 뒤돌아보니 그 늙은 여인은 그 돈을 보고 뭐라고 중얼거리고 있었다.

그는 시간을 낭비하지 않았다. 라이언로(路)에 있는 그 극장을 쉽게 찾아내어 로메인 하일저의 사진을 보여 주자, 제복을 입은 수위가 그녀를 단번에 알아보았다. 그녀는 문제의 그날 저녁 10시가 조금 넘어서 한 남자와 극장에 도착했다고 한다. 그는 그녀와 함께 온 남자는 특별히 눈여겨보지는 않았지만, 자기에게 상영 중인 영화에 대해 물어보았던 부인은 잘 기억하고 있었다. 그들은 약 한 시간 뒤인, 영화가 끝나는 시각까지 거기에 있었다고 한다.

메이헌 변호사는 만족해했다. 로메인 하일저의 증언은 처음부터 끝까지 모두 거짓말투성이였다. 메이헌 변호사는 그녀의 증오 뒤에 무엇이 도사리고 있는지 알아내야겠다고 생각했다. 레너드 볼이 그녀에게 무슨 짓을 했을까?

메이헌 변호사가 그에 대한 그녀의 태도를 말해 주었을 때, 그는 아이가 없어서 말도 못 하는 것 같았다. 그는 그런 말은 믿을 수 없다고 했다—그러나 메이헌 변호사가 보기엔 처음에 그녀가 놀라움을 표시하고 나서 한 변명에는 진실성이 결여된 것처럼 느껴졌다.

볼은 알고 있었던 것이다. 메이헌 변호사는 그것을 확신했다. 그는 알고 있었지만, 그 사실을 밝힐 생각이 없었던 것이리라. 두 사람 사이의 비밀은 여전히 남아 있었다. 메이헌 변호사는 조만간 그게 무엇인지 밝혀내야겠다고 생각했다.

변호사는 시계를 힐끔 쳐다보았다. 시간이 늦긴 했지만, 잠시도 머뭇거릴 여유가 없었다. 그는 택시를 불러 세워 운전사에게 주소를 말했다.

'왕실 변호사 찰스 경이 이 사실을 당장 알아야 해.'

그는 올라타며 속으로 이렇게 말했다.

에밀리 프렌치 노파 살해에 대한 레너드 볼의 재판은 사람들의 관심을 널리 불러일으켰다. 우선 피고가 젊고 잘생긴 데다 아주 비열한 죄로 기소되었으며, 검찰 측의 주요 증인인 로메인 하일저에 대한 흥미까지 겹친 것이었다. 수많은 신문에 그녀의 사진과 함께 그녀의 출생과 과거에 대한 여러 가지 억측 기사가 실렸다.

재판 절차는 아주 조용한 가운데 속개되었다. 가지가지의 전문적인 증거들이 제일 먼저 나왔다. 그런 다음 재닛 매킨지가 소환되었다. 그녀는 대체로 전과 똑같은 진술을 했다. 반대 심문에서 피고 측 변호사는 볼과 프렌치 양의 관계에 대한 그녀의 설명에 대해 한두 번인가 진술이 모순되게끔 하는 데 성공했다. 그는 또한 그날 밤 그녀가 응접실에서 나는 어떤 남자의 목소리를 들었다고 하더라도, 거기에 있었던 사람이 볼이었다는 것을 보여 주는 것은 하나도 없다는 사실을 강조했으며, 그녀의 증언 저변에는 피고에 대한 질투심과 반감이 많이 깔려 있다는 느낌을 그럭저럭 이해시켰다.

그러고 나서 다음 증인이 소환되었다.

"당신의 이름은 로메인 하일저입니까?"

"예."

"당신은 오스트리아 국적을 가졌습니까?"

"예."

"지난 3년 동안 당신은 피고와 함께 살며 그의 아내로 알려져 왔지요?"

로메인 하일저의 눈이 잠시 피고석에 있는 남자의 눈과 마주쳤다. 그녀의 표정엔 이상하고도 불가해한 어떤 것이 담겨 있었다.

"예."

심문이 계속되었다. 그러고는 한 마디 한 마디 그 저주스런 사실들을 뱉어냈다. 문제의 그날 밤 피고는 쇠막대를 가지고 나갔다. 그는 10시 20분에 돌아와서, 그 노부인을 죽였다고 털어놓았다. 그의 소맷부리는 피로 물들어 있었는데, 그는 부엌에 있는 난로에다 그것을 태워버렸다. 그리고 그녀에게 잠자코 있으라고 겁을 주며 위협했다.

진술이 진행됨에 따라, 처음에는 피고에게 약간 호의적이었던 법정의 분위기가 이젠 그에게 아주 불리하게 굳어져 버렸다. 그는 이제 운명이 다했다는 것을 알고 있는 듯이 고개를 푹 숙이고 우울한 태도로 앉아 있었다.

그러나 검찰 측 역시 로메인의 악의에 가득 찬 진술을 억제토록 하기 위해서 노력하고 있다는 사실을 알아차릴 수도 있었으리라. 검찰 측에서는 그녀가 좀더 공평하기를 원했다.

만만찮게 무게를 잡으며 피고 측 변호사가 일어섰다. 그는 그녀에게 그녀의 이야기는 처음부터 끝까지 악의에 찬 거짓말이며, 그녀는 문제의 그 시간에 집에 있지도 않았고, 다른 남자와 사랑에 빠져 있었으며, 볼을 일부러 사형시키려고 그가 저지르지도 않은 죄를 지었다고 고의로 말하는 게 아니냐고 추궁했다. 로메인은 아주 거만하게 이 주장을 부인했다.

그때 그 편지를 제출하여 깜짝 놀랄 만한 결말에 접어들었다. 숨 막힐 정도로 조용한 가운데 그것이 법정에서 소리 내어 읽혔다.

"사랑하는 맥스, 운명의 여신들이 드디어 그를 우리 손에 넘겨주었어요! 그는 살인죄로 구속되었답니다. 예, 물론 그 노인을 살해한 혐의로요! 파리 한 마리도 죽이지 못하는 레너드가 말이에요! 드디어 나는 복수를 하게 되었어요. 불쌍한 겁쟁이! 나는 그날 밤 그가 옷에 피를 묻힌 채 들어왔다고 말하겠어요. 또, 그가 내게 털어놨다고도 말하겠어요. 그를 교수형당하게 하겠어요. 맥스, 그가 교수형당할 때, 그는 자기를 죽게 한 사람이 바로 나 로메인이라는 것을 알게 될 거예요. 그러고 나면 행복해지는 거예요. 내 사랑! 드디어 행복이 찾아온 거라고요!"

그 필적이 로메인 하일저의 필적이라는 것을 증언하기 위해 전문가들이 출석해 있었으나, 그들은 그럴 필요가 없었다. 그 편지를 보더니, 로메인은 기세가 완전히 꺾여 모든 것을 자백하고 말았던 것이다. 레너드 볼은 그가 말한 9시 20분에 집에 돌아왔다고 했다.

그녀는 그를 파멸시키려고 그 이야기를 모두 꾸며냈다는 것이다.

로메인 하일저가 자리에 털썩 주저앉자, 검찰 측의 주장도 무너지고 말았다. 왕실 변호사 찰스 경이 몇몇 증인들을 소환했고, 피고 자신도 증인석으로 가서 반대 심문에도 동요되지 않고 남자답게 담담하게 진술했다.

검찰 측에서 다시 기세를 회복하려고 노력했지만, 별 성공을 거두지 못했다. 판사의 요약도 피고에게 전적으로 유리하지는 않았으나, 이미 반작용이 일어나고 있었으므로 배심원들이 평결을 내리는 데는 거의 시간이 걸리지 않았다.

"우리는 피고가 무죄라고 봅니다."

레너드 볼이 풀려난 것이다!

메이헌 변호사는 서둘러 자리에서 일어날 생각을 하지 않았다. 자기의 변호 의뢰인에게 축하해 주어야 했던 것이다.

그는 자신이 코안경을 열심히 닦고 있다는 것을 문득 알아차리고는 갑자기 행동을 멈췄다. 그의 아내가 바로 전날 밤 자기에게 그런 습관이 있다는 것을 말해 주었기 때문이다. 습관이란 이상한 것이다. 사람들은 자신이 그런 습관을 가지고 있다는 것을 결코 알지 못한다.

흥미로운, 아주 흥미로운 사건이다. 우선, 로메인 하일저라는 여자만 해도 그는 로메인 하일저라는 외국인 때문에 여전히 그 사건에 사로잡혀 있었다. 패딩턴에 있는 집에서 보았을 때는 가냘프고 조용한 여자 같았는데, 법정에서는 엄숙한 분위기와는 달리 열대지방의 꽃처럼 활활 타올랐었다.

그는 이제 눈을 감아도 그녀의 모습을 볼 수 있었다. 키가 크고 격렬하며, 우아한 몸을 앞으로 약간 기울인 채, 오른손을 무의식적으로 계속 쥐었다 폈다 하는 모습을 말이다.

습관이란 이상한 것이다. 그는 그녀에게는 그 손놀림이 습관인가 보다 하고 생각했다. 그런데 그는 누군가 다른 사람이 아주 최근에 그렇게 하는 것을 보았는데, 그게 누구였더라? 아주 최근이었는데……

그게 머릿속에 떠오르자, 그는 숨을 헐떡였다.

쇼네 셋집에 있던 그 여자였어.

그는 머리를 휘두르며 꼼짝도 않고 서 있었다. 불가능한 일이야—불가능해. 하지만, 로메인 하일저는 여배우였다고 했지.

왕실 고문 변호사가 그의 뒤에 다가와서 어깨를 툭툭 쳤다.

"그 사람한테 축하 인사했소? 정말이지 아슬아슬했어요. 가서 그를 만나보지 않겠소?"

그러나 작달막한 변호사는 손을 늘어뜨렸다. 그는 딱 한 가지 하고 싶은 일이 있었을 뿐이다—로메인 하일저를 만나보는 일이다.

그는 시간이 얼마간 지난 뒤에야 그녀를 만났는데, 그들이 만난 곳은 아무런 상관이 없다.

"그럼 알아내셨군요."

변호사가 마음속에 품고 있던 얘기를 모두 하자, 그녀가 이렇게 말했다.

"그 얼굴? 외 그건 아주 쉬웠죠. 가스등 불빛이 너무 약해서 선생님이 그 분장을 알아보실 수 없었던 거예요."

"그렇지만 왜, 왜……"

"왜 혼자서 그런 수를 썼느냐고요?"

그녀는 자신이 지난번에도 그런 말을 했던 것을 기억하며, 약간 미소 지었다.

"정말 감쪽같은 희극이었소!"

"이보세요, 저는 그이를 구해 내야만 했거든요. 그이에게 헌신적인 여자의 증언만으로는 충분치가 않았을 거예요—그건 선생님도 충분히 주의를 주셨잖아요. 그리고 저는 청중들의 심리에 대해 좀 알고 있죠. 제가 증언한 것을 제가 잘못되었다고 자백하여 법률상으로 저를 꼼짝 못하게 하면, 피고에게 유리한 반응이 금방 나타나는 거 아닌가요?"

"그럼, 그 편지 뭉치는?"

"한 통으로는—결정적인 증거가 되는 한 통만으로는, 그걸 뭐라고 하죠? 조작한 일처럼 보일지도 모르니까요."

"그리고 그 맥스라는 남자는?"

"가상의 인물이죠."

"그렇지만, 나는 우리가 정상적인 절차에 의해서도 그의 혐의를 풀 수 있었으리라 생각하는데……?"

메이헌 변호사는 불만스러운 태도로 말했다.

"저는 감히 그런 모험은 하지 않겠어요. 선생님이야 당연히 그이가 무죄라고 생각하고 계셨겠지만……."

"그럼, 당신은 그걸 알고 있었군요? 알겠소"

키가 작달막한 메이헌 변호사가 말했다.

"메이헌 씨." 로메인이 말했다.

"선생님은 전혀 이해를 못 하시는군요. 저는, 그이가 유죄라는 것을 알고 있었다고요!"

붉은 신호등

"아뇨, 하지만 정말 너무 소름끼쳐요."

예쁘장한 에버슬레이 부인은 아름답지만 약간 멍청한 푸른 눈을 아주 커다랗게 뜨며 말했다.

"사람들은 여자들이 육감을 지니고 있다고 하는데, 그게 사실이라고 생각하세요, 앨링턴 경?"

유명한 정신병 전문의는 냉소적인 미소를 지었다. 그는 자기와 자리를 같이한 이 여자처럼, 예쁘지만 멍청한 사람들에게는 드러내 놓고 경멸을 표시했다.

앨링턴 웨스트는 정신병에 대해서는 최고 권위자였는데, 그 자신도 자기의 위치나 중요성을 충분히 의식하고 있었다. 그는 통통한 몸집을 한 약간 거만한 사람이었다.

"말도 안 되는 소리들을 많이 하지요. 나는 그것을 압니다, 에버슬레이 부인. 그 육감이라는 말은 무슨 뜻입니까?"

"당신네 과학자들은 항상 너무 엄격해요. 정말 특이하게도 사람들은 가끔 여러 가지 일에 대해 확실하게 느껴지는 경우가 있답니다. 그냥 아는 거예요, 느껴지는 거라고나 할까. 정말 불가사의한 일이에요—예, 정말로요. 부인은 내 말뜻을 알 거예요, 그렇죠, 클레어?"

그녀는 그 집의 여주인에게 어깨를 기울이고 약간 뾰로통한 채 호소했다.

클레어 트렌트는 즉시 대답하지 않았다. 그것은 단출한 저녁식사 석상이었다—그녀와 남편(트렌트 부부), 바이올렛 에버슬레이, 앨링턴 웨스트 경, 그리고 그의 조카이자 이 집주인인 잭 트렌트의 오랜 친구인 더못 웨스트가 자리를 함께했다.

느릿하고 유쾌한 웃음에 미소 짓는 모습이 상냥해 보이는, 몸이 육중하고 혈색이 좋은 잭 트렌트가 그 이야기의 뒤를 이었다.

"다 부질없는 얘깁니다, 바이올렛! 당신의 가장 친한 친구가 열차 사고로 죽었죠. 그런데 당신은 지난 화요일 검은 고양이 꿈을 꾸었소─믿기 어려운 일이지만, 당신은 줄곧 어떤 일이 일어날 거라는 느낌이 있었던 거요!"

"오, 아니에요, 잭, 당신은 지금 직관과 예감을 혼동하고 있군요. 자, 이제, 앨링턴 경, 예감이 실재한다는 것을 인정하셔야겠어요?"

"아마 어느 정도까지는 있다고 봐야겠죠." 그 의사는 신중하게 시인했다.

"그러나 우연의 일치일 가능성도 상당히 많으며, 더욱이 나중에 이야기를 꾸며내는 경향도 있죠."

"나는 예감 같은 건 존재한다고 생각지 않아요."

클레어 트렌트가 갑자기 말했다.

"우리들이 그럴싸하게 말하는 직관이니 육감이니 하는 것들도 마찬가지고요. 우리는 미지의 목적지를 향해 어둠 속을 질주하는 기차처럼 인생을 경험하는 거예요."

"그건 별로 훌륭한 비유는 못 됩니다, 트렌트 부인."

더못 웨스트가 처음으로 얼굴을 들고 대화에 끼어들며 이렇게 말했다. 검게 그을린 얼굴에서 좀 이상하게 빛나는, 맑은 회색빛 눈에는 이상한 광채가 감돌고 있었다.

"당신은 신호라는 것을 잊었군요."

"신호?"

"예, 안전하다면 초록색이고, 붉은색은……, 위험 신호죠!"

"붉은색─위험 신호? 정말 스릴 있는데요!"

바이올렛 에버슬레이가 작은 목소리로 말했다.

더못은 좀 성급하게 그녀를 따돌렸다.

"그건 그것을 설명하는 한 방편일 뿐입니다, 물론."

트렌트가 그를 호기심 어린 시선으로 응시했다.

"자네는 마치 그게 실제로 경험한 일인 것처럼 말하는군, 더못."

"그래, 그런 일이 있었지."

"어디 얘기해 보게나."

"한 가지 예를 들어보겠네. 제1차 대전 직후 메소포타미아에 있을 때였는데, 어느 날 저녁 나는 아주 불길한 예감을 느끼며 내 텐트로 들어갔었지. '위험해! 정신 차려!'라는 생각이 들었지만, 그게 무엇에 관한 것인지는 전혀 알지 못했어. 나는 캠프를 돌아다니며 공연히 법석대면서 아랍인들이 습격해 올까 봐 걱정했었지. 그런 다음 다시 텐트로 돌아갔어. 그런데 안에 들어가자마자, 그 느낌이 별안간 더 심해지는 거지 뭔가? 알 수 없는 위험이었던 거야! 결국 나는 담요 한 장을 들고 밖으로 나와, 그것을 둘둘 감고 거기에서 잠을 잤다네."

"그래서?"

"다음 날 아침 텐트 안에 들어가 보았더니, 제일 먼저 커다란 칼이 눈에 들어오더군—길이가 약 50㎝가량 되었지. 그게 바로 내가 늘 누워 자던 그 자리에 푹 꽂혀 있더란 말이야. 나는 범인을 곧 밝혀냈지. 아랍인 하인들 중 하나가 한 짓이었어. 그의 아들이 첩자로 드러나 총살당했었거든. 제가 붉은 신호라고 부르는 것의 예로서 한 이 이야기를 어떻게 보십니까, 앨링턴 아저씨?"

전문의는 모호한 미소를 지었다.

"아주 흥미로운 이야기로구나, 더못."

"그러나, 전적으로 받아들이지는 못하시겠다는 건가요?"

"아냐, 아냐, 네 말대로 네가 위험에 대한 예감을 가졌다는 것만큼은 의심하지 않아. 그러나 그것은 내가 말하는 예감의 시초에 불과해. 네 말에 따르면, 그것은 외부에서, 즉 네 심리가 어떤 외부 원인의 영향을 받아 생긴 것이지. 그러나 오늘날에는 거의 모든 것이 내부에서—즉, 우리의 잠재의식적 자아에서 비롯된다고 본단다. 그 아랍인이 실수로 눈짓이나 표정에서 자기 본심을 드러냈겠지. 네 의식적 자아는 눈치채거나 기억하지 못했을지 모르지만, 무의식적 자아는 달라. 무의식은 결코 잊어버리지를 않거든. 우리는 또 그것을 더 고차원적인, 혹은 의식적인 의지라는 게 전연 없어도 판단을 내리고 추론할 수 있다고 믿지. 그러니까, 네 무의식적인 자아가 너를 암살하기 위한 공격이 있을지도 모른다는 것을 알았기 때문에, 너는 의식 속에서 원인 모를 두려움을 갖게 되었던 거야."

"그 말씀은 솔직히 매우 설득력 있게 들리는군요." 더못이 웃으며 말했다.

"하지만, 그렇게 흥미진진하지는 않은데요."

에버슬레이 부인이 뾰로통하게 말했다.

"또, 너에 대해 그 사람이 느끼고 있었던 증오를 네가 잠재의식에서 깨닫고 있었을 가능성도 있어. 과거에 텔레파시라고 부르던 것이 확실히 존재하고 있어. 비록 그것이 어떻게 해서 생기는 건지는 거의 이해할 수 없지만 말이야."

"다른 경우는 또 없었나요?" 클레어가 더못에게 물었다.

"오, 있었죠! 하지만, 그다지 확실한 것은 아닙니다. 그리고, 그건 모두 우연의 일치라는 제목 하에서만 설명될 수 있는 이야기죠. 저는 언젠가 한 시골 저택에 초대받은 것을 거절한 적이 있습니다―다름 아닌 그 '붉은 신호' 때문이었죠. 그런데, 그곳은 그 주에 깡그리 불타버렸거든요. 앨링턴 아저씨, 거기에서 그 무의식이란 게 어디에 등장하죠?"

"거기서는 등장하지 않는 것 같구먼."

앨링턴 경이 미소 지으며 말했다.

"하지만, 아까 못지않게 훌륭한 설명을 하실 수 있을 텐데요. 자, 해보세요. 가까운 친척 사이에 이것저것 재실 필요는 없습니다."

"글쎄다, 그렇다면, 애야, 그냥 한번 얘기해 보는 건데, 너는 네가 별로 가고 싶지 않았다는 평범한 이유로 그 초대를 거절해 놓고서, 불이 나니까 네가 위험 경고를 받았었다고 생각하게 된 것인지도 몰라. 그래서 지금은 절대적으로 믿고 있는 거지."

"어쩔 도리가 없군요. 아저씨는 머리 꼭대기에 있고, 저는 발 끄트머리에 대롱대롱 매달려 있으니." 더못이 웃으며 말했다.

"신경 쓰지 마세요, 웨스트 씨." 바이올렛 에버슬레이가 소리쳤다.

"난 당신의 붉은 신호를 믿으니까요. 메소포타미아에 있었던 그때가 그것을 마지막으로 경험한 때인가요?"

"예. 하지만……."

"뭐라고 말씀하셨어요?"

"아무것도 아닙니다."

더못은 입을 다물고 앉아 있었다. 그는 하마터면, "예, 하지만 오늘 밤에도 느끼고 있습니다."라고 말할 뻔했다. 그건 아직 의식적으로 깨닫지 못한 생각이었으므로, 입술에서 차마 떨어지지 않았던 것이다. 그러나 그는 곧 그 생각이 사실임을 깨달았다. 그 붉은 신호가 어둠 속에서 어렴풋이 보이고 있었다.

위험해! 위험이 임박했어!

그렇지만 왜? 여기에 어떤 위험이 있다는 거지? 여기는 친구의 집이 아닌가? 적어도—그래, 어떤 위험이 있어.

그는 클레어 트렌트를 바라보았다. 하얗고 날씬한 그녀, 금발의 머리를 우아하게 숙인 모습. 그러나 거기에 잠시 그 위험이 머물렀다—그게 결코 확실한 느낌은 아니었지만. 잭 트렌트로 말하자면 그의 가장 절친한 친구였을 뿐만 아니라, 그 이상의 존재였다. 그는 플랑드르(벨기에 북쪽 지역)에서 그의 목숨을 구해 준 사람으로, 그 일로 빅토리아 십자 훈장까지 받은 바 있다.

잭 트렌트는 좋은 친구였다. 가장 멋진 친구 중 하나였다. 그가 잭의 아내를 사랑하게 된 것은 지독히도 불운한 일이다. 그는 그것을 언젠가는 극복해 내리라고 생각했다. 이렇게 괴로운 일이 영원히 계속될 수는 없었다. 아냐, 극복할 수 있을 거야—그래 바로 그거야, 극복하는 거야. 하지만, 그녀는 추측조차 못 하는 것 같았다. 설사 그녀가 눈치챘다 할지라도 그녀가 걱정해야 할 위험은 없었다. 그녀는 조상(彫像), 황금과 상아, 연분홍빛 산호로 만든 아름다운 조상이었다—실제적인 여인이 아니라, 왕이 가지고 노는 장난감이었다.

클레어—그녀의 이름만 생각해도, 조용히 발음만 해보아도, 그의 가슴은 아파졌다. 그는 그것을 극복해야 했다. 전에도 여자들을 좋아한 적이 있었다.

'그러나 이렇지는 않았어.' 뭔가가 이렇게 말해 주고 있었다.

'이렇지는 않았어.'

이전에는 위험이란 없었다—마음의 상처는 있었지만, 위험은 아니었다. 붉은 신호의 위험은 없었다. 그때는 뭔가 다른 것이었다.

그는 탁자를 빙 둘러보고 처음으로 그것이 좀 특이한 작은 모임임을 깨달았다. 예를 들어, 자기 아저씨만 해도 이렇게 작고 비공식적인 모임에 참석한 일이 거의 없었다. 트렌트 집안과 오랜 친구 사이인 것 같지도 않았다. 사실, 오늘 저녁까지만 해도 더못은 자기 아저씨가 그들을 알고 있으리라고는 전혀 생각지도 못했었다.

하지만 그럴 듯한 핑곗거리가 있었다. 저녁식사 뒤에 강령술 모임을 갖기 위해 좀 유명한 영매(靈媒)가 오기로 되어 있었으니까. 앨링턴 경은 강령술에 어느 정도 관심이 있다고 한 적이 있었다. 그러나 그것은 확실히 핑계에 불과했다.

그는 그 단어에 사로잡혀 있었다. 핑곗거리.

그 강령술 모임이, 전문의가 저녁식사에 나타난 것을 자연스럽게 만드는 핑계일 뿐일까? 그렇다면, 그가 여기에 온 진정한 목적은 무엇일까? 이런저런 가정들이 더못의 마음속으로 마구 파고들어 왔다. 그 당시에는 알아차리지 못했던, 그의 아저씨 말대로 해보면, 의식하지 못했던 자질구레한 것들이 말이다.

그 위대한 의사가 클레어를 이상하게, 아주 이상하게 쳐다본 것은 꽤 여러 번이었다. 그는 그녀를 감시하는 것 같았다. 그 뚫어질 듯한 눈길을 받자 그녀는 안절부절못했다. 그녀는 손을 약간 움찔움찔 움직였다.

그녀는 초조해했다. 굉장히 초조해했으며, 글쎄―두려워했다고도 할 수 있을까? 그녀는 왜 두려워하는 것일까?

그는 갑자기 탁자 둘레에서 진행 중인 대화로 돌아왔다. 에버슬레이 부인은 그 대가(大家)에게 자기가 꺼낸 주제에 대해 이야기를 시키는 중이었다.

"부인." 그가 말하고 있었다.

"정신착란이 무엇입니까? 분명히 단언하지만, 우리가 그 문제에 대해서 연구하면 할수록 확실히 말하기가 점점 더 어렵습니다. 우리는 모두 자기기만이라는 것에 어느 정도 빠져 있습니다. 하지만, 우리 자신이 러시아 황제라고 믿는 것에까지 이르게 되면, 감금되거나 격리당하게 되죠. 그러나 거기까지 도달하려면 긴 과정을 거쳐야 합니다. 그 과정의 어느 특별한 지점에다 말뚝을 박고, '이쪽은 제정신, 저쪽은 정신착란'이라고 정할 수 있겠습니까? 당신도 알다시피 그럴 수는 없습니다. 그리고 이런 이야기는 어떨까요. 어떤 망상에 사로잡혀 있는 사람이 입을 꼭 다물고 있다면, 아마 우리는 그를 정상적인 사람과 결코 구별하지 못할 겁니다. 미친 사람이 그렇게 이상할 정도로 정신이 말짱하다는 건 흥미로운 일입니다."

앨링턴 경은 포도주를 한 모금 음미하듯이 마시며 모여 있는 사람들에게 환하게 미소 지었다.

"그런 사람들이 아주 교활하다는 말은 늘 들어왔어요."

에버슬레이 부인이 말했다.

"미친 사람들 말이에요."

"정말 그렇습니다. 어떤 특정한 망상을 억제함으로써 비참한 결과를 낳는 경우도 아주 허다하죠. 정신분석의 관점에서 보면 억제는 모두 위험합니다. 아무런 해도 끼치지 않는 기이한 버릇을 가지고 있으면서, 그것에 빠져들고 만족해하는 사람은 제정신과 정신착란의 경계선을 거의 넘는 일이 없습니다. 그러나 겉으로 보기에는 아주 멀쩡한 남자가(그는 잠깐 뜸을 들였다), 또는 여자가 사회에 심각한 위험을 끼칠 수도 있지요."

그의 시선은 탁자를 빙 돌아 클레어 쪽으로 갔다가 다시 제자리로 돌아왔다. 더못은 무시무시한 공포감을 느꼈다. 그게 아저씨가 의도하는 것이란 말인가? 그게 아저씨가 겨누는 것이란 말인가? 불가능해. 하지만…….

"그러니까, 그것도 모두 다 자신을 억제하는 데서 오는 현상이겠죠?"

에버슬레이 부인이 한숨지으며 말했다.

"누구나 자기의 성격을 표현하는 데 항상 아주 신중해야 한다는 것을 잘 알겠어요. 다른 사람들에게 가해지는 위험이 굉장하니까요."

"에버슬레이 부인." 그 의사가 충고했다.

"부인은 내 말을 아주 잘못 이해하고 있군요. 그 악영향의 원인은 뇌의 물리적인 문제에 있는 겁니다. 때때로 구타와 같은 어떤 외부 작용으로 인해 발생하기도 하고, 때로는 선천적인 경우도 있죠."

"유전은 정말 안됐어요. 폐병이니 뭐니 하는 것들을 보면."

그 부인은 멍하니 한숨 쉬며 말했다.

"폐결핵은 유전이 아닙니다." 앨링턴 경이 냉정하게 말했다.

"그래요? 저는 늘 그런 줄로만 알고 있었는데. 그러나 정신착란은 그래요!

정말 끔찍하죠. 그밖에 또 뭐가 있나요?"

"통풍(痛風)이 있죠." 앨링턴 경은 미소 지으며 말했다.

"그리고 색맹도 있습니다—그건 좀 재미있어요. 남성에게는 직접적으로 유전이 되지만, 여성에게는 잠재적이죠. 그래서 남자들은 색맹이 많지만, 여자가 색맹으로 나타나려면 아버지가 색맹이고, 어머니 또한 잠재적 색맹이어야만 한답니다. 좀 특이한 일이죠. 그것을 소위 반성(伴性) 유전이라고 합니다."

"정말 재미있군요. 하지만, 정신착란은 그렇지 않죠?"

"정신착란은 남자에게든 여자에게든 똑같이 유전될 수 있습니다."

그 의사는 엄숙하게 말했다.

클레어가 갑자기 벌떡 일어섰다. 너무 갑자기 의자를 밀어젖히는 바람에 의자가 뒤로 넘어가 바닥에 나동그라지고 말았다. 그녀는 아주 창백했고, 손가락을 신경질적으로 움직이는 모습이 뚜렷하게 드러났다.

"자, 이제 자리를 옮기시지 않겠어요?" 그녀가 말했다.

"톰슨 부인이 몇 분내로 여기에 올 거예요."

"포도주 한 잔만 마시고 그렇게 하겠소." 앨링턴 경이 분명하게 말했다.

"그 놀라운 톰슨 부인의 솜씨를 보고자 여기에 온 것이 아닙니까? 하하! 그러니, 나에게 권유할 필요는 없습니다."

그는 머리를 숙여 보였다.

클레어는 희미한 미소로 답례하고 에버슬레이 부인과 함께 방을 나갔다.

"내가 너무 전문적인 이야기만 했나 보군요. 용서하십시오."

의사는 자리에 앉으며 말했다.

"천만에요." 트렌트는 형식적으로 말했다.

그는 긴장해 있는 것 같았고, 걱정스러운 표정이었다. 더못은 자기 친구와 함께한 자리에서 처음으로 소외감을 느꼈다. 이 두 사람 사이에는 옛 친구조차도 함께 나누지 못할 비밀이 있었던 것이다. 모든 것이 기이했고 믿을 수 없었다. 그렇게 생각되는 근거는 도대체 무엇일까? 어떤 인물이 보낸 눈짓 두어 번과 한 여인의 초조해하던 모습밖에는 아무것도 없었는데.

그들은 뜸을 들이며 포도주를 마셨으나, 실은 아주 짧은 시간이었으며, 톰슨 부인의 도착이 알려졌을 때는 응접실에 막 도착해 있던 참이었다.

그 영매는 뚱뚱한 중년 여인으로, 자홍색 우단으로 볼썽사납게 차려입고 있었으며, 크고 좀 평범한 목소리를 지니고 있었다.

"내가 너무 늦은 게 아니길 바라요, 트렌트 부인." 그녀가 쾌활하게 말했다.

"당신이 9시라고 하지 않았던가요?"

"아주 정확하게 오셨는데요, 톰슨 부인."

클레어가 상냥하고 약간 쉰 듯한 목소리로 말했다.

"우리는 여기 이렇게 조촐하게 모여 있답니다."

더 이상의 소개를 하지 않는 것이 관례인 모양이다. 영매는 그들 모두를 날카롭게 뚫어질 듯이 쳐다보았다.

"좋은 결과를 얻을 수 있다면 좋겠군요." 그녀는 활기 있게 말했다.

"나는 내가 나서서, 말하자면 만족시킬 수 없을 때는 얼마나 그게 증오스러운지 모른답니다. 정말 나를 미치게 만드는 일이죠. 그러나 오늘 밤에는 시로마코가—아시다시피, 그건 영매를 지배하는 내 일본인 영혼이에요. 아주 잘해낼 수 있으리라 생각해요. 오늘은 상태가 매우 좋은데요. 나는 치즈를 무척 좋아하지만, 웨일스래빗(녹인 치즈를 바른 토스트)은 사양하겠어요."

더못은 반은 즐기며, 반은 혐오스럽게 듣고 있었다. 그 모든 것이 얼마나 지루했던지! 모든 것은 자연스러웠다—영매들이 지니는 힘도 아직 완전하게 이해되지는 못했으나, 사실 그것도 자연적인 것이었다. 위대한 의사라 할지라도 신중을 요하는 수술이 있기 직전에는 소화불량에 걸릴까 봐 조심할지도 모르는 일이니까. 톰슨 부인이라고 해서 그러지 말란 법이 있는가?

의자는 원형으로 배치되고 조명은 편리하게 밝게 했다 어둡게 했다 할 수 있도록 해두었다. 트릭이 있는지의 여부를 알아보는 것도 문제없고, 앨링턴 경이 강령술 모임의 조건에 대해서 만족해하고 있다는 것 또한 의문의 여지가 없었다. 아니, 톰슨 부인에 관한 일은 단지 구실에 불과했다.

앨링턴 경은 전혀 다른 목적으로 여기 온 것이었다. 클레어의 어머니는 더못이 기억하기로는 외국에서 타계했다. 그녀에 대해 어떤 비밀이 있었자—유전과 관계된……

그는 갑자기 현실로 마음을 되돌렸다.

모두들 자리를 잡고, 멀리 떨어진 탁자 위에 놓인 붉은 갓을 단 작은 등만 빼놓고 불을 모두 껐다.

한동안 영매의 낮고 규칙적인 숨소리밖에 아무 소리도 들리지 않았다. 그것은 점차적으로 코 고는 소리로 변해 갔다. 그때, 갑자기 방 저쪽 끝에서 쾅쾅 두드리는 소리가 들려 더못은 깜짝 놀랐다.

그 소리는 이쪽 끝에서도 반복되었다. 그러더니 그 두드리는 소리는 점점 더 커졌다. 그러고는 소리가 사라졌다가, 갑자기 깔깔거리며 날카롭고 조롱하는 듯한 웃음소리가 방 안에 울려 퍼졌다.

다시 잠잠해지더니, 전혀 톰슨 부인의 목소리 같지 않은 이상하게 변한 고음의 목소리가 정적을 깼다.

"내가 왔소, 여러분." 그 목소리가 말했다.

"예, 내가 왔소이다. 내게 물어보고 싶은 일이 있소?"

"당신은 누구신가요? 시로마코인가요?"

"그렇소. 나는 시로마코이외다. 아주 오래전에 이곳에 왔소. 지금 나는 활동 중이오. 아주 행복하다오."

시로마코의 생애에 대한 좀더 상세한 설명이 뒤따랐다.

모든 것이 지극히 따분하고 무미건조했으며, 더못은 전에도 종종 그런 이야기를 들은 적이 있었다. 모두들 아주 행복하다는 것이었다. 모호하게 묘사된 친지들로부터 전갈이 전해졌는데, 그 묘사란 것이 거의 어떤 가능성에도 들어맞을 만큼 표현이 막연했다. 참석해 있는 어떤 사람의 어머니라는 한 노부인이 가끔 고리타분한 충고를 해주는 것이었다. 그것도 그런 얘기를 하는 데는 거의 어울리지 않는 밝고 근엄한 목소리로.

"다른 이가 지금 얘기하고 싶어하고 있소." 시로마코가 알렸다.

"신사분들 중 한 사람을 위한 아주 중요한 전갈이 있소."

말이 끊겼다가 새로운 목소리가 악마같이 불길하게 낄낄거리더니 말을 했다.

"하하! 하하하! 집에 가지 않는 게 낫겠어. 내가 하는 충고를 들으라고."

"누구한테 말하는 거요?" 트렌트가 물었다.

"당신들 셋 중 하나한테. 내가 당신이라면 집에 가지 않을 거야. 위험이 도사리고 있어! 피를 보게 될걸! 그다지 많은 피는 아니지만—그래도 상당할 거야. 안 돼, 집에 가지 마." 그 목소리는 점차 희미해져 갔다.

"집에 가지 마!"

그것은 완전히 사라졌다. 더못은 자신이 흥분하고 있다는 것을 느꼈다. 그는 그 경고가 자기를 위한 것으로 확신했다. 웬일인지 오늘 밤에는 위험이 사방팔방에 도사리는 것 같았다.

영매는 한숨을 쉰 다음 신음 소리를 냈다. 그녀는 의식을 회복하는 중이었다. 등불이 켜지고, 이제 그녀는 꼿꼿하게 앉아 눈을 잠시 깜박였다.

"잘 되었나요, 여러분? 그렇기를 바라요."

"정말 아주 훌륭했어요, 감사합니다, 톰슨 부인."

"시로마코한테겠죠?"

"예, 그리고 다른 사람한테도."

톰슨 부인은 하품하며 말했다.

"나는 몹시 지쳤어요. 완전히 녹초가 되었어요. 아주 힘든 일이랍니다. 하지만, 성공했다니 기쁘군요. 나는 불쾌한 일이 생길까 봐 좀 걱정했다우. 오늘 밤 이 방에는 이상한 분위기가 감돌고 있거든요."

그녀는 넓은 어깨의 남자들을 차례로 힐끗 둘러보더니 불안한 듯 움츠렸다.

"나는 그게 마음에 들지 않아요." 그녀가 말했다.

"당신들 중에 누가 최근에 갑작스러운 죽음을 당한 사람이 있나요?"

"우리들 중이라는 건, 무엇을 말하는 겁니까?"

"가까운 친척이라든가—친한 친구들이라고 할까요? 없어요? 글쎄요, 감상적으로 말한다면, 오늘 밤 공기에서 죽음의 냄새가 나요. 자, 그건 단지 나의 터무니없는 생각일 뿐이에요. 잘 있어요, 트렌트 부인. 당신이 만족했다니 난 기뻐요."

자홍색 우단 드레스를 입은 톰슨 부인이 나갔다.

"즐거웠기를 바랍니다, 앨링턴 경." 클레어가 작은 목소리로 말했다.

"대단히 즐거운 밤이었소, 부인. 이런 기회를 마련해 주어 정말 고맙소. 자,

그럼 좋은 밤이 되길 바라오. 모두 춤추러 가신다죠?"

"우리와 함께 가시지 않겠어요?"

"아니, 아니오. 나는 언제나 11시 반에 잠자리에 든답니다. 안녕히 계시오. 안녕히, 에버슬레이 부인. 아, 더못, 너한테 잠시 할 말이 있는데, 지금 나와 함께 갈 수 있겠니? 나중에 그래프턴 갤러리스에서 다른 사람들을 다시 만날 수 있을 거다."

"그러죠, 아저씨. 그럼, 거기서 보지, 트렌트."

할리가(런던의 일류 의사가 많이 사는 거리)로 잠시 달리는 동안 아저씨와 조카는 말을 거의 주고받지 않았다. 앨링턴 경은 더못을 끌고 나온 것을 좀 미안해하며, 단지 몇 분간만 붙잡고 있겠다고 말했다.

"자동차를 그냥 기다리게 할까?" 그들이 차에서 내릴 때 그가 물었다.

"오, 걱정하지 마세요, 아저씨. 저는 택시를 잡아타고 가면 되니까요."

"좋아. 나는 되도록 찰슨을 늦게까지 잠을 못 자게 하고 싶지 않단다. 잘 자게, 찰슨. 그런데 내가 도대체 열쇠를 어디에 두었지?"

앨링턴 경이 계단에 서서 호주머니를 뒤지고 있을 때 차는 미끄러지듯 나아갔다.

"다른 외투 속에 넣어 둔 게 틀림없어." 그는 마침내 이렇게 말했다.

"초인종을 좀 눌러 주겠니? 존슨이 아직 자지 않고 있을 거야."

침착한 존슨은 1분도 안 되어 문을 열어 주었다.

"열쇠를 잘못 넣었다네, 존슨." 앨링턴 경이 설명했다.

"위스키 두 잔과 소다수를 서재로 갖다 주게."

"알았습니다. 앨링턴 경."

그 의사는 서재로 성큼성큼 걸어 들어가서 불을 켰다. 그는 더못에게 문을 닫으라는 시늉을 했다.

"오래 붙들고 있지는 않겠다, 더못. 네게 하고 싶은 말이 있어. 내 추측일까, 아니면 네가 정말로 잭 트렌트 부인에 대해서—뭐라고 할까, 애정을 갖고 있는 거냐?"

더못의 얼굴이 순식간에 빨개졌다.

"잭 트렌트는 저의 가장 친한 친구입니다."

"미안하지만, 그건 내 질문에 대한 대답이 아닌 것 같구나. 너는 아마도 이혼이니 뭐니 하는 문제들에 대한 내 생각이 매우 엄격하다는 것을 알고 있을 테고, 또 나는 네가 나의 유일한 근친이며 상속인이라는 사실을 상기시켜 주어야겠다."

"이혼할 가능성은 없습니다." 더못은 화를 내며 말했다.

"확실히 그렇겠지. 너보다 아마 내가 더 잘 알고 있는 이유가 있으니까. 그 특별한 이유를 지금 너에게 말해 줄 수는 없지만, 네게 경고해 두고는 싶다. 그녀는 네게 안 맞아."

젊은이는 자기 아저씨의 눈을 침착하게 마주 보았다.

"저도 알고 있습니다. 아마 아저씨가 생각하는 것 이상으로 알고 있을 걸요. 저는 아저씨가 오늘 밤 저녁식사에 참석한 이유를 알고 있다고요."

"그래? 그것을 어떻게 알았지?" 그 의사는 놀라는 빛이 역력했다.

"추측이죠. 제 말이 맞죠, 안 그렇습니까? 아저씨는 직업상 거기에 간 겁니다."

앨링턴 경은 큰 걸음으로 왔다 갔다 했다.

"네가 옳다, 더못. 나는 네게 그렇게 말할 수는 없었지만, 그것을 모두가 알게 될까 봐 걱정하고 있다."

더못의 마음이 위축되었다.

"그럼, 아저씨는 이미, 마음을 정하셨다는 말입니까?"

"그래, 그 집안에는 정신이상이 있어―그 어머니 쪽에. 통탄할 병이지, 정말 통탄할 병이야."

"저는 믿을 수 없습니다, 아저씨."

"나도 그래. 어떤 증세가 드러나도 문외한들이 보면 거의 알아차리지 못하지."

"그럼, 전문가한테는요?"

"증거가 결정적으로 나타난단다. 그런 경우에 환자는 가능한 한 빨리 격리시켜야 해."

"맙소사!" 더못은 숨을 몰아쉬었다.

"그러나 어떤 이유로도 사람을 가두어 둘 수는 없습니다."

"더못! 환자들을 자유롭게 놓아두었을 때 사회에 위험을 끼친다면 그들은 마땅히 격리시켜야 해."

"위험이라고요?"

"대단히 중대한 위험이지. 별나게도 살인광적인 증세가 틀림없어. 그 어머니의 경우에도 그랬더구나."

더못은 손으로 얼굴을 감싼 채 신음 소리를 내며 외면했다.

클레어—그 희고 금발이 눈부신 클레어가!

"상황이 그러하니만큼……." 그 의사가 태평스럽게 계속했다.

"네게 경고하는 것이 내 의무라고 느꼈다."

"클레어, 불쌍한 클레어." 더못이 중얼거리듯이 말했다.

"그래, 정말 우리는 모두 그녀를 가엾게 여겨야만 해."

갑자기 더못이 머리를 들었다.

"저는 그 말을 믿지 않습니다. 의사들도 실수하는 법이죠. 누구라도 그건 알고 있어요."

"더못!" 앨링턴 경이 화를 내며 소리쳤다.

"분명히 말씀드리지만 저는 그것을 믿지 않습니다. 그리고, 어쩌다 그것이 그렇다고 할지라도 개의치 않아요. 저는 클레어를 사랑합니다. 만일 그녀가 저와 함께 가겠다면, 그녀를 데리고 떠나겠습니다—의사들이 쓸데없이 참견하지 않는 먼 곳으로요. 사랑으로 그녀를 지키고 보살피고 감싸주겠어요."

"그렇게는 못 할 거다. 너 미쳤니?"

더못은 경멸하듯이 웃었다.

"아저씨는 그렇게 말씀하시겠죠."

"나를 이해해 다오, 더못."

앨링턴 경은 흥분을 억제하느라고 얼굴이 붉으락푸르락해졌다.

"네가 그, 그런 수치스러운 일을 한다면, 나는 지금 네게 주고 있는 용돈을 끊고, 유언장도 새로 써서 내가 가진 모든 것을 여러 병원에 나누어줘 버리겠다."

"그 빌어먹을 돈으로 아저씨 하고 싶은 대로 하세요."

더못은 나지막한 목소리로 말했다.

"저는 제가 사랑하는 여자를 택하겠습니다."

"그래 그 여자가……."

"한 마디라도 그녀에게 욕이 되는 말을 하면, 정말이지 아저씨를 죽여 버리 겠어요!"

더못이 외쳤다.

어렴풋이 유리잔이 쨍그랑하는 소리에 그들은 둘 다 돌아보았다. 열을 내어 논쟁을 벌이는 사이에 존슨이 유리잔을 담은 쟁반을 들고 들어온 것도 듣지 못했던 것이다. 그의 얼굴은 훌륭한 하인답게 침착했지만, 더못은 그가 얼마나 엿들었는지 궁금했다.

"됐네, 존슨 이제 그만 자게." 앨링턴 경이 무뚝뚝하게 말했다.

"감사합니다, 주인님. 안녕히 주무십시오."

존슨이 물러갔다.

그 두 사람은 서로 바라보고 있었다. 그 순간의 방해가 격정을 가라앉혔다.

"아저씨." 더못이 말했다.

"아저씨께 그런 말을 해서는 안 되는 거였는데. 아저씨가 보는 관점에서는 아저씨의 말씀이 지극히 옳다는 것을 잘 압니다. 그러나 저는 클레어 트렌트 를 오랫동안 사랑해왔어요. 지금까지는 잭 트렌트가 제 가장 친한 친구라는 사실 때문에 클레어에게 사랑을 고백할 수가 없었습니다. 그러나, 이런 상황에 서는 그 사실이 더 이상 중요치 않아요. 금전적인 조건으로 저를 단념시킬 수 있다고 생각하지는 마십시오. 이제 서로 할 이야기는 다 한 것 같군요. 안녕히 계십시오."

"더못."

"더 이상 논쟁해봤자 좋을 게 하나도 없습니다. 안녕히 계세요, 앨링턴 아저 씨."

그는 재빨리 나와 문을 닫았다. 홀은 어둠에 싸여 있었다. 그는 그것을 가 로질러 현관문을 쾅 닫고는 거리로 나섰다. 마침 길 저 멀리에서 택시 한 대가 어떤 집에 손님을 내려 주고 돌아오고 있었다.

더못은 그것을 불러 타고 그래프턴 갤러리스로 달려갔다. 무도회장 입구에서 그는 현기증을 느끼며 잠시 쭈그리며 서 있었다. 귀에 거슬리는 재즈 음악에 희희낙락하는 여자들—그는 마치 다른 세상에 들어온 것 같았다.

꿈을 꾸고 있었던가? 아저씨와 그렇게 냉혹한 대화를 나누었다는 것은 정말이지 불가능한 일이었다. 클레어가 날씬한 몸매에 칼집같이 꼭 맞는 흰색과 은색으로 된 드레스를 입고서 한 송이 백합처럼 스쳐 지나가고 있었다. 그녀는 그를 보고 고요하고 평화롭게 미소 지었다. 확실히 그건 모두 꿈이었다.

춤이 끝났다. 이윽고 그녀가 그에게 웃으며 다가왔다. 꿈꾸듯이 그는 그녀에게 춤을 청했다. 그가 그녀를 팔에 감싸자, 그 귀에 거슬리는 곡조가 다시 시작되었다.

그는 그녀가 약간 늘어지는 것을 느꼈다.

"피곤하오? 그만 출까요?"

"괜찮으시다면요. 어디 가서 이야기 좀 할 수 있을까요? 당신에게 하고 싶은 말이 있어요."

꿈이 아니었다. 그는 탕하고 현실로 돌아왔다. 어째서 그녀의 얼굴이 고요하고 평화롭다고 생각할 수 있었을까? 그렇게 두려움과 불안으로 가득 찬 얼굴을. 그녀는 어느 정도나 알고 있을까?

그들은 한쪽 구석 조용한 데를 찾아 나란히 앉았다.

"자—." 그는 짐짓 명랑한 체하며 말했다.

"내게 하고 싶은 말이 있다고 했죠?"

"예." 그녀는 눈을 내리깔았다. 그녀는 드레스에 달린 장식 술을 신경질적으로 만지작거리고 있었다.

"어렵군요."

"말해 봐요, 클레어."

"바로 이거예요. 당신이 잠시 떠나 달라고요."

그는 깜짝 놀랐다. 이런 얘기가 나오리라고는 전혀 생각지 못했었다.

"날더러 떠나 달라고? 왜죠?"

"솔직하게 털어놓는 게 좋겠군요, 그렇죠? 나는 당신이, 신사이며 내 친구라는 것을 알고 있어요. 당신이 떠났으면 하는 이유는 내, 내가 당신을 좋아하기 때문이에요."

"클레어."

그녀의 말에 그는 벙어리가 되었다─혀가 움직이지 않는 것처럼.

"당신이 혹시라도 나를 사랑하고 있을 거라고 상상할 만큼 내가 자만에 빠져 있다고 생각하진 마세요. 다만, 나는 그다지 행복하지 않을 뿐이에요. 그리고, 오! 나는 당신이 떠났으면 좋겠어요."

"클레어, 나도 좋아하고 있다는 것을─당신을 만났을 때부터, 끔찍이도 좋아하고 있었다는 것을 당신은 모르겠소?"

그녀는 놀란 듯이 눈을 들어 그의 얼굴을 쳐다보았다.

"좋아하셨다고요? 오랫동안 좋아하셨다고요?"

"처음부터 말이오."

"오!" 그녀가 소리쳤다.

"나한테 왜 말하지 않았어요? 그때 말이에요! 내가 당신에게 갈 수 있었을 때! 왜 이렇게 늦게야 말하는 거예요. 이런, 내가 미쳤군요. 내가 지금 무슨 말을 하고 있는지 모르겠군요. 나는 결코 당신에게 갈 수 없는데."

"클레어, '이렇게 늦게'라는 말은 무슨 뜻입니까? 그, 그건 우리 아저씨 때문입니까? 아저씨가 알고 있는 것 때문이오?"

그녀는 눈물을 뚝뚝 흘리며 고개를 끄덕였다.

"들어봐요, 클레어. 그것을 모두 믿어서는 안 돼요. 그것에 대해선 생각지 말아요. 그리고 나와 함께 갑니다. 내가 당신을 보살펴 주겠소. 항상 안전하게 지켜 주겠소."

그는 그녀를 팔로 감싸 안았다. 그녀를 끌어당겼을 때, 그는 그녀가 떨고 있는 것을 느꼈다.

그때 갑자기 그녀는 몸을 비틀어 뺐다.

"오, 안 돼요, 제발. 모르시겠어요? 나는 어쩔 수가 없어요. 그러면 추하고, 추하고, 추할 거예요. 나는 늘 정숙하고 싶었어요. 그런데, 지금은……, 추해

보일 거예요."

그는 그녀의 말에 당황하여 머뭇거렸다. 그녀는 애원하듯 그를 바라보았다.

"제발, 나는 정숙하고 싶어요." 그녀가 말했다.

아무 말 없이 더못은 일어나 그녀에게서 떠났다. 우선은 논쟁의 여지가 없는 그녀의 말에 화가 나고 괴로웠다. 그는 모자와 외투를 찾아들고 트렌트에게 갔다.

"여, 더못, 일찍 떠나는구먼."

"응, 오늘 밤 무도회에는 기분이 나지를 않네."

"불쾌한 밤일세. 그러나, 자네는 나 같은 걱정거리는 없을 걸세."

트렌트가 우울하게 말했다.

더못은 갑자기 트렌트가 자기에게 비밀을 털어놓을지 모른다는 공포에 사로잡혔다.

'그건 안 돼―절대로!'

"그럼, 잘 있게. 나는 집으로 갈걸세." 그는 서둘러 말했다.

"집으로? 그 유령들이 한 경고는 어쩌고?"

"그까짓 것쯤이야 뭐. 잘 있게, 잭."

더못의 아파트는 그리 멀지 않았다. 그는 차가운 밤 공기로 자신의 흥분된 머리를 식힐 필요가 있다고 생각하여 아파트까지 걸어갔다. 그는 열쇠로 문을 열고 들어가서 침실의 불을 켰다.

그런데 갑자기 그날 밤 두 번째로 붉은 신호의 느낌이 그에게 밀어닥쳤다. 그것은 너무나 위압적이어서 그 순간 그의 마음속에 있었던 클레어에 대한 생각까지도 휩쓸어 가버렸다.

위험해! 그는 위험에 빠져 있었다. 바로 지금, 바로 이 방에서!

그는 공포에서 벗어나려고 안간힘을 써 보았으나 허사였다. 어쩌면 그는 내심 노력할 마음이 없었는지도 모르겠다. 여태까지, 붉은 신호는 그가 재난을 피할 수 있도록 때에 알맞게 경고를 해주었기 때문이다. 그는 자신의 미신을 생각하고 약간 미소 지으며 아파트를 조심스럽게 돌아보았다. 어떤 악한이 침입하여 숨어 있을 수도 있다. 그러나 그는 아무것도 찾아내지 못했다. 그의 하인 밀슨도 외출 중이어서 아파트는 완전히 텅 빈 상태였다.

그는 침실로 돌아와 얼굴을 찌푸린 채 천천히 옷을 벗었다. 위험하다는 느낌이 한층 더 심해졌다. 그는 손수건을 꺼내러 서랍장으로 가다가 우뚝 서고 말았다. 서랍장 한가운데에 눈에 익지 않은 물체가 있었다.

그는 손가락을 떨며 재빨리 그 손수건을 벗기고 그 속에 감추어진 물건을 꺼냈다. 연발 권총이었다.

소스라치게 놀라며 더못은 그것을 찬찬히 살펴보았다. 그것은 좀 생소하게 생긴 것으로, 한 발은 최근에 발사된 것이었다. 그 이상은 전혀 알 수 없었다. 누군가가 바로 오늘 밤에 그 서랍에 갖다 둔 것이다. 그가 저녁식사를 하러 가려고 옷을 입을 때만 해도 거기에 없었다―그는 그것을 확신했다.

그가 그것을 서랍 속에 다시 넣으려고 할 때 초인종이 울려 그는 깜짝 놀랐다. 자꾸만 되풀이되는 그 소리는 텅 빈 아파트의 고요함 속에서 유난히 시끄럽게 들렸다.

이 시간에 누가 찾아온 것일까? 그 질문에 나올 수 있는 대답은 한 가지밖에 없었다―본능적이고도 확고한 대답이었다.

위험, 위험, 위험.

그 자신도 설명할 수 없는 어떤 본능에 이끌려, 더못은 불을 끄고 의자에 걸쳐두었던 외투를 후딱 입고 홀의 문을 열었다.

밖에는 두 사람이 서 있었다.

더못의 눈에 푸른 제복이 들어왔다. 경찰이다!

"웨스트 씨입니까?" 두 남자 중 하나가 물었다.

더못에게는 대답하기 전에 몇 년이 지난 것처럼 느껴졌다. 사실은 그가 자기 하인의 무표정한 목소리를 아주 그럴싸하게 흉내 내어, "웨스트 씨는 아직 오시지 않았습니다."라고 대답하는데 겨우 2~3초밖에 걸리지 않았는데 말이다.

"아직 안 들어왔다고? 좋아, 그럼, 들어가서 그를 기다리는 게 낫겠군."

"안 됩니다, 그러실 순 없습니다."

"이보시오, 나는 런던경시청의 배럴 경감이오. 그리고 당신 주인을 체포하기 위한 영장도 가져왔소. 보고 싶으면 보시오."

더못은 그가 내미는 서류를 훑어보며, 아니 그러는 체하며 얼떨떨한 목소리로 이렇게 물었다.

"무엇 때문이죠? 주인님이 무슨 짓을 했는데요?"

"살인이오. 할리가의 앨링턴 웨스트 경을 살해했소."

더못은 현기증을 느끼며 그 무서운 방문객들 앞에서 뒷걸음질쳤다. 그는 거실로 들어가서 불을 켰다. 경감이 뒤따라 들어왔다.

"한번 죽 수색해 보게."

그가 다른 사람에게 지시했다. 그런 다음 더못에게 말했다.

"당신은 여기 있으시오. 주인한테 알려 주러 몰래 빠져나갈 생각은 말고. 그런데, 당신 이름이 뭐요?"

"밀슨입니다."

"당신 주인이 몇 시쯤 들어오겠소, 밀슨?"

"모르겠는데요. 주인님은 무도회에 간 것으로 알고 있습니다. 그래프턴 갤러리스로요."

"그는 한 시간 전에 그곳을 떠났소. 그가 분명히 여기에 안 왔소?"

"그럴 겁니다. 주인님이 들어오셨으면 제가 소리를 들었을 겁니다."

이때 아까 그 남자가 인접해 있는 방에서 나왔다. 그의 손에는 권총이 들려 있었다. 그는 다소 흥분하여 그것을 경감에게 넘겨주었다. 경감의 얼굴에 만족스러운 표정이 스쳐 지나갔다.

"앞뒤가 맞아 들어가는군." 그가 말했다.

"당신이 듣지 못하는 사이에 살짝 들어왔다 나간 게 분명하오. 그는 지금쯤 도망쳤겠군. 나는 가는 게 좋겠어. 콜리, 자네는 여기 남아 있게. 만일 그가 다시 돌아오면 이 사람을 잘 감시하라고. 이 사람은 겉보기보다 자기 주인에 대해 더 알고 있는지도 모르니까."

경감이 부산떨며 나갔다. 더못은 말하고 싶어 안달하는 콜리에게서 그 사건의 자초지종을 들어보기로 했다.

"아주 명백한 사건이오." 그가 말했다.

"살인은 거의 즉시 발견되었소. 존슨이라는 하인이 침대에 막 들었을 때, 그는 총소리가 들린 것 같아서 다시 내려왔답니다. 앨링턴 경이 가슴에 총을 맞은 채로 죽어 있더라는 거요. 그는 당장 우리에게 전화를 걸었고, 우리는 출동하여 그의 이야기를 들었소"

"무엇 때문에 그것이 명백한 사건이라는 겁니까?"

더못은 용기를 내어 물었다.

"틀림없어요. 웨스트라는 젊은이는 자기 아저씨와 함께 집에 돌아왔는데, 존슨이 마실 것을 가지고 들어갔을 때 그들이 싸우고 있었다는군요. 그 노인은 유언장을 새로 만들겠다고 위협하고 있었고, 당신의 주인은 그를 쏘아 죽이겠다고 말하고 있었답니다. 그리고 난 뒤 5분도 채 못 되어 총소리가 났다는 거요. 오, 예, 아주 명백하죠."

정말 아주 명백했다. 더못은 자기에게 증거가 저항할 수 없이 불리하다는 것을 알고 암담한 심정이 되었다. 도망치는 것밖에는 달리 방법이 없었다. 그는 기지를 발휘했다. 이윽고 그는 차를 한 잔 끓이겠다고 말했다. 콜리는 기꺼이 그러라고 했다. 그는 이미 그 아파트를 다 수색했기 때문에 비밀 출구가 없다는 것을 알고 있었다.

더못은 부엌에 들어가도 좋다는 말을 들었다. 그는 당장 주전자를 올려놓고 딸그락거리며 찻잔과 접시들을 부지런히 챙겼다. 그런 다음 잽싸게 창문으로 다가가서 창틀을 들어 올렸다. 그 아파트는 3층이었는데, 창문 바깥쪽에 강철 밧줄로 오르락내리락하는 상인용의 조그만 철망 승강기가 있었다.

더못은 번개같이 창 밖으로 나와 그 철사 밧줄을 타고 내려왔다. 그 바람에 손을 베어 피가 났지만, 그는 필사적으로 도망쳤다.

몇 분 뒤 그는 그 구획의 뒷골목으로 조심스럽게 들어갔다. 모퉁이를 돌다가, 그는 보도에 서 있던 어떤 물체를 그만 들이받았다. 정말 놀랍게도 그것은 잭 트렌트였다. 트렌트는 그 위험한 상황에 아주 민감했다.

"맙소사! 더못! 빨리, 여기서 얼쩡거리지 말고"

그는 팔을 잡고 옆길로 그를 데리고 가더니 다른 길로 빠졌다.

빈 택시가 눈에 띄어 그것을 잡아탄 다음, 트렌트는 운전사에게 자기 집 주소를 알려 주었다.

"당장으로서는 가장 안전한 장소일세. 거기에서 우리는 그 바보들의 예상이 빗나가도록 하기 위해서 다음에 할 일을 결정할 수 있을 거야. 나는 경찰이 이곳에 오기 전에 미리 자네에게 경고해 주려고 온 것이라네."

"나는 자네가 그 일에 대해 들었으리라고는 전혀 알지 못했네. 잭, 자네는 믿지 않겠지……."

"물론이지, 여보게, 한순간도 그렇게 믿지 않네. 나는 자네를 너무 잘 알고 있어. 그렇지만, 자네에게는 일이 불리하게 꼬였어. 그들이 내게 물으러 왔더군. 자네가 몇 시에 그래프턴 갤러리스에 왔으며, 언제 떠났는가 등등. 더욱, 누가 그 노인을 죽였을까?"

"나는 상상할 수도 없어. 누군지 모르지만 그자가 내 서랍 속에 권총을 갖다 둔 것 같네. 우리를 아주 세밀하게 지켜보고 있었던 게 틀림없어."

"그 강령술이란 게 정말 재미있군. '집으로 가지 마시오.' 그건 바로 가엾은 자네 아저씨를 위해 한 말이었어. 그는 집으로 갔고, 그래서 총에 맞은 거라고."

"나한테도 적용되지." 더못이 말했다.

"나는 집으로 가서 연발 권총을 떠맡고 경찰을 맞았으니까 말이야."

"어쨌든, 나한테는 맞지 않았으면 좋겠군." 트렌트가 말했다.

"다 왔네."

그는 택시 요금을 지불하고 열쇠로 문을 연 다음, 어두운 계단을 올라가 2층에 있는 조그만 자기의 서재로 더못을 데리고 갔다. 그가 문을 열어 주어 더못이 걸어 들어가는 사이에 트렌트는 불을 켜고 그에게 다가왔다.

"여기에 있으면 당분간은 아주 안전할걸세." 그가 말했다.

"이제 우리 함께 머리를 맞대고 다음에 무엇을 해야 좋을지 생각해 보세."

"내가 바보짓을 했어." 더못은 갑자기 이렇게 말했다.

"과감하게 부딪쳐야 했는데. 이제야 좀더 확실하게 알겠군. 그 모든 것은 하나의 음모야. 자네는 도대체 무엇을 보고 그렇게 웃고 있지?"

트렌트는 의자에 기대어 웃음을 주체하지 못한 채 몸을 흔들어 대고 있었다. 그 소리에는 어딘가 소름끼치는 것이 있었다. 그의 눈에는 이상한 빛이 감돌았다.

"대단히 훌륭한 음모지." 그는 숨을 헐떡이며 말했다.

"더못, 자네는 끝장이야."

그는 전화를 자기 앞으로 당겼다.

"뭘 하는 건가?" 더못이 물었다.

"런던경시청에 전화를 거네. 그들에게 놈이 여기 있다고 말하려고—자물쇠를 단단히 채워 안전하게 가둬 놨다고 말이야. 내 뒤에 있는 문을 바라봤자 소용없어. 그건 클레어의 방에 연결되어 있지만, 그녀는 그것을 항상 안쪽에서 잠그거든. 그녀는 자네도 알다시피, 나를 두려워하고 있지. 오랫동안 나를 두려워해 왔어. 그녀는 내가 칼을, 길고 날카로운 칼에 대해서 생각하고 있을 때를 항상 알고 있지. 안 돼, 안 될 말씀이지."

더못이 그에게 덤벼들려고 하자, 그가 갑자기 권총을 꺼냈다.

"두 자루 중 하나일세." 트렌트가 낄낄거렸다.

"다른 하나는 자네 서랍에 넣어 두었자—그것으로 웨스트 영감을 쏜 다음에. 무엇을 보고 있나? 저 문? 소용없어, 설사 클레어가 그것을 연다고 할지라도—하긴, 그녀가 자네를 위해 그렇게 해줄지도 모르지. 하지만, 자네가 거기에 닿기 전에 쏘아 버리겠어. 가슴에는 안 쏴. 죽이지는 않을 걸세, 상처만 입히겠네. 자네가 도망칠 수 없도록 말이야. 내가 사격의 명수라는 건 자네도 알거야. 언젠가 자네 생명을 구해 주었지. 나보다 더한 바보도 없을 걸세. 아냐, 아냐, 나는 자네를 교수형에 처하게 하고 싶어—그래, 교수형에. 내가 노리는 사람은 자네가 아닐세. 바로 클레어라고 너무나도 하얗고 부드럽고 어여쁜 클레어란 말일세. 웨스트 영감은 알고 있었지. 그래서 그가 오늘 밤 여기에 온 거라고 내가 미쳤는지 안 미쳤는지 보려고 말이야. 그는 나를 감금시켜 놓고 싶어했자—그러면 내가 칼로 클레어를 해치울 수 없을 테니까.

나는 아주 교활하다네. 나는 그 노인과 자네의 현관열쇠를 모두 훔쳤어. 나는 춤을 추다가 살짝 빠져나와서 얼른 그곳에 갔지. 자네가 그의 집에서 나오는 것을 보고 들어가서는 그를 쏜 다음, 쏜살같이 빠져나와 자네 집에 그 권총을 갖다 두었다네. 그러고는 바로 그래프틴 갤러리스에 다시 돌아가, 자네에게 잘 가라고 인사하면서 현관열쇠를 자네 호주머니에 넣었지. 이 이야기를 자네에게 모두 했지만, 나야 걱정할 게 없네. 아무도 듣는 사람이 없으니까. 다만, 자네가 교수형에 처해질 때 내가 그렇게 했다는 것을 자네가 알고 죽었으면 하는 마음일세. 도망칠 구멍은 한 군데도 없어. 그게 나를 웃기는군—하, 정말 웃기는데! 뭘 생각하고 있나? 도대체 뭘 그렇게 보고 있지?"

"나는 자네가 방금 인용한 어떤 말을 생각하고 있다네. 트렌트, 자네 집으로 오지 않는 게 더 좋은 걸 그랬어."

"무슨 뜻이야?"

"뒤돌아보게."

트렌트는 뒤돌아보았다.

저쪽으로 연결된 방의 문 입구에 클레어가 서 있었다—배럴 경감과 함께.

트렌트는 민첩했다. 권총이 거의 즉시 발사되어—그 자국을 남겼다.

그는 탁자 위로 고꾸라졌다.

경감이 재빨리 그에게 달려가는 동안 더못은 꿈꾸듯이 클레어를 응시했다.

온갖 생각이 그의 머릿속을 뿔뿔이 흩어져 지나갔다. 그의 아저씨, 그들의 싸움, 거대한 오해, 정신이상의 남편으로부터 클레어를 결코 자유롭게 할 수 없는 영국의 이혼법……

"우리는 모두 그녀를 가엾게 여겨야만 해."

교활한 트렌트가 간파해낸 그녀와 앨링턴 경 사이의 음모.

"추하고, 추하고, 추할 거예요!" 그녀가 그에게 울부짖던 소리.

그래, 하지만 이제는……

경감이 몸을 펴고 일어났다.

"죽었소." 그는 난처한 표정으로 말했다.

"예, 그는 사격의 명수였죠." 더못은 되뇌었다.

네 번째 남자

성당 참사회 의원 퍼핏은 숨을 헐떡였다. 기차를 잡으려고 달리는 일은 그 나이의 사람에게는 쉬운 일이 아니었다. 한 가지 예로 든다면, 그의 모습이 예전만 같지 못하였으며, 늘씬한 몸매의 윤곽을 잃고부터는 갈수록 숨이 차는 것이었다. 이러한 증세를 그 참사회 의원은 항상 점잔빼며, "심장 탓이죠!" 하고 말했다.

그는 안도의 한숨을 내쉬며 1등칸 객실 구석 자리에 털썩 주저앉았다. 그는 난방장치가 된 열차의 온기가 마음에 들었다. 밖에는 눈이 내리고 있었다. 긴 야간 여행에서 자리를 얻는 건 운이 좋았다. 그렇지 못했다면 비참했을 텐데. 이 기차에도 침대칸이 있어야 했다.

다른 세 구석의 자리도 이미 차 있었다. 이 사실에 주목하며 성당 참사회 의원 퍼핏은 저쪽 구석에 있는 남자가 상냥하게 인사하며 자기를 보고 웃고 있다는 것을 깨달았다. 그의 장난기 어린 얼굴은 말끔하게 면도되어 있었고, 관자놀이께는 머리가 막 희끗희끗해지고 있었다. 그의 직업이 변호사라는 사실은 너무나 명백히 드러나 보여서 아무도 그가 다른 일을 하리라고는 전혀 생각할 수가 없었다. 조지 두런드 경은 실제로 아주 유명한 변호사였다.

"저런, 퍼핏, 이걸 타려고 뛰어왔군요?" 그가 온화하게 말했다.

"심장에 매우 해로울 겁니다." 참사회 의원이 말했다.

"당신을 만나다니 정말 우연의 일치로군요, 조지 경. 북쪽으로 가십니까?"

"뉴캐슬로요."

조지 경은 짤막하게 대답했다. 그러고는 이렇게 덧붙여 말했다.

"그건 그렇고, 이쪽의 캠벨 클라크 박사를 아십니까?"

그 칸에서 참사회 의원과 같은 편에 앉아 있던 남자가 쾌활하게 머리를 숙여 보였다.

"우리는 플랫폼에서 만났지요." 변호사가 말했다.

"또 다른 우연의 일치지요."

참사회 의원 퍼핏은 상당한 흥미를 느끼며 캠벨 클라크 박사를 바라보았다. 그 이름은 가끔 들어본 적이 있는 이름이었다. 클라크 박사는 내과와 정신과 전문의로 유명한 사람이었으며, 그가 최근에 내놓은 《무의식적인 마음의 문제》라는 책은 그 해에 가장 화제가 됐었다. 참사회 의원 퍼핏은 그가 각이 진 턱과 아주 침착한 푸른 눈을 지녔으며, 불그레한 머리는 아직 희끗희끗해지지는 않았으나, 빠른 속도로 숱이 적어지는 것을 알 수 있었다. 그는 또 그가 매우 강인한 성격의 소유자라는 인상을 받았다.

지극히 자연스러운 연상에 의하여 그 참사회 의원은 그와 마주 보는 좌석을 건너다보며 거기에도 아는 사람이 있기를 반쯤 기대했지만, 그 객실을 차지한 네 번째 승객은 전혀 낯선 사람이었다―참사회 의원의 생각으로는 외국인 같았다. 그는 홀쭉하게 마르고 검은 피부를 가진 사람이었는데, 생김새는 좀 천박한 편이었다. 외투를 입고 웅크린 채, 그는 깊은 잠에 빠진 것 같았다.

"브래드체스터의 퍼핏 참사회 의원이십니까?"

캠벨 클라크 박사가 쾌활한 목소리로 물었다.

참사회 의원은 우쭐해 하는 것 같았다. 그의 '과학적인 설교'는 정말 대단한 호평을 받았었다―특히 신문에 난 이후로는. 아무튼, 그것은 교회가 필요로 하는 것이었으며, 훌륭하고 현대적인 내용이었다.

"나는 당신의 책을 굉장히 재미있게 읽었습니다, 캠벨 클라크 박사님. 비록 중간 중간에 너무 전문적인 부분이 있어서 이해할 수는 없었지만 말이오."

두런드가 끼어들었다.

"당신은 얘기하고 싶소, 자고 싶소, 퍼핏 씨?" 그가 물었다.

"나는 솔직히 불면증에 시달리고 있기 때문에 이야기했으면 좋겠습니다만."

"오, 좋습니다! 좋고말고요." 참사회 의원이 말했다.

"나는 야간 여행할 때는 거의 자지 않습니다. 게다가, 가지고 온 책도 아주 따분한 내용이거든요."

"우리들은 적어도 대표자들이 모인 셈이군요." 의사가 웃으며 말했다.

"성공회(영국 국교), 법조계, 의학계에서 말입니다."

"그에 대한 얘기를 나눌 기회가 별로 없었죠?" 두런드가 웃으며 말했다.

"신부님께서는 영적인 견해를 대변해 주시고, 나는 아주 세속적이며 법률적인 견해를 대변하고, 당신, 박사께서는 순수한 병리학에서부터 초심리학에 이르기까지 모든 것을 망라하는 가장 넓은 분야에 관여하고 있습니다! 우리 셋이라면 어떤 문제라도 아주 완전하게 다룰 수 있을 것 같은데요."

"당신이 생각하는 것만큼 그렇게 완벽하지는 못할 것 같습니다."

클라크 박사가 말했다.

"당신이 무시해 버린 다른 관점이 있습니다. 그것도 중요하다고 할 수 있지요."

"뭡니까?" 변호사가 물었다.

"보통 사람의 관점입니다."

"그것이 그렇게 중요합니까? 보통 사람들은 대개 틀리지 않습니까?"

"오, 거의 그렇죠! 그러나, 그들은 모든 전문적인 견해에 결여되어 있는 것을 가지고 있죠—개인적인 관점이라는 것 말입니다. 결국, 당신도 개인적인 관점에서 벗어날 수는 없다는 것을 아실 겁니다. 나는 내 직업에서 그것을 발견했어요. 진짜로 아프다고 오는 환자 중에서, 적어도 다섯 명은 이유야 무엇이든 간에 알고 보면 한집안에 사는 사람들과 행복하게 지낼 수 없다는 것 때문에 오는 사람들이죠. 그들은 거기에다 온갖 것을 다 갖다 붙입니다. 무릎 피하의 염증에서부터 손가락 경련에 이르기까지 말입니다. 그러나 모두 같은 일일 뿐이죠. 마음과 마음이 마찰하니까 그런 것이 표면에 드러나는 겁니다."

"신경과민으로 오는 환자들도 많이 있겠죠."

참사회 의원이 깔보는 듯이 말했다. 그의 신경은 건전했던 것이다.

"아, 그런데 그건 무슨 뜻으로 하시는 말씀입니까?"

의사는 번개처럼 빨리 돌아보았다.

"신경과민이라고요! 사람들은 그 말을 한 뒤에 방금 당신이 그런 것처럼 웃죠. '아무것도 아닌 걸 가지고, 괜히 신경을 곤두세워서 그래.' 하고 말합니다.

그러나 놀랍게도 말입니다, 거기에 모든 것의 급소가 있어요! 단순한 육체적인 병은 찾아내서 그것을 치료할 수 있습니다. 그러나 오늘날 우리는 101가지 유형을 가진 신경병의 불확실한 원인에 대해서—글쎄요, 엘리자베스 여왕 시대 때보다도 더 모르고 있답니다!"

"저런, 그래요?" 퍼핏은 이 맹공격에 약간 당황한 채 이렇게 말했다.

"그런데, 그것은 은총의 표시지요." 캠벨 클라크 박사가 계속했다.

"과거에는 사람을 육체와 정신으로 된 단순한 동물이라고 생각했습니다—육체를 더 중시하면서 말이오."

"육체와 정신과 영혼이지요." 성직자가 부드럽게 정정했다.

"영혼?" 의사는 기묘하게 미소 지었다.

"당신네 신부들이 말하는 영혼이라는 건 정확하게 무슨 뜻입니까? 당신들은 그것에 관해 한 번도 아주 명확하게 말한 적이 없어요. 여러 시대를 거쳐 오면서 정확한 정의를 내리는 것을 회피해 왔다고요."

참사회 의원은 목청을 가다듬으며 말할 준비를 했지만 유감스럽게도 기회가 주어지지 않았다. 의사가 계속했다.

"그 단어가 '영혼(spirit)'이라는 것도 확신할 수 있는 겁니까. '영혼들(spirits)'이 아니고요?"

"영혼들이라뇨?"

조지 두런드 경은 눈썹을 기묘하게 추켜세우며 이렇게 물었다.

"예."

캠벨 클라크는 그에게 시선을 돌렸다. 그는 몸을 앞으로 기울이고 앞에 있는 남자의 가슴을 가볍게 두드리며 진지하게 말했다.

"당신은 이 몸이라는 집 속에 단지 한 개의 영혼밖에 없다고 확신할 수 있소? 모든 걸 갖추고 싶어하는 이 욕망 많은 인간아, 7년, 21년, 41년, 71년—뭐 아무 때도 좋습니다만, 그 기간 내내 말이오? 그러나 결국 그 집 속의 거주자는 자기 물건들을 처분해 버리죠—조금씩, 조금씩. 그런 다음 그 집에서 완전히 나와 버립니다. 그러면 그 집은 영락하여, 황폐하고 썩어들어 가지요. 당신은 그 집의 주인입니다, 우리는 그것을 인정하겠지만, 당신은 다른 사람들의 존재를(그들이 하는 일 외에는—그것도, 해도 표시도 안 나는 일을 말이오), 거의 눈에 띄지 않게 살짝살짝 걸어 다니는 하인들을 의식조차 하지 않죠? 또, 당신을 사로잡아 당신을(속담에도 있듯이) 전혀 '다른 사람'으로 만드는 분위기를 가진 친구들을 말이오. 당신은 그 저택의 주인임은 틀림없지만, 동시에 비열한 악당도 되는 겁니다."

"친애하는 클라크 씨—." 변호사는 점잔빼며 느릿느릿 말했다.

"당신은 나를 몹시 불쾌하게 만들고 있군요. 내 마음이 일치하지 않는 인격들의 전쟁터란 말인가요? 그게 최신 과학입니까?"

이번에는 의사가 어깨를 움츠렸다.

"당신의 육체는 그렇습니다." 그는 냉정하게 말했다.

"육체가 그렇다면, 마음이라고 아니란 법은 없잖습니까?"

"아주 흥미롭군요." 참사회 의원 퍼핏이 말했다.

"아! 놀라운 과학입니다—놀라운 과학이오."

그리고 그는 내심 이런 생각을 했다.

'이 생각에서 사람들의 눈을 끄는 멋진 설교를 얻어낼 수 있겠구나.'

그러나 캠벨 클라크 박사는 일시적인 흥분이 가라앉자 다시 좌석 뒤로 몸을 기댔다. 그는 냉정하고 직업적인 태도로 말했다.

"사실, 오늘 밤 뉴캐슬에 가는 이유는 이중인격을 가진 환자 때문입니다. 매우 흥미로운 환자죠. 신경증 환자입니다. 그러나 진짜 환자랍니다."

"이중인격이라면……."

조지 두런드 경이 생각에 잠긴 채 말했다.

"그다지 드문 것 같진 않군요. 기억 상실이라는 것도 있잖습니까? 얼마 전에 유언 검인 재판에서 그런 사건이 하나 등장한 걸로 알고 있습니다만."

클라크 박사가 머리를 끄덕였다.

"그 대표적인 예가 펠리시 볼의 경우지요. 혹시 기억하고 계십니까?"

"물론이죠." 퍼핏이 말했다.

"신문에서 그것에 관해 읽은 기억이 나는군요—아주 오래전이었죠. 적어도 7년은 됐을 겁니다."

캠벨 클라크 박사가 머리를 끄덕였다.

"그 처녀는 프랑스에서 가장 유명한 사람 중 하나가 되었죠. 전 세계 과학자들이 그녀를 보러 갔으니까요. 그녀는 네 개씩이나 되는 별개의 인격을 가지고 있었습니다. 그것들은 펠리시 1, 펠리시 2, 펠리시 3 등으로 구분됐죠."

"속임수를 쓴 기미는 없었습니까?" 조지 경이 빈틈없이 물었다.

"펠리시 3과 펠리시 4의 인격엔 좀 의심할 부분이 있었죠."

의사가 시인했다.

"그러나, 그래도 역시 시선을 끄는 일이었습니다. 펠리시 볼은 프랑스 북서부 브르타뉴 지방의 시골뜨기 소녀였죠. 그녀는 다섯 식구 중 셋째로 술주정뱅이 아버지와 정신적인 결함이 있는 어머니 사이에서 태어났습니다. 그녀의 아버지가 어느 날 곤드레만드레 취한 나머지 술주정을 부리다가 아내의 목을 졸라, 내 기억이 옳은지 모르겠지만, 죽이고 말았죠. 펠리시는 그때 다섯 살이었습니다. 어린이들에게 관심이 있는 자비로운 사람들이 좀 있었기에, 펠리시는 빈곤한 어린이들을 위한 일종의 고아원을 차린 한 독신 여성이 길러 주고 교육시켜 주었죠. 그러나 그녀는 펠리시에게 그다지 많이는 가르쳐 주지 않았습니다. 그녀의 묘사에 따르면, 그 소녀는 비정상적으로 느리고 아둔했으며, 읽고 쓰는 것만 배우는 데도 그야말로 굉장한 어려움을 겪었을 뿐만 아니라, 손으로 하는 일도 서툴기 짝이 없었습니다. 슬래터 양이라는 여인은 그 처녀에게 가사 일을 가르쳐 여러 가지 일자리를 찾아 주었습니다. 그러나 그녀는 아둔함과 심한 게으름 때문에 어느 곳에서도 오래 붙어 있질 못했죠."

의사가 잠시 이야기를 멈췄을 때, 참사원 의원은 다리를 꼬며 자기의 여행용 무릎 덮개를 좀더 바싹 끌어다 덮다가, 갑자기 맞은편에 있는 사람이 아주 약간 움직인 것을 알아차렸다.

조금 전까지 감았던 눈을 지금은 뜨고 있었는데, 그 눈 속의 무엇인가를 보고 참사회 의원은 흠칫 놀랐다. 그 사람은 마치 우리 얘기를 듣고 있는 듯했으며, 또한 자기가 들은 이야기에 대해 혼자서 몰래 웃고 있는 것 같았다.

"펠리시 볼이 열일곱 살 때 찍은 사진이 한 장 있지요." 의사가 계속했다.

"그걸 보면 그녀는 체격이 크고 촌티가 나는 시골뜨기 처녀더군요. 그 사진으로 봐서는 그녀가 곧 프랑스에서 가장 유명한 사람 중 하나가 되리란 것을 전혀 짐작할 수 없답니다. 5년 뒤, 그녀가 스물두 살이 되었을 때 심한 신경병을 앓았는데, 회복되어 가면서 그 이상한 현상이 나타나기 시작했습니다. 내가 지금부터 얘기하는 것은 많은 저명한 과학자들이 증명한 사실입니다. 펠리시 1이라고 불리는 인격은 지난 22년간의 펠리시 볼과 거의 같았습니다. 펠리시 1은 프랑스어를 엉터리로 불완전하게 쓰며, 외국어는 전혀 말하지 못할 뿐만 아니라, 피아노도 치지 못하죠. 펠리시 2는 정반대로 이탈리아어를 유창하게 말하며, 프랑스어로 풍부한 표현을 술술 써내려 갑니다. 그녀는 정치와 예술을 논할 수 있었고, 피아노 치는 것을 굉장히 좋아했습니다. 펠리시 3은 펠리시 2와 공통된 점이 많죠. 그녀는 지적이었고, 훌륭한 교육을 받은 것으로 명백히 드러났지만, 도덕적인 성격에 있어서는 완전히 대조적이었습니다. 그녀는 완전히 타락한 인간으로 드러났죠—그런데, 그것도 촌스럽지 않은 파리식으로 말입니다. 그녀는 파리의 은어와 세련된 화류계 여자의 말씨를 모두 알고 있었습니다. 그녀가 쓰는 언어는 상스러웠으며, 종교와 소위 '훌륭한 사람들'을 아주 불경스러운 말로 욕했습니다.

마지막 펠리시 4가 있었죠—이 인물은 거의 얼빠진 멍청한 인간으로, 확고한 신앙심이 있었으며, 표면상으로는 예리한 통찰력을 가지고 있었습니다만, 이 네 번째 인격은 매우 불완전했으며 알기가 어려웠죠. 그리고 때로는 펠리시 3쪽에서 계획적으로 속임수를 쓰는 것으로 여겨진 적도 있었습니다—남을 쉽사리 믿는 대중을 상대로 일종의 장난을 치는 것으로 말입니다. 펠리시 4를 제외해 본다면 각각의 의격은 뚜렷하게 분리되었으며, 나머지 다른 인격에 대해서는 전혀 모르고 있다고 말할 수 있습니다. 펠리시 2가 확실히 단연 우세했으며, 때때로 한 번에 2주일씩 지속하였다가 펠리시 1이 갑자기 하루나 이틀 동안 나타났습니다. 그런 뒤에는 아마 펠리시 3, 또는 펠리시 4가 나타났지만, 그 둘은 거의 두세 시간도 지탱하지 못했죠. 매번 변화할 때면 심한 두통과 깊은 잠이 수반되었으며, 각각의 경우에 나머지 다른 상태에 대해서는 기억력을 완전히 상실했을 뿐만 아니라, 문제의 그 인격은 시간이 지난 것도 깨닫지 못한 채 자기가 두고 떠났던 생활로 다시 돌아가는 겁니다."

"놀랄 만하군요." 참사회 의원이 중얼거리듯이 말했다.

"아주 놀랄 만해요. 아직 우리는 우주의 경이에 대해서 거의 모르는 겁니다."

"우리는 그 안에 매우 교활한 사기꾼들도 있다는 것을 알고 있소."

변호사가 냉정하게 말했다.

"펠리시 볼의 병은 의사나 과학자들뿐만 아니라 법률가들도 조사했죠."

캠벨 클라크 박사가 재빨리 말했다.

"기억하시겠지만, 메이트르 킴블리에가 가장 철저하게 조사하여 과학자들의 견해가 옳다는 걸 증명했습니다. 그런데, 우리가 그 사실에 왜 그렇게 깜짝 놀라야 하죠? 우리는 노른자가 두 개 들어 있는 달걀도 보았잖습니까? 그리고 쌍둥이 바나나도요? 하나의 육체에, 영혼이 두 개면 왜 안 됩니까. 아니, 이 경우에서 보듯이 네 개의 영혼이라면?"

"두 개의 영혼이라고요?" 참사회 의원이 고개를 갸우뚱했다.

캠벨 클라크 박사는 꿰뚫을 듯한 푸른 눈을 그에게 돌렸다.

"그밖에 어떻게 달리 부를 수 있습니까? 즉—인격이 영혼이라면?"

"그러한 상태가 단지 기형에서만 나타난다는 건 다행한 일이오."

조지 경이 말했다.

"만일 그 병이 흔하다면, 엄청난 혼란이 야기될 겁니다."

"그런 상황이야 극히 드문 경우죠." 의사가 수긍하며 말했다.

"더 지속적인 연구를 할 수 없었던 게 큰 유감이지만, 펠리시의 돌연한 죽음으로 종결되고 말았습니다."

"내 기억이 옳은지 모르겠지만, 그에 관해선 좀 이상한 점이 있었죠."

변호사가 천천히 말했다.

캠벨 클라크 박사가 머리를 끄덕였다.

"아주 이상한 일이었습니다. 그 처녀는 어느 날 아침 침대에서 죽은 채로 발견됐어요. 그녀는 목이 졸려 죽은 게 분명했습니다. 그런데, 나중에 사실은 그녀가 스스로 목을 졸라 죽은 게 틀림없다고 밝혀져 사람들을 망연자실하게 만들었죠. 그녀의 목에 남은 자국은 그녀의 손가락 자국이었습니다. 신체상 불가능한 일은 아니었으나, 엄청난 근육의 힘과 거의 초인간적인 의지력이 필요한 자살 방법이었죠. 무엇이 그녀를 그러한 괴로운 상태로 몰고 갔는지는 아직 밝혀지지 않고 있습니다. 펠리시 볼의 불가사의한 사건은 영원히 막이 내려졌습니다."

저쪽 끝에 앉은 남자가 웃은 것은 바로 그때였다.

나머지 세 남자는 총에 맞은 것처럼 펄쩍 뛰었다. 그들은 자기들 사이에 네 번째 존재가 있다는 것을 까맣게 잊고 있었던 것이다. 그들이 외투를 입은 채 여전히 웅크리고 앉아 있는 그를 뚫어지게 쳐다보자, 그는 다시 웃었다.

"용서해 주십시오, 여러분."

그는 완벽하기는 하나 이국적인 정취를 풍기는 영어로 말했다. 그는 작고 새카만 콧수염을 기른 창백한 얼굴을 내보이며 똑바로 앉았다.

"예, 용서해 주셔야만 합니다." 그는 절하는 시늉을 하며 말했다.

"그렇지만 세상에! 과학 쪽에서는 결론이 이미 났다는 말입니까?"

"당신은 우리가 얘기하고 있었던 그 사건에 대해 좀 알고 있나 보군요?"

의사가 정중하게 말했다.

"그 사건에 대해서요? 아닙니다. 하지만, 그녀는 알고 있죠."

"펠리시 볼을?"

"예. 그리고 아네트 라블도. 당신들은 아네트 라블에 대해서는 들은 바가 없나 보죠? 펠리시 볼의 이야기는 바로 아네트 라블의 이야기입니다. 제 이야기를 믿으세요. 만일 당신들이 아네트 라블의 이야기를 모른다면 펠리시 볼에 대해서도 안다고 할 수가 없습니다."

그는 시계를 꺼내어 보았다.

"다음 정거장까지 꼭 30분이 남았군요. 그 정도면 당신들에게 그 이야기를 해 드릴 수는 있겠습니다—만일 당신들이 듣고 싶어하신다면?"

"우리에게 이야기를 들려주시오." 의사가 침착하게 말했다.

"기꺼이 듣겠소." 참사회 의원이 말했다.

"기꺼이."

조지 두런드 경은 날카롭게 주의를 기울이며 차분히 마음을 가라앉히고 있었다.

함께 여행하게 된 낯선 사람이 말을 시작했다.

"내 이름은, 여러분, 라울 르타르도입니다. 당신들은 방금 자선사업에 관여하고 있었던 슬래터 양이라는 영국인 여성에 대해 말씀하셨죠. 나는 브르타뉴 지방의 어촌에서 태어났습니다. 부모님이 철도 사고로 모두 돌아가셨을 때, 영국의 고아원 같은 데서 구원의 손길을 뻗어 나를 구해 준 사람이 있었는데 그녀가 바로 슬래터 양이었습니다. 그녀가 보호해 주고 있었던 어린애들은 남녀 합쳐서 약 스무 명가량 되었습니다. 이 어린애 중에 펠리시 볼과 아네트 라블이 있었던 거죠. 내가 여러분께 아네트의 인격을 이해시키지 못하면, 여러분은 아무것도 이해하시지 못할 겁니다. 그녀는 연인에게 버림받은 채 폐병으로 죽은 소위 매춘부의 자식이었죠. 그녀의 어머니는 무희였는데, 아네트 역시 무희가 되고 싶어했습니다. 내가 그녀를 처음 보았을 때 그녀는 일곱 살이었는데, 조롱하는 듯하면서도 총명해 보이는 눈을 지닌 꼬마였어요—발랄하고 생기로 가득 찬 꼬마였죠. 그런데 갑자기—예, 갑자기였지요. 그녀는 나를 자기의 노예로 만들었습니다. '라울, 나에게 이것을 해줘.', '라울, 나에게 저것을 해줘.' 하는 식이었죠. 그리고 나는 복종했습니다. 나는 이미 그녀를 숭배하고 있었으며, 그녀는 그것을 알고 있었어요.

우리는 해변으로 함께 가곤 했습니다, 셋이서요—펠리시가 우리를 따라오곤 했으니까요. 그리고 거기에서 아네트는 신발과 스타킹을 벗어 던지고 모래 위에서 춤을 추었죠. 그리고 숨이 차서 털썩 주저앉으면, 그녀는 자기가 무엇을 할 것이며 무엇이 될 것인가를 우리에게 얘기해 주었습니다.

'잘 들어봐. 나는 유명해질 거야. 그래, 굉장히 유명해질 거야. 나는 수백 수천 켤레의 실크 스타킹을 갖게 될 거야—그것도 가장 고급 실크 말이야. 그리고 멋진 아파트에서 살 거야. 내 연인들은 모두 부자일 뿐만 아니라 젊고 잘생겼을 거고, 내가 춤을 추면 파리에서 모두들 나를 보러 오겠지. 그들은 내 춤을 보고 소리 지르고 외치고 환호하고 미친 듯이 날뛸 거야. 하지만, 나는 겨울에는 춤을 추지 않을 테야. 햇빛을 찾아 남쪽으로 가겠어. 거기에는 오렌지 나무가 있는 별장들이 있단 말이야. 난 그중 하나를 갖게 될 거야. 나는 실크 쿠션을 베고 양지에 누워 오렌지를 먹을 거야. 너는 말이야, 라울, 내가 아무리 위대해지고 부유해지고 유명해지더라도 너는 절대 잊지 않을게. 여기 있는 펠리시는 내 하녀를 시켜야지. 안 돼, 이 아이의 손은 너무 무뎌, 저것 좀 봐, 얼마나 크고 거친지.'

펠리시는 그 말에 화를 냈습니다. 그러면 아네트는 그녀를 계속 놀려댔죠.

'펠리시는 정말 숙녀 같아. 너무 우아하고, 너무 세련돼서 말이야. 아마도 공주인데 변장한 걸 거야, 하하.'

'우리 아버지와 어머니는 결혼했으니까 너희 부모보다는 더 나아.'

펠리시는 악의에 가득 차서 이렇게 소리치곤 했습니다.

'그래. 하지만 너희 아버지는 어머니를 죽였잖아. 형편없는 것, 살인자의 딸인 주제에.'

'너희 아버지는 어머니가 죽어 가도록 내버려두었잖아.'

펠리시도 한마디 해주었죠.

'아, 그래.' 아네트는 생각에 잠겼습니다.

'불쌍한 엄마. 사람은 튼튼하고 건강해야 돼. 튼튼하고 건강한 게 제일이니까.'

'나는 말처럼 튼튼해.' 펠리시가 자랑했습니다.

그녀는 정말 그랬어요. 그녀는 그 고아원에 있는 다른 소녀들보다 두 배나 힘이 셌습니다. 결코 아픈 법이 없었죠. 하지만 여러분이 아시다시피, 그녀는 아둔했어요. 이성이 없는 짐승처럼 말입니다.

나는 가끔 그녀가 아네트를 왜 그렇게 따라다녔는지 의아스러웠죠. 그녀는 이를테면 홀린 것이었어요. 때때로 나는 그녀가 사실은 아네트를 미워했던 것 같다고 생각했습니다. 실은, 아네트는 그녀에게 친절하지는 않았거든요. 아네트는 그녀의 느릿하고 우둔한 태도를 우습게 여겼으며, 다른 사람들 앞에서 그녀를 괴롭혔습니다.

펠리시가 화가 나서 얼굴이 아주 하얗게 질리는 것을 본 적이 있어요. 때때로 나는 그녀가 손가락으로 아네트의 목을 졸라 숨 막혀 죽게 할 거라는 생각이 들었습니다. 그녀는 아네트가 조롱하는 것을 되받을 만큼 머리가 빨리 돌아가지 못했지만, 곧 결코 실패하는 법이 없는 한 가지 말대꾸를 알게 되었습니다. 그것은 자기 자신의 건강과 힘에 관한 것이었죠. 그녀는 내가 줄곧 알고 있었던 것을, 즉 아네트가 그녀의 튼튼한 신체를 부러워한다는 것을 알아내어, 본능적으로 적의 갑옷에서 가장 약한 부분을 찔렀습니다.

어느 날 아네트는 굉장히 즐거워하며 내게 와서 이렇게 말했습니다.

'라울, 우리 오늘 그 멍청한 펠리시를 데리고 장난치자.'

'뭘 하려고 그러는데?'

'조그마한 헛간 뒤에 가서 말해 줄게.'

아네트는 무슨 책을 가지고 있는 것 같았습니다. 그녀는 일부밖에 이해하지 못했는데, 사실 그 내용은 그녀의 머리로는 도저히 이해할 수 없는 것이었죠. 그것은 초보 최면술에 관한 책이었거든요.

'빛이 나는 물건이라야 한데. 내 침대에 놋쇠 장식 있지. 빙빙 도는 것 말이야.' 나는 어젯밤 펠리시에게 그것을 보게 했다. '그것을 계속 봐.' 하고 내가 말했어. '거기서 눈을 떼지 마.' 하고 말이야. 그런 다음 그것을 돌렸지. 라울, 나는 깜짝 놀랐어. 그 애의 눈이 이상해 보였어—너무 이상해 보였단 말이야.

내가, '펠리시, 너는 항상 내가 말하는 대로 할 거야.' 하고 말했더니, 그 애가, '나는 항상 네가 말하는 대로 하겠어.' 하고 대답하는 거야. 그래서 그때, 내가 이렇게 말했어. '내일 12시에 양초를 운동장으로 가지고 나와서 그것을 먹기 시작해. 그리고 누가 너한테 묻거든, 그게 네가 맛본 것 중에서 가장 맛있는 과자라고 말하는 거야.' '오, 라울, 생각해 봐!'

'하지만 그녀는 절대 그렇게 하지 않을걸.' 내가 반대하며 말했죠.

'그 책에는 그렇게 쓰여 있단 말이야. 나도 그것을 전부 믿지는 않지만—오! 라울, 그 책이 사실이라면, 얼마나 재미있겠어!'

나 역시 아주 재미있을 거라고 생각했습니다. 우리는 친구들에게 알려서 12시에 모두 운동장에 모였습니다. 그 시각에 정확히 맞추어서 펠리시가 쓰다 남은 양초 한 자루를 손에 들고 나오더군요.

내 말을 믿으시겠습니까, 여러분? 그녀는 진지한 표정으로 그것을 갉아먹기 시작하는 거였습니다. 우리는 모두 흥분했습니다! 가끔 어린애 중 한두 명이 그녀에게 다가가서 엄숙하게 물었습니다. '훌륭하구나, 너 거기에서 무엇을 먹고 있니, 펠리시?'라고 말이에요. 그랬더니 그녀가, '그래, 이건 내가 맛본 것 중에서 가장 맛있는 과자야'라고 대답하는 거예요. 그때 우리는 깔깔거리고 웃었습니다. 우리가 너무 소란스럽게 웃었기 때문에 그 소리가 펠리시에게 자기가 무엇을 하고 있는지를 깨닫게 하였죠. 그녀는 당황하여 눈을 깜박이며, 그 양초를 본 다음 우리를 쳐다보았습니다. 그녀는 손으로 이마를 닦았어요.

'아니, 내가 여기서 무엇을 하고 있는 거지?'

그녀는 중얼거리듯이 말했습니다.

'너는 양초를 먹고 있었어.' 우리가 소리를 질렀죠.

'내가 너를 그렇게 하게 했어. 내가 너를 그렇게 하게 했다니까.'

아네트가 소리치며 춤을 추었습니다. 펠리시는 잠시 동안 노려보더군요. 그러더니 천천히 아네트에게 다가갔습니다.

'그래 너였구나. 누가 나를 우스꽝스럽게 만들었나 했더니 바로 너였구나. 나는 잊지 않을 거야. 아! 나는 이 일에 대한 보복으로 너를 죽이고 말 거야!'

그녀는 매우 조용한 목소리로 말했는데, 아네트는 갑자기 막 뛰어오더니 내 뒤에 숨더군요.

'나를 구해 줘, 라울! 나는 펠리시가 무서워. 그건 단지 장난일 뿐이야, 펠리시. 장난일 뿐이라니까.'

'나는 이런 장난을 좋아하지 않아.' 펠리시가 말했습니다.

'알겠어? 나는 너를 증오해. 너희 모두를 증오한다고.'

그러고는 갑자기 울음을 터뜨리며 뛰어가 버렸죠.

아네트는 자기가 한 실험의 결과에 겁을 집어먹고는 다시는 되풀이하지 않았습니다. 그러나 그날부터 펠리시에 대한 그녀의 지배는 날로 더 강해졌죠.

지금 생각해 보면 펠리시는 그녀를 항상 미워했지만, 그런데도 그녀는 아네트에게서 벗어날 수가 없었습니다. 그녀는 아네트의 뒤를 개처럼 졸졸 따라다니곤 했으니까요.

그 뒤 곧 나는 일자리가 생겨서, 어쩌다 휴가 때라야만 그 고아원에 갔었죠. 무희가 되고자 하는 아네트의 욕망은 그리 큰 것이 아니었는데도 그녀는 나이가 들면서 노래하는 목소리가 점점 더 아름다워졌습니다. 그래서 슬래터 양은 그녀에게 가수가 되기 위한 지도를 받게 해주었죠.

아네트는 게으름을 피우지 않았습니다. 그녀는 쉬지 않고 열심히 연습했어요. 슬래터 양은 그녀가 너무 지나치게 하는 것을 막지 않을 수가 없을 정도였거든요. 한번은 슬래터 양이 내게 그녀에 대한 이야기를 해주더군요.

'너는 늘 아네트를 좋아했었지?' 그녀가 말했습니다.

'아네트에게 너무 무리해 가면서 연습하지 말라고 설득해 주겠니? 그 애는 요즘 기침을 좀 하고 있는데, 그게 걱정이 된단다.'

나는 일 때문에 그 뒤 곧 멀리 떠났습니다. 처음에는 아네트에게서 한두 통의 편지를 받았지만, 그다음에는 소식이 끊겼죠. 내가 외국에 나간 지 5년이 흘렀습니다. 나는 파리에 돌아왔다가, 우연히 아네트를 선전하는 포스터를 보게 되었습니다. 거기에는 사진도 실려 있었죠. 나는 그녀를 단번에 알아보았습니다. 그날 밤 나는 그 극장에 갔죠.

아네트는 프랑스어와 이탈리아어로 노래했습니다. 무대 위의 그녀는 훌륭했어요. 나중에는 그녀의 분장실로 갔습니다. 그녀는 나를 금방 만나 주더군요.

'아니, 라울!' 하고 외치며 그녀는 하얗게 분장을 한 두 손을 내밀었습니다. '정말 놀라운 일이야! 그동안 어디에 있었어?'

나는 그녀에게 말해 주었지만, 그녀는 사실은 별로 듣고 싶어하지 않았습니다. '보다시피, 나는 지금 출세가도를 달리고 있어. 성공이 바로 내 코밑에 다가와 있지!'

그녀는 꽃다발로 가득 찬 바에서 의기양양하게 손을 흔들었습니다.

'슬래터 양이 네가 성공한 것을 자랑스럽게 여기시겠구나.'

'그 할머니가? 아냐. 사실은, 그녀는 나를 국립음악학교에 보낼 생각이었거든. 고상한 음악회에서 노래를 부르라고 말이야. 하지만, 나는 가수야. 내가 내 자신을 표현할 수 있는 곳은 여기, 연예 무대에서뿐이야.'

바로 그때 잘생긴 중년 남자가 들어왔습니다. 그는 아주 출중한 인물이었어요. 그의 태도로 보아 나는 그가 아네트의 보호자라는 것을 알 수 있었죠. 그가 나를 힐끗 보자 아네트가 소개했습니다.

'어릴 적 친구예요. 파리에 들렀다가 포스터에 나온 내 사진을 보았대요. 그래서 여기 왔어요!'

그러자 그 남자는 아주 상냥하고 정중해지더군요. 그는 내가 있는 자리에서 루비와 다이아몬드로 된 팔찌를 꺼내어 아네트의 손목에 채워 주었습니다.

내가 일어나서 가려고 하자, 그녀는 의기양양한 시선을 던지며 이렇게 속삭이더군요.

'나 성공했지? 알겠어? 세상이 모두 내 앞에 있다고.'

그러나 방을 나왔을 때, 나는 그녀의 날카롭고 마른기침 소리를 들었습니다. 나는 그 기침이 무엇을 의미하는지 알고 있었죠. 그건 폐병 환자였던 그녀의 어머니가 물려준 것이었습니다.

다음에 그녀를 본 것은 2년이 지난 뒤였습니다. 그녀는 슬래터 양의 보호를 받고 있었습니다. 그녀의 성공은 무너져 버렸죠. 그녀는 폐병이 심해져 의사로부터 아무것도 해서는 안 된다는 진단을 받은 겁니다.

아! 나는 그때 그녀의 모습을 결코 잊지 못할 겁니다! 그녀는 정원에 있는 조그만 오두막에 누워 있었어요. 그녀는 밤이고 낮이고 그곳에 있었습니다. 그녀의 볼은 움푹 파인 채 상기되어 있었고, 눈은 광채가 나고 충혈되어 있었죠.

나를 맞는 그녀의 태도가 너무 필사적이어서 나는 깜짝 놀랐습니다.

'만나서 반가워, 라울. 사람들이 하는 말을 너도 알고 있겠지─난 회복되지 못한다지? 내가 없는 데에서만 수군거린단다. 내 앞에서는 달래고 위로하면서 말이야. 그러나 그건 사실이 아니야, 라울, 사실이 아니라니까! 나는 죽지 않아. 내가 죽는다고? 내 앞에 그렇게 멋진 인생이 펼쳐져 있는데? 문제는 살고자 하는 의지야. 요즘 위대한 의사들은 모두 그렇게 말하고 있어. 나는 생명을 내놓을 만큼 약한 사람이 아니야. 벌써 나는 굉장히 좋아졌어─굉장히 좋아졌다고, 알겠어?'

그녀는 자신의 말을 이해시키기 위해 팔꿈치를 짚고 일어서다가, 발작적인 기침이 그녀의 약한 몸을 마구 괴롭히는 바람에 쓰러지고 말았죠.

'기침은, 아무것도 아니야.' 그녀는 숨을 헐떡거리며 말했습니다.

'그리고 객혈도 나를 놀라게 하지는 못해. 나는 의사들을 깜짝 놀라게 해주

겠어. 중요한 것은 의지야. 기억해둬, 라울, 나는 살아날 거야.'

가엾더군요. 짐작하시겠지만, 그건 정말 너무나 비참한 모습이었어요.

바로 그때, 펠리시 볼이 쟁반을 들고 들어왔습니다. 뜨거운 우유 한 컵을 가지고 말이죠. 그녀는 아네트에게 그것을 주고 그녀가 마시는 것을 지켜보고 있었는데, 그 표정은 헤아릴 수가 없었습니다. 거기에는 일종의 독선적인 만족감 같은 것이 깃들어 있었죠.

아네트 역시 그 표정을 보았습니다. 그녀는 화내며 유리잔을 집어던져서 산산조각 내고 말았죠.

'저 애 봤지? 저 애는 항상 나를 저런 식으로 쳐다봐. 저 앤 내가 죽어 가는 게 기쁜 거야! 그래, 그것을 고소해 한다니까. 자기는 튼튼하고 건강하거든 —하루도 아파 본 적이 없어, 정말이야! 하지만, 저런 훌륭한 신체를 가지고 있으면 뭘 해, 아무짝에도 쓸모가 없는데 말이야. 저 애가 그것을 어떻게 이용할 수 있겠니?'

펠리시는 몸을 굽혀 깨진 유리 조각을 주웠습니다.

'나는 저 애가 무어라고 하든 신경 쓰지 않아.'

펠리시는 노래하는 듯한 목소리로 말했어요.

'그게 무슨 상관이람? 나는 예의 바른 아가씨라고. 저 애는 말하자면, 머지 않아 연옥의 화염에 시달리게 되겠지. 나는 기독교인이야. 나는 아무 말도 하지 않아.'

'너는 나를 증오하고 있잖아!' 아네트가 외쳤습니다.

'너는 나를 항상 증오해 왔어. 야! 그렇지만 나는 너를 조종할 수 있어. 너를 내 마음대로 움직일 수 있단 말이야. 자, 봐, 내가 원한다면 너는 당장 내 앞에서 잔디 위에 무릎을 꿇게 될걸.'

'말도 안 돼.' 펠리시는 불안하게 말했습니다.

'흥, 너는 그렇게 할 거야. 하고말고. 나를 기쁘게 해주렴. 무릎을 꿇어. 부탁이야. 나 아네트의 부탁이라니까. 무릎을 꿇어, 펠리시.'

그 목소리에 굉장한 호소력이 담겨 있었는지, 아니면 어떤 더 깊은 동기가 있었는지 모르겠지만, 펠리시는 그대로 복종하는 것이었습니다. 그녀는 천천히 무릎을 꿇고 팔을 활짝 벌린 채, 멍청하고 어둔한 표정을 짓더군요.

아네트는 고개를 젖히고 웃어댔습니다—깔깔거리면서요.

'저 애 좀 봐, 저 멍청한 얼굴! 얼마나 우스꽝스러워 보이는지 모르겠어. 이젠 가도 좋아, 펠리시, 고마워! 나를 노려보았자 소용없어. 나는 너의 여주인이니까. 너는 내가 말하는 대로 해야 하는 거야?'

그녀는 지쳐서 베개에 기댔습니다. 펠리시는 쟁반을 집어들고 느릿느릿한 걸음으로 나가 버렸어요. 한번은 가다가 어깨너머로 뒤돌아보았는데, 그 눈에 어찌나 분노가 가득 차 있던지 난 깜짝 놀랐습니다.

아네트가 죽을 때 나는 그 자리에 없었습니다. 그러나, 그건 끔찍했던 것 같습니다. 그녀는 생에 무척 집착하고 있었어요. 그녀는 미친 여자처럼 죽음과 싸웠어요. 숨을 헐떡이며 계속 이렇게 되풀이했었죠.

'나는 죽지 않아. 알아듣겠어? 나는 죽지 않아. 난 살 거야—산다니까.'

여섯 달 뒤에 내가 그녀를 보러 갔을 때 슬래터 양이 그 이야기를 해주더군요.

'가엾은 라울—.' 그녀는 상냥하게 말했죠.

'너는 그 애를 사랑했지?'

'항상 그랬죠—항상. 하지만, 그것이 무슨 소용이 있겠습니까? 우리 그 이야기는 하지 말죠. 아네트는 죽었습니다. 그렇게 발랄하고 정열적으로 생을 불태웠던 아네트가 말입니다.'

슬래터 양은 동정심이 많은 여자였습니다. 그녀는 다른 일에 대해서도 계속 이야기해 주더군요. 그녀는 펠리시가 무척 걱정된다는 말을 했습니다. 이상한 신경쇠약 증세를 보였는데, 그 뒤부터는 태도가 아주 이상하다고 하더군요.

슬래터 양은 잠시 머뭇거린 뒤에 말했습니다.

'그 애가 피아노를 배우고 있는 것을 알아?'

나는 그것을 몰랐으며, 그 말을 듣고 굉장히 놀랐습니다.

'펠리시가, 피아노를 배운다뇨?'

난, 펠리시는 악보 하나도 제대로 보지 못할 텐데, 하는 말을 할 뻔했죠.

'사람들 말로는 펠리시에게 재능이 있다는구나.' 슬래터 양이 계속했습니다.

'나도 이해가 안 가. 나는 항상 그 아이를—글쎄다, 라울, 너도 알다시피, 그 애는 항상 아둔했잖니?'

나는 고개를 끄덕였습니다.

'그 아이의 태도가 너무 이상해서 나는 어떻게 이해해야 할지 모르겠어.'

잠시 뒤 나는 도서실에 들어갔습니다. 펠리시가 피아노를 치고 있더군요. 그녀는 내가 파리에서 아네트가 노래 부르는 것을 들은 적이 있는 그 곡을 연주하고 있었습니다. 아시겠지만, 여러분, 나는 질겁하고 말았습니다.

그때 내가 들어가는 소리를 듣고, 그녀는 갑자기 중단하더니 냉소와 지성으로 가득 찬 눈으로 나를 돌아보았습니다. 순간 내 마음속에는—아니, 내가 무슨 생각을 했는지는 여러분께 말하지 않겠어요.

'어머나! 너였구나, 무슈 라울.' 그녀가 말했습니다.

그녀가 말하던 태도를 묘사할 수가 없군요. 아네트에게 나는 항상 라울이었습니다만, 펠리시는 우리가 성인이 되어 만난 이후부터는 나를 항상 '무슈 라울'이라고 불렀죠. 하지만 그때의 그녀 태도는 보통 때와는 달랐습니다—약간의 강세를 준 그 '무슈'라는 말은 어쩐지 의미가 있는 것 같았습니다.

'야, 펠리시, 너 오늘 아주 달라 보이는데.'

나는 우물쭈물하며 이렇게 말했죠.

'내가?' 그녀는 생각하는 듯이 말했습니다.

'이상한 일이군. 하지만 그렇게 근엄한 표정은 짓지 마. 라울—나는 이제부터 너를 라울이라고 부르겠어. 우리는 어릴 때 함께 놀았잖아? 인생이란 우스운 거야. 불쌍한 아네트 이야기나 해볼까—지금은 죽어서 묻혀 있지. 그 애는 연옥에 있을까, 아니면 어디에 있을까?'

그러더니 그녀는 웅얼거리며 노래를 한 곡 부르더군요—리듬은 거의 다 틀렸지만, 가사는 내게 똑똑히 들려왔습니다.

'펠리시! 너 이탈리아어를 하는구나?' 내가 외쳤습니다.

'왜, 그러면 안 돼, 라울? 나는 겉보기만큼 그렇게 멍청하지 않아.'

그녀는 내가 당혹스러워하는 것을 보고 웃더군요.

'나는 이해할 수가 없어.' 내가 말을 시작했죠.

'아니, 내가 말해 줄게. 나는 아주 훌륭한 여배우인데, 아무도 그것을 모르는 거야. 나는 여러 가지 역할을 할 수 있어—그것도 아주 훌륭하게.'

그녀는 다시 한 번 웃더니 재빨리 그 방에서 뛰어나가는 바람에 나는 그녀를 잡을 수가 없었습니다.

나는 떠나기 전에 그녀를 다시 만났습니다. 그녀는 안락의자에서 잠들어 있었습니다. 심하게 코를 골면서요. 난 우두커니 서서 홀린 듯이, 그러나 혐오감을 느끼며 그녀를 지켜보았습니다. 갑자기 그녀는 깜짝 놀라며 깨어나더군요. 그녀는 생기 없는 멍청한 눈으로 나를 쳐다보았습니다.

'무슈 라울.' 그녀는 기계적으로 중얼거렸습니다.

'그래, 펠리시. 나는 지금 돌아가려고 해. 내가 가기 전에 다시 한 번 피아노를 쳐주겠니?'

'내가? 피아노를? 날 놀리고 있군, 무슈 라울.'

'얼마 전에 피아노를 쳤잖아?'

그녀는 고개를 젓더군요.

'내가 피아노를 친다고? 나같이 멍청한 애가 어떡해?'

그녀는 잠시 생각에 잠긴 듯이 말을 멈추더니, 나를 좀더 가까이 오라고 손짓으로 불렀습니다.

'무슈 라울, 이 집에서는 괴이한 일이 일어나고 있어! 그들은 우리를 속이는 거야. 시계를 변경시키고 있어. 그래, 그래, 내가 지금 무슨 말을 하고 있는지 알고 있어. 그런데, 그건 모두 다 그 애의 짓이라고.'

'누구의 짓?' 내가 놀라며 물었죠.

'아네트의 짓이야. 그 사악한 애 말이야. 그 앤 살아 있을 때 항상 나를 괴롭혔지. 그런데, 죽은 지금에도 나를 괴롭히기 위해 되살아난 거라니까.'

난 펠리시를 뚫어지게 쳐다보았습니다. 그녀는 극도의 공포에 사로잡혀서 꼭 눈이 튀어나올 것 같았습니다.

'그 애는 못됐어. 분명하게 말하지만, 그 애는 악질이야. 입에 들어 있는 빵을 빼앗고, 등 뒤에서 옷을 빼앗는가 하면, 육체에서는 영혼까지도……'

그녀는 갑자기 나를 와락 붙잡았습니다.

'무서워. 정말 무서워. 그 애의 목소리가 들려오고 있어. 귀에서가 아니라—그래, 귀에서 들리는 게 아니라, 여기 내 머릿속에서……'

그녀는 자신의 이마를 두드렸습니다.

'그 앤 나를 몰아낼 거야. 나를 완전히 몰아내고 말 거야. 그러면 난 어떻게 하지, 난 어떻게 되는 거지?'

그녀의 목소리는 거의 비명에 가까웠습니다. 그녀의 눈에는 궁지에 몰린 짐승처럼 두려워하는 표정이 담겨 있었습니다. 그러더니 그녀는 갑자기 미소 짓더군요. 교활함으로 가득 찬 쾌활한 미소를요. 거기에는 날 후들후들 떨리게 하는 무엇인가가 있었습니다.

'만일 그런 일이 생긴다고 하더라도, 무슈 라울, 나는 손힘이 굉장히 세니까. 내 손은 굉장히 힘이 세니까.'

난 전에는 그녀의 손을 한 번도 눈여겨본 적이 없었습니다. 그때서야 비로소 그녀의 손을 보고 나 자신도 모르게 몸서리를 쳤습니다. 땅딸막하고 짐승 같은 손가락이어서, 그녀가 말한 대로 엄청나게 힘이 세어 보였습니다.

나는 그때 속이 얼마나 메스꺼웠는지 모릅니다. 그렇게 생긴 손으로 그녀의 아버지는 자기 아내를 목 졸라 죽인 게 틀림없을 테니까요.

펠리시 볼을 본 것은 그때가 마지막이었습니다. 그 뒤 곧 나는 외국으로 나갔거든요—남미로요. 그러고는 그녀가 죽은 2년 뒤에 거기에서 돌아왔죠. 신문에서 그녀의 일생과 갑작스러운 죽음에 관한 기사를 읽었습니다. 그리고 오늘 밤 좀더 자세한 설명을 듣게 된 겁니다—당신으로부터요. 펠리시 3과 펠리시 4라고 하셨나요? 그녀는 아시다시피 훌륭한 여배우였습니다."

열차는 갑자기 속도를 늦추었다. 구석에 앉아 있던 그 남자는 자세를 고쳐 앉아서 외투의 단추를 더 바싹 끼웠다.

"당신은 어떻게 생각하십니까?"

변호사가 몸을 앞으로 기울이며 물었다.

"나는 조금도 믿을 수가 없습니다." 퍼핏이 말을 시작하다가 멈추었다.

의사는 아무 말도 하지 않았다. 그는 라울 르타르도를 침착하게 응시하고 있었다.

"등 뒤에서는 옷을, 그리고 육체에서는 영혼을 말입니다."

프랑스인은 쾌활하게 인용했다. 그는 일어섰다.

"말씀드렸다시피, 여러분, 펠리시 볼의 이야기는 아네트 라블의 이야기입니다. 여러분은 그녀를 모르고 있었죠. 하지만, 나는 알고 있었습니다. 그녀는 인생을 무척 사랑하고 있었던 겁니다."

손을 문에 댄 채, 금방이라도 나갈 듯하더니, 그는 갑자기 돌아서서 몸을 굽히고 퍼핏의 가슴을 가볍게 쳤다.

"저기 계신 의사 선생님이 아까 말했지요. 우리 몸은……."

그의 손이 참사회 의원의 배를 세게 치는 바람에 참사회 의원은 주춤했다.

"저택이라고 말했습니다. 말해 보시죠, 만일 당신의 집에서 도둑을 발견한다면 어떻게 하시겠습니까? 그에게 총을 쏘지 않겠어요?"

"아니오." 참사회 의원이 소리쳤다.

"아니오. 내 말은……, 이 나라에서는 그렇지 않다는 거요."

그러나 그는 그 마지막 말들을 허공에다 하고 있었다.

객실 문은 쾅하고 닫혔다. 목사와 변호사와 의사만 남았다.

네 번째 구석 자리는 비어 있었다.

SOS

"아!" 딘스미드 씨가 감상하는 듯이 말했다.

그는 뒤로 물러서서 둥근 식탁을 내려다보며 만족스러운 표정을 지었다. 벽 난로의 불빛이 보잘것없는 흰색 식탁보와 나이프와 포크, 그리고 다른 식탁용 물건들을 어렴풋이 비추고 있었다.

"모……, 모두 준비되었나요?" 딘스미드 부인이 머뭇거리며 물었다.

그녀는 어느 정도 젊음이 사라진 여성으로, 핏기없는 얼굴에 숱이 적은 머리는 이마에서부터 뒤로 빗어 넘겼으며, 시종 불안한 태도였다.

"모두 준비됐소" 그녀의 남편이 아주 상냥한 태도로 말했다.

그는 등이 굽고 몸집이 큰 사람으로, 얼굴은 붉고 넓적했다. 작고 움푹 팬 눈이 더부룩한 눈썹 밑에서 깜박거리고 있었으며, 커다란 턱에는 수염이 전혀 없었다.

"레모네이드로 할까요?"

딘스미드 부인이 거의 속삭이듯이 말했다. 그녀의 남편은 고개를 저었다.

"차(茶)로 해요. 어느 모로 보나 그것이 훨씬 더 나아. 비가 내리고 바람이 세게 부는 날에는. 이런 날 저녁에 식사할 때는 맛있게 끓인 뜨거운 차 한 잔이 필요하지."

그는 의미 있게 눈을 깜박이더니, 식탁을 다시 내려다보았다.

"맛있는 달걀 요리와 차가운 콘비프(소금에 절인 쇠고기), 그리고 빵과 치즈가 좋아요. 그러니 가서 그것을 준비시켜요, 여보. 샬럿이 부엌에서 당신을 기다리고 있소"

딘스미드 부인은 뜨개질하던 실 뭉치를 조심스럽게 감으며 일어섰다.

"그 애는 아주 요조숙녀로 자랐어요." 그녀가 작은 목소리 말했다.

"아! 엄마를 쏙 빼닮은 거요! 그러니 어서 가봐요. 더 이상 시간을 낭비하지 말고." 딘스미드 씨가 말했다.

그는 잠시 동안 혼자 콧노래를 부르며 방 안을 성큼성큼 걸어 다녔다. 그리고 창문으로 다가가서 밖을 내다보았다.

"사나운 날씨야. 오늘 밤에는 방문객이 없을 것 같군."

그는 혼자서 중얼거리듯이 말했다. 그러고 나서 그 역시 방에서 나갔다. 약 10분 뒤 딘스미드 부인이 달걀 프라이가 담긴 접시를 들고 들어왔다. 그녀의 두 딸이 준비한 음식의 나머지를 가지고 뒤따랐다. 딘스미드 씨와 그의 아들 조니가 맨 뒤에 들어왔다. 딘스미드 씨는 식탁의 윗자리에 앉았다.

"우리가 받기로 되어 있는 것을 위해, 기타 등등." 그가 익살스럽게 말했다.

"통조림 식품을 제일 먼저 생각해낸 사람에게 축복이 있기를. 푸줏간이 매주 주문받으러 오는 것을 잊었을 때, 만일 어쩌다 집에 통조림이 하나도 없이 똑 떨어졌다면, 이렇게 다른 곳에서 수 마일 떨어진 곳에 있는 우리는 어떻게 될지 알 수 없을 게다."

그는 콘비프를 솜씨 있게 자르기 시작했다.

"저는 누가 이렇게 마을에서 수 마일 떨어진 곳에다 집 지을 생각을 했는지 궁금해요. 사람 그림자 하나 볼 수가 없잖아요."

그의 딸 맥덜린이 토라져서 말했다.

"맞다, 그림자 하나 안 보여." 그녀의 아버지가 말했다.

"저는 아버지가 왜 이런 집을 사셨는지 모르겠어요." 샬럿이 말했다.

"어, 그것 말이냐? 그 나름대로 이유가 있었지—이유가 있었고말고."

그는 넌지시 자기 아내의 눈을 응시했다. 그녀는 눈살을 찌푸리고 있었다.

"꼭 유령이 나올 것 같아요. 여기서는 결코 혼자서 잠잘 수가 없어요."

샬럿이 말했다.

"쓸데없는 말만 하는구나. 한 번도 이상한 것을 본 적이 없잖니?"

아버지가 말했다.

"아무것도 보지는 못했지만……."

"하지만 뭐?"

샬럿은 대답하지 않고 약간 몸서리를 쳤다.

빗줄기가 갑자기 유리창을 세차게 내리치자, 딘스미드 부인이 쨍그랑하고 숟가락을 쟁반에 떨어뜨렸다.

"너무 신경과민이 되어 있는 게 아니오, 여보?" 딘스미드 씨가 말했다.

"날씨가 거친 밤일뿐이오. 두려워하지 말아요. 우리는 난로 옆에서 이렇게 안전하게 있잖소. 그리고 밖에 아무도 없으니 우리를 습격해 올 사람도 없고. 아니, 그럴 사람이 있다면 그건 기적이오. 하지만 기적은 일어나지 않지."

그는 일종의 이상한 만족감을 느끼며, 마치 자신에게 말하듯이 덧붙였다.

"기적은 일어나지 않아."

그 말이 그의 입술에서 떨어지자마자 갑자기 문 두드리는 소리가 났다.

딘스미드 씨는 돌처럼 굳어버렸다.

"누굴까?" 그는 작은 목소리로 말하고는 턱을 떨어뜨렸다.

딘스미드 부인은 약간 코를 훌쩍거리며 숄을 둘렀다.

맥덜린은 얼굴이 상기되면서 몸을 앞으로 기울이며 아버지에게 말했다.

"기적이 일어났어요. 아버지가 가셔서 누가 왔든지 간에 들어오게 하는 게 좋겠어요."

20분 전에 모티머 클리블랜드는 휘몰아치는 비와 안갯속에서 자동차를 조사하며 서 있었다. 정말 지독하게도 운이 나빴다. 10분 간격으로 펑크가 두 번이나 나는 바람에, 밤은 점점 더 깊어만 가고 비바람을 피할 오두막 하나 안 보이는데, 마을에서 수 마일이나 떨어진 이 황량한 윌트셔 고원 한가운데에서 그는 꼼짝 못할 형편에 놓여 있었다. 지름길로 가려고 하다가 꼴좋게 되어 버린 것이다. 간선도로로 계속 갔더라면! 그는 언덕 중턱에 손수레가 다니는 길에 불과해 보이는 곳에서 차가 더 이상 움직일 것 같지도 않고, 근처에 마을이 있는지조차도 모르는 채 길을 잃은 것이었다. 그는 당황하여 주위를 둘러보다가, 문득 산 중턱에서 희미한 불빛을 보았다. 눈 깜박하는 사이에 안개가 시야를 가려 흐릿해졌으나, 참을성 있게 기다려 보니 곧 불빛이 다시 보였다. 잠시 생각한 끝에 그는 차를 내버려두고 언덕 저편으로 뛰어올라갔다.

이윽고 그는 안개에서 벗어나, 그 불빛이 어떤 조그만 별장의 창문을 통해 나오고 있다는 것을 깨달았다. 최소한 비를 피할 수는 있었다. 모티머 클리블랜드는 그를 뒤로 몰아내려고 기를 쓰고 달려드는 거센 비바람에 맞서 고개를 숙이고 걸음을 재촉했다.

클리블랜드는 나름대로 명성이 있는 사람이었지만, 사람들이 그의 이름과 업적을 조금이라도 알고 있을 리 만무했다. 그는 정신의학의 권위자였으며, 잠재의식에 관한 훌륭한 책을 두 권 썼다. 그는 또 심령 연구회 회원이자, 자기의 학설이나 연구 방향에 끼치는 한도 내에서 신비학(神秘學)을 연구하는 학자이기도 했다.

그는 기이하리만큼 선천적으로 분위기에 민감했는데, 체계적인 연구를 통해 자신의 천부적인 재능을 개발시켜 왔다. 그가 드디어 그 별장에 당도하여 문을 두드리는 순간, 어떤 동요가 일고 있음을 감지했으며, 자신의 모든 감각이 갑자기 예민해진 것처럼 호기심이 솟아오르는 것을 느꼈다.

안에서 웅성거리는 목소리들이 뚜렷이 들려왔다. 그런데, 그가 문을 두드리자 갑자기 조용해지더니, 의자 하나가 바닥을 끌며 뒤로 잡아당기는 소리가 났다. 잠시 뒤 열다섯 살가량의 한 소년이 문을 열었다.

클리블랜드는 그 애의 어깨너머로 집 안의 광경을 똑바로 볼 수 있었다.

그것을 보고 그는 어떤 네덜란드 화가가 그린 방 안의 정경을 떠올렸다. 음식이 차려진 둥근 식탁에 빙 둘러앉은 가족들, 그리고 한두 개의 깜박이는 촛불과 모든 것을 붉게 물들이는 난로의 불빛.

아버지로 보이는 체구가 큰 남자가 식탁 한쪽 끝에 앉아 있고, 자그마하고 안색이 창백한 여인이 겁먹은 얼굴을 하고서 그의 맞은편에 앉아 있었다. 문쪽과 마주앉아 클리블랜드를 정면에서 바라보는 사람은 어떤 처녀였다. 그녀는 컵을 들고 입술에 대려다 말고 중간에 우뚝 멈춘 채 놀란 눈으로 그를 똑바로 쳐다보고 있었다.

클리블랜드는 그녀가 아주 보기 드문 미인이라는 것을 한눈에 알아차렸다. 붉은빛이 감도는 금발의 머리가 안개처럼 그녀의 얼굴을 감싸고 있었으며, 미간이 넓은 눈은 순수한 잿빛이었다. 그녀는 초기의 이탈리아 성모 마리아 상(象) 같은 입과 턱을 지니고 있었다.

한순간 쥐죽은 듯한 정적이 흘렀다.

그때 클리블랜드가 방 안에 발을 들여놓고 자신이 곤경에 빠진 것을 설명했다. 그가 진부한 이야기를 끝마치자, 좀 전보다 더 이해하기 어려운 침묵이 흘렀다. 마침내 그 아버지가 겨우 자리에서 일어났다.

"들어오시죠, 선생, 클리블랜드 씨라고 했던가요?"

"그렇습니다." 모티머가 미소 지으며 말했다.

"아, 예, 이리로 들어오십시오, 클리블랜드 씨. 개 한 마리도 밖에 내놓을 수 없는 날씨가 아닙니까? 어서 이 난로 가로 오십시오. 문 좀 닫을 수 없니, 조니? 밤중에 그런 곳에 서 있지 말고."

클리블랜드는 앞으로 나와 난로 옆에 있는 나무 의자에 앉았다. 조니라는 소년이 문을 닫았다.

"난 딘스미드입니다." 집주인 남자가 말했다. 그는 이제 꽤 상냥해졌다.

"이쪽은 내 아내고, 저 애들은 딸인 샬럿과 맥덜린입니다."

처음으로 클리블랜드는 자기에게 등을 돌리고 앉아 있던 처녀의 얼굴을 보았다. 그 모습은 전혀 딴판이었지만, 그녀 역시 동생만큼이나 아주 아름다웠다. 검은 머리카락과 눈, 매끄럽고 창백한 얼굴, 섬세한 매부리코와 차분한 입매를 지니고 있었는데, 그것은 엄하고 가까이하기 어려운 차가운 아름다움이라고 할 수 있었다. 그녀는 자기 아버지의 소개에 머리를 숙여 보인 뒤, 마치 탐색이라도 하려는 듯한 시선으로 그를 뚫어지게 쳐다보고 있었다. 그녀는 마치 자신의 미숙한 판단력으로 그를 저울질하며 평가하는 것 같았다.

"뭘 좀 마시겠습니까, 클리블랜드 씨?"

"감사합니다." 모티머가 말했다.

"차를 한 잔 마시면 딱 좋겠군요."

딘스미드 씨는 잠깐 머뭇거리더니, 식탁에서 다섯 개의 컵을 하나씩 하나씩 집어 찻잔 가신 물을 받는 그릇에 그것들을 비웠다.

"이 차는 다 식었는데. 다시 끓여 주겠소, 여보?" 그가 무뚝뚝하게 말했다.

딘스미드 부인은 재빨리 일어나 찻주전자를 들고 바삐 나갔다. 모티머는 자기 아내가 그 방에서 벗어나게 된 것에 안도하는 것 같다는 생각이 들었다.

새로 만든 차가 곧 들어왔으며, 그 뜻밖의 손님은 계속해서 음식 대접을 받았다. 딘스미드 씨는 쉴 새 없이 말하고 있었다. 그는 낙천적인 성격에다, 본디 말이 많은 사람이었다.

그는 초면인 사람에게 자기에 관한 일을 낱낱이 이야기했다. 그는 건축업을 하다가 최근에 그만두었다—물론, 거기서 돈을 꽤 많이 벌었다. 그들 부부에게는 시골 공기를 좀 마셔 보고 싶다는 생각이 들었던 것이다—그전에는 시골에서 살아 본 적이 한 번도 없었기 때문이다. 10월과 11월은 물론 집을 구하기에 좋지 못한 시기였지만, 그들은 기다리고 싶지 않았던 것이다.

"인생이란 불확실하잖습니까, 선생."

그래서 그들은 이 별장을 사들였다. 다른 곳으로부터 8마일씩이나 떨어져 있으며, 도회지라고 부를 수 있는 곳으로 가자면 19마일이나 나가야 했다. 그러나 그들은 불평하지 않았다. 딸들에게는 좀 따분한 곳이겠지만, 그와 아내는 그 한적함이 마음에 들었다.

그는 모티머가 거침없이 술술 나오는 말에 거의 최면에 걸리도록 그렇게 계속해서 말했다. 이곳에는 확실히 좀 진부한 가정생활밖에는 아무것도 없었다. 그러나 그 방 안을 처음 보았을 때, 그는(누구인지는 모르겠지만), 그 네 사람 중 어느 하나에게서 이질적인 어떤 것을, 그러니까 어떤 긴장이나 흥분 같은 것이 발산되고 있다는 것을 알아챘다. 단지 어리석은 생각에 지나지 않을지도 모른다—그의 신경은 꽤나 날카로워져 있었으니까! 그들은 그의 갑작스러운 출현에 놀라는 것이다—그게 전부일 게다.

그가 하룻밤 묵어가도 되겠느냐고 하자, 그들은 쾌히 응낙을 했다.

"당신은 여기에 있어야 할 겁니다, 클리블랜드 씨. 이 근처를 아무리 뒤져도 집 하나 없을 테니까요. 당신에게 침실을 하나 마련해 드리죠. 그리고, 내 잠옷이 좀 크긴 하겠지만, 어떻소, 없는 것보다는 낫지 않겠습니까? 당신 옷은 아침이면 다 마를 겁니다."

"대단히 친절하시군요."

"천만에요." 딘스미드 씨가 상냥하게 말했다.

"조금 전에 말했다시피, 이런 밤에는 개 한 마리도 쫓아 버릴 수가 없답니다. 맥덜린, 샬럿, 올라가서 그 방을 준비해 놓아라."

두 처녀가 방을 나갔다. 이윽고 모티머의 머리 위에서 그들이 움직이는 소리가 들렸다.

"따님들 같은 매력적이고 젊은 아가씨들이 이곳을 따분하게 여기지 않을는지 모르겠군요." 클리블랜드가 말했다.

"정말 미인들 아닙니까?"

딘스미드 씨가 아버지로서의 자부심을 느끼며 말했다.

"저 애들은 제 어머니나 나를 별로 닮지는 않았죠. 우리는 평범하게 생긴 부부지만, 서로에게 무척 애정을 가지고 있답니다, 클리블랜드 씨. 어, 매기. 그렇잖소?"

딘스미드 부인은 새침하게 미소 지었다. 그녀는 다시 뜨개질을 하고 있었다. 바늘이 바쁘게 소리 내며 움직였다. 그녀는 뜨개질 속도가 빨랐다. 이윽고 방이 준비되었다고 알려오자, 모티머는 다시 한 번 더 감사의 표시를 하고는 그만 들어가 보겠다고 말했다.

"침대에 뜨거운 물병을 넣었니?"

딘스미드 부인이 갑자기 자기 집을 자랑스럽게 여기는 기분에 젖어 말했다.

"예, 어머니, 두 개를 넣어 두었어요."

"잘했구나." 딘스미드가 말했다.

"그분과 함께 올라가서 모두 잘 되어 있는지 살펴보렴, 얘들아."

맥덜린이 촛불을 들고 앞장서서 계단을 올라갔다. 샬럿이 뒤따랐다.

방은 아주 아늑했으며, 작고 지붕이 경사지긴 했으나, 침대는 안락해 보였고, 다소 먼지가 앉은 몇몇 가구들은 오래된 마호가니로 만들어진 것이었다. 뜨거운 물을 담은 커다란 용기 하나가 세면대에 놓여 있었고, 큼지막한 분홍색 잠옷이 의자에 걸쳐져 있었으며, 잠자리는 깔끔하게 정리되어 있었다.

맥덜린이 창가로 가서 문이 잘 잠겼나 확인했다. 샬럿은 세면대 비품을 마지막으로 점검했다. 그런 다음 그들은 문 곁에서 서성댔다.

"안녕히 주무세요, 클리블랜드 씨. 마음에 드세요?"

"예, 고맙소, 맥덜린 양. 아가씨들에게 너무 수고를 끼쳐서 미안합니다. 잘

자요."

"안녕히 주무세요."

그들이 나가고 문이 닫혔다. 모티머 클리블랜드는 혼자 남았다. 그는 생각에 잠긴 채 천천히 옷을 벗었다. 그는 딘스미드의 분홍빛 잠옷을 입은 다음 자기의 젖은 옷을 모아 주인이 말한 대로 문밖에 내놓았다.

아래층에서 딘스미드의 시끄러운 목소리가 들려왔다. 그 남자는 정말 말이 많은 사람이었다! 아주 이상한 사람이다—하지만, 어쩐지 이 가족들 모두에게는 뭔가 이상한 데가 있었다. 아니, 그건 단지 그의 상상일 뿐일까?

그는 천천히 침실로 돌아가 문을 닫았다. 그러고는 생각에 잠긴 채 침대 곁에 서 있었다. 그러다가 그는 갑자기 움찔했다.

침대 옆에 있는 마호가니 탁자에 먼지가 쌓여 있었는데, 그 먼지 속에 세 개의 글자가 아주 뚜렷하게 씌어 있었던 것이다.

SOS.

자신의 눈을 거의 믿을 수 없는 듯 뚫어지게 쳐다보았다. 그것은 그의 어렴풋한 추측과 예감을 모두 확증하는 것이었다. 그러니까 그의 생각이 옳았다. 무엇인가 이 집에는 잘못된 것이 있었다. SOS. 도움을 요청하는 신호였다.

하지만 누구의 손가락이 먼지 속에다 이 글자를 썼단 말인가? 맥덜린인가, 샬럿인가? 그가 기억하기에는, 방을 나가기 전에 그들은 둘 다 거기에 잠시 서 있었다. 누가 몰래 손을 뻗어 탁자에 그 세 글자를 썼을까?

두 처녀의 얼굴이 그의 앞에 떠올랐다. 맥덜린의 얼굴은 검고 냉담했으며, 그가 제일 처음 보았던 샬럿의 얼굴은 깜짝 놀란 듯이 눈을 크게 뜨고 뭔가 깊이를 헤아릴 수 없는 눈길을 보냈다.

그는 다시 문쪽으로 가서 문을 열었다. 시끌벅적하던 딘스미드의 목소리는 이제 더 이상 들리지 않았다. 집에는 정적이 감돌았다.

그는 속으로 이렇게 생각했다.

'오늘 밤에는 아무것도 할 수가 없어. 내일이면—아마, 알게 되겠지.'

클리블랜드는 일찍 일어났다. 그는 거실을 지나 정원으로 나갔다. 비가 온

다음이라 아침은 상쾌하고 아름다웠다. 누군가 일찍 일어난 사람이 또 있었다. 정원 안쪽에서 샬럿이 담장에 기댄 채 고원을 바라보고 있었다. 그는 맥박이 약간 빨라지는 것을 느끼며 그녀에게 다가갔다. 그는 내심 줄곧 글씨를 쓴 사람이 샬럿이라고 믿고 있었다. 그가 그녀에게 가까이 가자, 그녀는 돌아보며 아침인사를 했다. 그녀의 눈은 솔직하고 어린애 같았으며, 비밀스러움 같은 것은 전혀 간직하고 있지 않은 듯했다.

"아주 상쾌한 아침입니다." 모티머가 웃으며 말했다.

"오늘 아침 날씨는 어젯밤과는 완전히 대조적이군요."

"정말이에요."

모티머는 가까이 있는 나무에서 잔가지 하나를 꺾었다. 그는 그것으로 발아래의 평평한 모래땅 위에 한가로이 뭔가를 쓰기 시작했다. 그는 그녀를 주의 깊게 지켜보며 S를, 그다음에 O를, 그다음에 S를 썼다. 그러나 그것을 알아차리는 빛을 전혀 감지할 수가 없었다.

"이 글자들이 무엇을 상징하는지 알아요?" 그가 불쑥 말했다.

샬럿은 얼굴을 약간 찌푸렸다.

"배가 위험에 처해 있을 때 보내는 것 아니에요?" 그녀가 물었다.

모티머가 머리를 끄덕였다.

"어젯밤 내 침대 옆에 있는 탁자에 누군가가 그렇게 써놓았더군요."

그는 조용하게 말했다.

"나는 아가씨가 그렇게 한 줄 알았소."

그녀는 눈을 크게 뜨고 놀라며 그를 쳐다보았다.

"제가요? 오, 아니에요."

그렇다면 그의 생각이 빗나간 것이다. 그는 커다란 실망의 고통을 맛보았다. 그렇게 확신했었는데—그렇게 말이다. 그의 직감은 좀처럼 빗나가는 법이 없었는데 말이다.

"정말 틀림없습니까?" 그가 끈질기게 말했다.

"예, 물론이에요."

그들은 집을 향해 함께 천천히 걸어갔다. 샬럿은 무언가에 몰두해 있는 것 같았다. 그녀는 그가 하는 몇 가지 말에 아무렇게나 대꾸했다. 그러더니 갑자기 나지막하고 다급한 목소리로 불쑥 이렇게 말했다.

"선생님이 그 SOS라는 글자에 대해서 물어보시니 이상해요. 저는 물론 그것을 쓰진 않았지만—어쩌면 제가 썼을지도 모른다는 느낌이 들어요."

그가 걸음을 멈추고 그녀를 쳐다보자, 그녀가 재빨리 말을 계속했다.

"터무니없는 얘기로 들린다는 것은 알고 있어요. 하지만, 저는 무척 놀랐었거든요. 정말 굉장히 놀랐어요. 어젯밤에 선생님이 오셨을 때, 그것은 마치 무언가에 대한 대답 같았어요."

"무엇 때문에 놀랐죠?" 그가 재빨리 물었다.

"모르겠어요."

"모르겠다고?"

"제 생각으로는—집 때문인 것 같아요. 우리가 여기에 온 이후로 점점 더심해지고 있어요. 어찌된 건지 모두들 달라진 것 같았어요. 아버지, 어머니, 그리고 맥덜린, 그들은 모두 다른 사람들 같아요."

모티머는 즉시 대꾸하지 않았으며, 그렇게 하기도 전에 샬럿이 다시 계속해서 말했다.

"이 집에 유령이 나온다는 것을 아세요?"

"정말입니까?" 그의 흥미는 한층 더 고조되었다.

"예, 몇 년 전 이 집에서 한 남자가 자기 아내를 살해했대요. 우리는 이곳에 이사 온 뒤에야 그것을 알게 되었어요. 아버지는 유령이란 다 터무니없는소리라고 말씀하시지만, 저는, 모르겠어요."

모티머는 재빨리 머리를 움직였다. 그리고 사무적인 어조로 이렇게 말했다.

"말해 봐요, 그 살인이 내가 어젯밤 묵은 그 방에서 저질러졌습니까?"

"그건 모르겠어요." 샬럿이 말했다.

"이상한 생각이 드는군, 이제야." 모티머는 반쯤 자신에게 하듯이 말했다.

"그래, 그럴지도 모르지."

샬럿은 이해가 안 간다는 듯이 쳐다보았다.

모티머가 상냥하게 말했다.

"딘스미드 양, 혹시 아가씨가 영매일지도 모른다는 생각을 해본 적이 있소?"

그녀는 그를 빤히 쳐다보았다.

"내 생각으로는, 아가씨는 자신이 어젯밤 SOS를 썼다는 사실을 알고 있는 것 같은데요." 그가 침착하게 말했다.

"오, 물론, 무의식적으로 말입니다. 말하자면, 그 분위기에 범죄의 냄새가 묻어 있다는 겁니다. 당신처럼 예민한 마음을 가진 사람이라면 그런 식으로 영향을 받을 수가 있지요. 당신은 희생자의 기분과 느낌을 재연해 오고 있었던 거죠. 몇 년 전에 그녀가 그 탁자 위에 SOS라고 썼을지도 모릅니다. 그래서 어젯밤 무의식적으로 그녀의 행동을 재현한 거고요."

샬럿의 얼굴이 밝아졌다.

"알겠어요. 선생님은 그런 해석이 가능하다고 생각하세요?"

집에서 그녀를 부르는 소리가 들리자, 그녀는 들어가고 그는 남아서 정원에 나 있는 오솔길을 이리저리 걸어 다녔다.

'내 실험이 만족스러운 건가? 그것이 내가 그들에게 느꼈던 것을 설명해 줄 수 있을까? 그것이 내가 어젯밤 이 집에 들어섰을 때 느꼈던 긴장감을 설명해 주고 있는가?'

아마 그럴지도 모른다. 그러나 그는 줄곧 자기의 갑작스러운 출현이 가족들을 몹시 놀라게 했다는 묘한 느낌이 들었다. 그는 속으로 생각했다.

'심령학적 해석에 빠져서는 안 돼. 그건 샬럿이 원인인지도 몰라—다른 사람들 때문은 아닐 거야. 내가 왔을 때 그들은 모두 굉장히 당황해 했어, 조니만 빼놓고 말이야. 문제가 무엇인지는 모르지만, 조니는 제외야.'

그는 그것을 전적으로 확신했다. 너무 확신이 되는 게 이상했지만 분명했다. 그때 조니가 별장에서 나와 모티머에게 다가왔다.

"아침식사가 준비되었어요." 그가 어색하게 말했다.

"들어오시겠어요?"

모티머는 그 소년의 손가락이 굉장히 더러운 것을 알아차렸다.

조니는 그의 눈길을 느끼고 멋쩍게 웃었다.

"저는 늘 화학 약품을 가지고 놀고 있어요. 그것 때문에 아버지는 굉장히 화를 내시곤 하죠. 아버지는 제가 건축업을 하길 원하지만, 저는 화학 실험을 하고 싶어요."

딘스미드 씨가 창가에 모습을 드러내더니 그들을 보고 유쾌하게 활짝 웃고 있었다. 그러나 그를 보자 모티머는 의혹과 적대감이 온통 되살아났다. 딘스미드 부인은 이미 식탁에 앉아 있었다. 그녀는 그 특색 없는 목소리로 그에게 아침인사를 했는데, 그는 어쩐 일인지 또 그녀가 자기를 두려워하고 있다는 인상을 받았다. 맥딜린이 마지막으로 들어왔다. 그녀는 그에게 가볍게 고개를 숙여 보이며 그의 맞은편 자리에 앉았다.

"잘 주무셨어요?" 그녀가 불쑥 물었다.

"잠자리는 편했나요?"

그녀는 그를 아주 진지하게 쳐다보고 있었으며, 그가 정중하게 그렇다고 대답하자, 그녀의 얼굴에 언뜻 실망하는 듯한 빛이 스쳐 지나갔다. 그는 그녀가 무슨 대답을 기대했는지 몹시 궁금했다. 그는 주인을 보았다.

"아드님은 화학 실험에 관심이 있는 것 같더군요." 그가 쾌활하게 말했다.

쨍그랑하고 소리가 났다. 딘스미드 부인이 찻잔을 떨어뜨렸다.

"이봐요, 매기, 이봐." 그녀의 남편이 말했다.

그의 목소리는 모티머에게는 마치 경고하는 것처럼 느껴졌다. 그는 자기 손님에게 건축업의 장점과 젊은 아이들이 자만심에 빠지도록 내버려둬서는 안 된다는 것에 대해서 유창하게 이야기했다.

아침식사가 끝난 뒤, 그는 혼자 정원으로 나가서 담배를 피웠다. 별장을 떠나야 할 때가 분명히 가까워졌다. 하룻밤만 묵고 가고자 한 것이었으므로 어떤 구실 없이 그것을 연장하기는 어려웠으며, 그럴 듯한 구실을 둘러댈 수도 없는 노릇이었다. 하지만, 그는 이상하게 떠나기가 싫었다.

그 문제를 요리조리 생각하면서 그는 집의 반대편을 빙 돌아난 오솔길로 접어들었다. 그의 구두는 크레이프 고무로 창을 댔기 때문에 전혀 소리가 나지 않았다. 그가 부엌 창문을 지나고 있을 때 안에서 딘스미드의 말소리가 들렸는데, 그 단어들은 금방 그의 주의를 끌었다.

"그건 상당한 액수요"

딘스미드 부인의 목소리가 대답했다. 그건 어조가 너무 희미해서 모티머는 알아들을 수가 없었다. 딘스미드 씨가 다시 이렇게 말했다.

"변호사가 거의 6만 파운드라고 했소."

모티머는 엿들으려고 한 게 아니기 때문에, 아주 조심스럽게 온 길로 되돌아갔다. 돈에 대한 언급으로 그 상황이 구체화되는 것 같았다. 어딘가에 6만 파운드의 문제가 도사리고 있었다. 그것으로 사태는 좀더 명확해지고—또한 추해졌다.

맥덜린이 집에서 나오다가, 그녀의 아버지가 부르는 바람에 거의 반사적으로 그녀는 다시 안으로 들어갔다. 이윽고 딘스미드 씨가 자기 손님에게 다가왔다.

"보기 드물게 훌륭한 아침이오." 그가 상냥하게 말했다.

"당신의 자동차도 괜찮았으면 좋겠군요."

'내가 언제 떠날 것인가를 알고 싶어하는군.' 모티머가 생각했다.

그는 딘스미드 씨에게 그의 환대에 다시 한 번 더 감사하다고 말했다.

"천만에요, 천만의 말씀입니다." 딘스미드 씨가 말했다.

맥덜린과 샬럿이 함께 팔짱을 끼고 그 집에서 약간 떨어진 곳에 있는 통나무 의자 쪽으로 걸어갔다. 흑발과 금발이 좋은 대조를 이루는 것을 보고 모티머가 충동적으로 말했다.

"따님들이 별로 안 닮았군요, 딘스미드 씨."

파이프에 막 불을 붙이려던 딘스미드는 갑자기 손목이 뻣뻣해졌는지 성냥을 떨어뜨렸다.

"그렇게 생각합니까?" 그가 물었다.

"예, 그럴 겁니다."

모티머는 순간 어떤 직감이 와 닿는 것을 느꼈다.

"두 아가씨 모두 다 당신 따님이 아닌가 보군요." 그가 조용하게 말했다.

딘스미드는 잠시 망설이며 그를 쳐다보더니 마음을 정한 듯이 말했다.

"당신은 아주 예리하군요. 그렇습니다, 저 애들 중 한 아이는 버려진 아이였습니다. 우리는 그 애가 갓난애일 때 데려다가 친자식처럼 길렀지요. 본인은 그 사실을 전혀 모르고 있지만, 언젠가는 알게 될 겁니다." 그는 한숨을 내쉬었다.

"상속 문제가 생겼나 보죠?" 모티머가 침착하게 말했다.

딘스미드는 순간 의심스럽다는 듯한 눈초리로 그를 쳐다보았다. 그리고 솔직한 게 제일 낫다고 생각한 듯 갑자기 거의 지나치다 싶을 정도로 솔직해졌다.

"선생이 어떻게 그런 것을 다?"

"텔레파시 같은 거죠." 모티머는 이렇게 말하며 미소 지었다.

"그건 이렇게 된 겁니다, 모티머 씨. 우리는 그 애를 떠맡게 되었답니다. 몇 푼 안 되는 보수를 받기로 하고요. 그때는 내가 막 건축업을 시작하려는 때였거든요. 몇 달 전에 나는 신문에 난 광고를 보았는데, 문제의 그 아이가 바로 우리 맥딜린임이 분명하다고 생각했지요. 나는 변호사들을 찾아가서 이런저런 이야기를 많이 나눴습니다. 그들은 의심쩍어 하더군요—당연히 그럴 테지만 말입니다. 하지만, 이제는 모든 것이 해결되었습니다. 나는 다음 주에 그 애를 런던에 데리고 갈 겁니다—그 애는 아직 아무것도 모르고 있어요. 그 애의 아버지는 굉장한 부자였던 것 같습니다. 그는 대행자를 고용하여 그 애를 찾아내도록 하는 한편, 그 애가 나타나면 자기 전 재산을 그녀에게 물려주도록 했습니다."

모티머는 깊은 관심을 두고 듣고 있었다. 딘스미드 씨의 이야기를 의심할 이유는 없었다. 그것은 맥딜린의 검은 아름다움을 설명해 주었으며, 또한 그녀의 초연한 태도도 그것을 설명해 주고 있었기 때문이다. 그렇지만, 그 이야기 자체는 사실이라고 하더라도, 그 뒤에는 뭔가 숨기는 것이 있었다.

"아주 흥미로운 이야기로군요, 딘스미드 씨." 그가 말했다.

"맥딜린 양을 축하합니다. 상속녀에다 미인이니, 그녀 앞에는 굉장히 멋진 미래가 펼쳐져 있는 셈이겠군요."

"그렇습니다. 게다가, 그 애는 보기 드물게 착한 처녀이기도 하죠, 클리블랜드 씨." 딘스미드가 흥분하여 말했다.

그의 태도에는 분명히 열렬한 흥분이 깃들어 있었다.

"자, 나는 이제 가봐야겠군요. 어려운 때 이렇게 도와주신 데 다시 한 번 더 감사드립니다, 딘스미드 씨." 모티머가 말했다.

주인과 함께, 그는 딘스미드 부인에게 작별인사를 하기 위해 집으로 들어갔다. 그녀는 창가에서 그들에게 등을 돌린 채 서 있었기 때문에 그들이 들어가는 소리를 듣지 못했다.

그녀의 남편이 쾌활하게, "여기 클리블랜드 씨가 작별인사를 하러 오셨소" 하고 말하자, 그녀는 신경질적으로 깜짝 놀라며 돌아보느라고 손에 들고 있던 것을 떨어뜨렸다. 모티머가 그것을 주웠다.

그것은 25년 전의 화풍으로 그린 샬럿의 세밀화였다. 모티머는 그녀의 남편에게 이미 말했던 감사의 말을 그녀에게 되풀이했다. 그는 그녀가 두려운 표정을 지은 채 속눈썹 밑으로 그를 훔쳐보고 있다는 것을 또다시 알아차렸다.

그 두 처녀는 눈에 띄지 않았으나, 모티머는 그들을 만나보고 싶어하는 내색을 보이지 않았다. 그는 나름대로 생각을 하고 있었다. 그 생각은 곧 증명되었다.

그가 그 집을 떠나 전날 밤 차를 세워 두고 온 곳을 향해 약 반 마일 가량 갔을 때, 그 오솔길의 한쪽 수풀을 밀어젖히고 맥덜린이 그의 앞으로 나왔다.

"선생님을 만나야 했어요." 그녀가 말했다.

"나도 아가씨를 기다리고 있었소." 모티머가 말했다.

"어젯밤 내 방에 있는 탁자에 SOS를 쓴 사람이 바로 아가씨였죠?"

맥덜린이 머리를 끄덕였다.

"왜?" 모티머가 부드럽게 물었다.

그 처녀는 얼굴을 돌리더니 한 나무에서 나뭇잎을 잡아 뜯기 시작했다.

"모르겠어요." 그녀가 말했다.

"솔직히 말씀드려서, 저도 모르겠어요."

"말해 주시지요." 모티머가 말했다.

맥덜린은 숨을 깊이 들이마시고는 말했다.

"저는 상상한다거나 추측하는 사람이 아니라, 실제적인 사람이에요. 선생님은 제가 생각하기에, 유령과 망령이 존재한다고 믿고 계신 것 같은데, 저는 믿지 않아요. 하지만, 제가 선생님에게 그것을 말한 이유는 저 집에는 무엇인가 아주 좋지 못한 기운이 감돌고 있기 때문이에요."

그녀는 그 언덕을 가리켰다.

"제 말은 뭔가가 명백하게 잘못되어 가고 있다는 뜻이죠―과거의 되풀이는 아니에요. 그건 우리가 여기에 온 이후에 계속됐어요. 날이 갈수록 악화되어 가기만 하는 거예요. 아버지도, 어머니도, 샬럿도 많이 달라졌어요."

모티머가 끼어들었다.

"조니도 달라졌습니까?" 그가 물었다.

맥덜린은 감사해 하는 듯한 시선으로 그를 쳐다보았다.

"아뇨, 저는 이제야 그 애를 생각하게 되는군요. 조니는 달라지지 않았어요. 그 애는 그 모든 것에서 영향을 받지 않은 유일한 사람이에요. 어젯밤 차를 마시고 있을 때에도 영향을 받지 않았어요."

"그럼, 아가씨는?" 모티머가 물었다.

"저는 두려워하고 있었어요. 마치 어린애처럼 두려움에 떨고 있었죠―제가 두려워하는 것이 무엇인지도 모르면서 말이에요. 그리고 아버지는, 이상하셨어요―달리 표현할 말이 없군요. 아버지가 기적에 대해 말했을 때 저는 기적이 생기게 해달라고 기도를, 정말 기도를 했죠. 바로 그때 선생님이 문을 두드린 거예요."

그녀는 갑자기 말을 멈추더니 그를 빤히 쳐다보았다.

"선생님은 지금 제가 제정신이 아니라고 생각하시겠죠?"

그녀가 도전적으로 말했다.

"아니오. 그와는 반대로 아가씨는 극히 정상적으로 보입니다. 건전한 사람이라면 모두 위험이 가까이 왔을 때, 그 위험에 대한 예감을 하게 되는 법이죠."

"선생님은 이해하시지 못하고 있군요." 맥덜린이 말했다.

"저는, 제 자신의 일 때문에 두려워하는 게 아니에요."

"그럼, 누구 때문이오?"

그러나 맥덜린은 난감한 표정으로 다시 고개를 저었다.

"모르겠어요." 그녀가 계속 말했다.

"저는 충동에 이끌려 SOS를 썼어요. 저는(정말 터무니없는 일이지만), 식구들이 제가 선생님에게 말하지 못하게 할 거라는 생각이 들었어요. 식구 중 나머지 사람들 말이에요. 그런데, 선생님에게 요청하려고 한 게 무엇이었는지 모르겠군요. 지금은 모르겠어요."

"걱정하지 말아요. 내가 해결해줄 테니까." 모티머가 말했다.

"선생님이 무엇을 하시겠다는 거죠?" 모티머는 슬그머니 미소 지었다.

"나는 생각하는 일을 할 수 있답니다."

그녀는 그를 미심쩍은 듯이 쳐다보았다.

"그래요, 많은 일들이 그런 식으로 행해질 수가 있어요, 아가씨가 이제까지 믿었던 것 이상으로 많이 말이오. 말해 봐요, 혹시 어제저녁, 식사하기 직전에 아가씨의 관심을 끈 말이 있었습니까?"

맥덜린이 얼굴을 찌푸렸다.

"그런 것 같진 않아요." 그녀가 말했다.

"다만, 아버지가 어머니에게 샬럿이 어머니를 쏙 빼닮았다는 내용의 어떤 이야기를 하시면서, 아주 이상하게 웃으시는 것을 들었어요. 그렇지만, 거기에는 이상하게 웃을 일이 하나도 없잖아요?"

모티머는 천천히 말했다.

"없지요, 샬럿이 아가씨의 어머니를 닮지 않았다는 것을 제외하면 말입니다."

그는 잠시 생각에 빠져 있다가 고개를 들어보니 맥덜린이 의심스럽게 지켜보고 있었다.

"집으로 돌아가요, 아가씨, 걱정하지 말고. 그건 나한테 맡겨요."

그녀는 별장을 향해 난 그 오솔길로 순순히 올라갔다. 모티머는 어슬렁거리며 조금 더 멀리 걸어가서 푸른 잔디밭에 털썩 주저앉았다.

그는 눈을 감고, 의식적인 사고나 노력으로부터 자기 자신을 분리시킨 뒤, 심상들이 계속해서 멋대로 마음속에 스쳐 지나가도록 내버려두었다.

조니! 그의 생각은 언제나 조니에게 되돌아왔다. 조니는 순진무구하기 그지없고, 모든 의문과 음모가 얽히고설킨 속에서 완전히 벗어나 있지만, 그런데도 모든 것이 그를 중심으로 해서 회전하고 있었다. 즉, 그는 그날 아침식사 시간에 딘스미드 부인이 받침접시에 잔을 쨍그랑하고 떨어뜨린 일을 기억했다.

무엇이 그녀를 그토록 당황하게 했는가? 그가 우연히 그 소년이 화학 실험을 좋아한다고 말했기 때문인가? 그 당시에는 그는 딘스미드 씨를 의식하지 않았었으나, 지금 가만히 생각해 보니 그는 찻잔을 입으로 반쯤 가져가다 말고 앉아 있었던 것 같다.

그 생각에 미치자, 그는 전날 밤 문이 열렸을 때 본 샬럿의 모습이 떠올랐다. 그녀는 찻잔 가장자리 위로 자기로 뚫어지게 쳐다보며 앉아 있었다. 그런 뒤 재빨리 다른 기억이 뒤따랐다. 딘스미드 씨가 찻잔을 하나씩 하나씩 비우며, '이 차는 다 식었는데.'라고 말했었지.

그는 김이 모락모락 나고 있었던 것을 기억해냈다. 그렇다면, 그 차는 식지 않았다는 말이 되지 않는가?

무엇인가가 그의 머릿속에서 꿈틀거리기 시작했다. 그리 오래전이 아닌, 아마 한 달도 안 되었을 것이다. 얼마 전에 읽은 어떤 기사가 기억났다. 한 소년의 부주의로 전 가족이 독살된 사건이었다. 식료품 실에 놓아두었던 한 봉지의 비소(砒素)가 새어나와 아래에 있는 빵에 떨어졌던 것이다.

그는 신문에서 그것을 읽은 적이 있었다. 아마 딘스미드 씨도 그것을 읽었던 것이다. 사건은 좀더 분명해지기 시작했다.

30분 뒤 모티머 클리블랜드는 민첩하게 일어섰다.

별장에 다시 어둠이 깔리기 시작했다. 오늘 저녁에는 달걀 반숙과 소금에 절인 돼지고기 통조림이 준비되었다. 이윽고 딘스미드 부인이 부엌에서 커다란 찻주전자를 들고 들어왔다. 가족들이 식탁에 빙 둘러앉았다.

딘스미드 부인이 잔을 채워 식탁 둘레에서 건네주었다. 그런 다음, 찻주전자를 내려놓고 그녀는 갑자기 짤막하게 외마디 소리를 지르며 손으로 가슴을 눌렀다. 딘스미드 씨가 앉은 채로 몸을 휙 돌려 그녀의 겁에 질린 눈이 보는 방향을 뒤쫓았다.

모티머 클리블랜드가 출입구에 서 있었다.

그는 앞으로 다가섰다. 그는 쾌활한 태도로 사과의 말을 늘어놓았다.

"여러분을 놀라게 한 것 같군요. 일이 있어서 돌아와야만 했습니다."

"일이 있어서 왔다고요?"

딘스미드가 소리쳤다. 그의 얼굴이 시뻘게지면서 심줄이 툭툭 튀어 올랐다.

"무슨 일로 왔는지 알고 싶군요?"

"차(茶) 때문입니다." 모티머가 말했다.

민첩한 동작으로 그는 호주머니에서 무엇인가를 꺼내더니, 식탁에 있는 찻잔 중 하나를 집어들고 그 내용물을 왼손에 쥐고 있던 작은 시험관에 쏟아 넣었다.

"뭐……, 뭘 하는 거요?"

딘스미드가 숨을 헐떡이며 말했다. 그의 얼굴은 마치 마술에 걸린 것처럼 붉은색이 사라지고 백묵처럼 하얗게 변했다.

딘스미드 부인은 겁에 질려 가늘고 높은 외마디 소리를 질렀다.

"신문을 보고 계시죠, 딘스미드 씨? 그러실 겁니다. 가끔 온 가족이 모두 다 독약을 먹었다는 기사를 읽을 때가 있죠. 그들 중에서 몇 명은 회복되고, 몇 명은 그렇지를 못합니다. 이 경우에서는 한 명이 회복되지 못할 겁니다. 가장 그럴 듯한 변명으로는 당신들이 먹고 있는 통조림에 든 돼지고기가 되겠지만, 만일 의사가 의심이 많은 사람일 경우 그 통조림 중독설에 쉽사리 넘어가진 않겠죠? 당신의 식료품실에는 비소가 한 봉지 있습니다. 그 아래 선반에는 차가 한 봉지 있고요. 위 선반에는 편리하게도 구멍이 하나 나 있습니다. 그 비소가 우연히 차 속으로 들어갔을 거라고 상상하는 것만큼 자연스러운 게 또 어디 있겠습니까? 당신의 아들 조니가 부주의하다고 비난받을지 모르겠지만, 그 이상은 아무 일도 없겠죠."

"나, 나는 당신이 무슨 말을 하고 있는지 모르겠소."

딘스미드가 숨을 가쁘게 몰아쉬며 말했다.

"알고 계실 겁니다."

모티머는 두 번째 찻잔을 집어들고 두 번째 시험관에 채웠다. 하나에는 붉은 꼬리표를 붙이고, 다른 하나에는 푸른 꼬리표를 붙였다.

"붉은 꼬리표가 붙은 것에는 당신의 딸 샬럿의 잔에서 따른 차가 들어 있고, 다른 하나에는 맥덜린의 차가 들어 있습니다. 나는 첫 번째 것이 두 번째 잔보다 비소량이 4~5배 더 들어 있다고 확신할 수 있습니다."

"당신, 혹시 머리가 어떻게 된 것 아니오?" 딘스미드가 말했다.

"오, 세상에, 아니오. 나는 그런 사람이 아닙니다. 딘스미드 씨, 당신은 오늘 내게 맥덜린이 당신의 딸이 아니라는 말을 했어요. 당신은 내게 거짓말을 한 겁니다. 맥덜린은 당신의 딸입니다. 샬럿이 데리고 온 아이였죠. 그 아이는 어머니를 너무 쏙 빼닮아서 오늘 내가 그 어머니의 세밀화를 보았을 때 나는 그것을 샬럿의 것으로 오해했을 정도입니다. 당신은 당신의 친딸이 재산을 상속받게 되기를 원했던 겁니다. 그러나 샬럿을 보이지 않는 곳에 가둬 놓기도 불가능할 것이고, 그녀의 어머니를 알고 있는 사람이 어쩌면 그 닮은 모습에서 진실을 깨닫게 될 수도 있었기 때문에, 당신은—찻잔에 하얀 비소를 듬뿍 넣기로 한 겁니다."

딘스미드 부인은 갑자기 날카롭게 깔깔거리며 병적으로 히스테리를 부리기 시작했다. 그녀는 새된 목소리로 이렇게 말했다.

"그래요, 차였어요. 이이가 말했어요. 레모네이드가 아니라 차로 하라고 했죠."

"입 닥치지 못하겠어?" 그녀의 남편이 고함을 내질렀다.

모티머는 샬럿이 눈을 크게 뜨고 놀란 채 식탁을 가로질러 자기를 쳐다보는 것을 눈여겨보았다. 그때 어떤 손이 그의 팔을 잡았다.

맥덜린이 그를 소리가 들리지 않는 곳으로 끌고 갔다.

"저것을 아버지가……." 하고 말하며, 그녀는 그 작은 시험관들을 가리켰다. "선생님은……."

모티머는 그녀의 어깨에 손을 얹었다. 그가 말했다.

"아가씨, 당신은 과거를 믿지 않죠? 나는 믿어요. 나는 이 집의 분위기를 믿고 있습니다. 당신 아버지가 이 특별난 집에 오지 않았더라면 아마, 아마 당신 아버지는 이런 계획을 생각해내지 않았을 거요. 나는 앞으로도 계속 샬럿을 보호하기 위해 이 두 개의 시험관을 간직할 것이오. 그 일밖에는 나는 아무 일도 하지 않을 겁니다. SOS라고 써준 그 손에 감사하는 뜻에서 말이오"

유언장의 행방

"특히, 걱정과 흥분을 피하십시오."

마이넬 박사가 의사들이 즐겨 취하는 편안한 태도로 말했다.

하터 부인은 안심되기는 하지만 무의미한 말을 듣는 사람에게서 종종 보듯이, 안도한다기보다는 의심하는 것 같았다.

"심장이 다소 약해져 있습니다만, 걱정할 것은 없습니다. 내가 장담하죠. 그렇지만……." 의사는 유창하게 말한 다음 이렇게 덧붙였다.

"엘리베이터를 설치하는 게 좋을 겁니다. 어떻습니까?"

하터 부인은 걱정하는 것처럼 보였다.

이에 반해, 마이넬 박사는 자기 자신에게 꽤 만족하는 것 같았다. 그가 가난한 사람들보다 부유한 사람들을 간호하고 싶어하는 이유는, 그들의 병을 치료하는 방법에 있어서 적극적인 상상력을 발휘할 수 있다는 점이었다.

마이넬 박사는 그밖에 훨씬 더 멋진 것을 생각해 내려다가—실패하고는, "예, 엘리베이터가 좋겠습니다." 하고 말했다.

"그러면 지나친 힘의 소비를 피할 수 있을 겁니다. 날씨가 좋은 날 매일 같은 양의 운동을 하시되, 언덕을 걸어 오르는 일은 피하십시오. 그리고 특히, 기분 전환을 충분히 하시는 게 정신건강에 좋습니다. 건강에 대해 너무 깊이 신경 쓰지는 마십시오."

노부인의 조카인 찰스 리지웨이에게 의사는 약간 더 솔직했다.

"내 말을 오해하지는 마십시오. 당신의 아주머니는 몇 년은 더 살 수 있을 겁니다. 아마 그럴 겁니다. 그러나 충격을 받거나 무리하면 목숨을 잃게 될 거요!"

그는 손가락으로 딱 소리를 냈다.

"그분은 많은 안정을 취하셔야 합니다. 무리를 해서도 안 되고, 과로도 금물이오. 그리고 물론, 깊은 생각에 잠기게 해서도 안 됩니다. 그분은 늘 유쾌해야 하고, 기분 전환을 충분히 시켜 드려야 합니다."

"기분 전환이라……." 찰스 리지웨이는 생각에 잠긴 채 말했다.

찰스는 생각이 깊은 청년이었다. 또한, 가능할 때면 언제든지 자기 자신의 기분을 마음대로 조절하는 능력이 있다고 믿는 청년이었다.

그날 저녁 그는 라디오 세트를 설치하자고 제안했다. 승강기에 대한 생각으로 이미 심한 혼란 상태에 빠져 있던 하터 부인은 신경을 곤두세우고 그다지 마음 내키지 않아 했다. 찰스는 설득을 잘했다.

"새로 유행하는 그 물건이 내 마음에 들지 모르겠구나."

하터 부인은 비참하게 말했다.

"그 파장이……, 그 전파 말이야. 나한테 영향을 줄지도 몰라."

찰스는 거만하고 친절한 태도로 이 생각이 쓸데없는 거라고 말해 주었다.

그 분야에 대해서는 거의 아는 바가 없으면서도 자신의 의견을 좀처럼 꺾을 줄 모르는 하터 부인은 여전히 확신하지 못하는 것 같았다.

"그 전기라는 것은 모두." 그녀는 겁을 집어먹으며, 중얼거리듯이 말했다.

"네가 좋아하는 것을 말하는 건 좋아, 찰스 하지만, 전기에 영향을 받는 사람들도 있잖니? 나는 뇌우가 몰아치기 전에는 항상 머리가 지끈지끈 아파진단다. 나는 그것을 알고 있지."

그녀는 의기양양하게 머리를 끄덕였다.

찰스는 참을성이 많은 젊은이였다. 하지만 그 또한 고집이 셌다.

"사랑하는 메리 아주머니, 제가 그것을 분명하게 설명해 드리죠"

그는 그 분야에 대해서라면 일가견이 있었다. 그는 라디오에 관해 열띤 얘기를 하기 시작했다. 온통 정신을 그 이야기에 쏟은 채 그는 양전극과 음전극, 고주파와 저주파, 그리고 증폭과 콘덴서(축전기)에 대해서 설명해 주었다.

이해할 수 없는 말들의 홍수에 빠진 하터 부인은 그만 항복하고 말았다.

"아니, 찰스, 네 생각이 정 그렇다면야—." 그녀는 중얼거리듯이 말했다.

찰스는 열광적으로 이렇게 말했다.

"메리 아주머니, 그건 아주머니를 위한 물건이에요. 울적하다든지 하는 마음이 사라져버릴 겁니다."

마이넬 박사가 얘기해 준 엘리베이터가 그 뒤 곧 설치되었으며, 하터 부인
은 죽을 때가 거의 다 되어서 그런지 많은 노부인들이 그러하듯이 집에 낯선
사람을 절대 들이지 못하게 했다. 그녀는 그들이 모조리 자기 돈을 훔치려고
마음먹고 있다고 의심했다.

엘리베이터를 설치한 뒤 라디오 세트가 들어왔다. 하터 부인은 그것이 온통
혹투성이인, 크고 볼품없는 상자로밖에 안 보이는 그 불쾌한 물건을 찬찬히
살펴보았다.

찰스는 그녀를 설득시키느라고 안간힘을 다 쓰면서도, 그 혹들을 돌리면서
자세히 설명하는 등 자신의 뜻대로 된 것에 만족해하고 있었다.

하터 부인은 끈기 있고 정중하게 등이 높은 의자에 앉아 있었으나, 마음속
으로는 이 새로운 유행물은 더도 덜도 아닌 완전히 성가신 물건이라고 확신하
고 있었다.

"들어보세요, 메리 아주머니. 우리는 베를린에 바로 통해 있어요! 굉장하잖
아요? 저 남자의 말소리 들립니까?"

"윙윙거리는 소리와 찰깍거리는 소리밖에는 아무것도 들리지 않는구나."

하터 부인이 말했다.

찰스는 그 혹들을 계속 돌렸다.

"브뤼셀이에요." 그는 열광하며 말했다.

하터 부인은, "정말이냐?" 하고 약간의 관심을 보여 줄 뿐이었다.

찰스가 다시 혹들을 돌리자, 섬뜩한 신음 소리가 온 방 안에 울려 퍼졌다.

"이번에는 정신병원과 통했나 보구나."

어느 정도 용기를 가지고서 부인이 말했다.

찰스가 말했다.

"하하! 농담하시는군요, 그렇죠, 메리 아주머니? 정말 그럴듯하신데요!"

하터 부인은 그를 보고 웃을 수밖에 없었다. 그녀는 찰스를 무척 좋아했다.

몇 년 동안 미리엄 하터라는 조카딸이 그녀와 함께 산 적이 있었다. 그녀는
그 처녀를 자기의 상속녀로 만들 생각이었지만, 미리엄은 적격자가 되지 못했

다. 그녀는 참을성이 없었으며, 자기 아주머니가 교제하는 사회를 유난히 싫어했다. 그녀는, 하터 부인의 말에 의하면 항상 '싸질러 다니러' 밖에 나갔다.

결국 그녀는 자기 아주머니가 철저하게 반대한 청년에게 휘말려 들고 말았다. 그래서 미리엄은, 마치 실물을 보고 산다는 조건이 붙은 상품인 것처럼 짤막한 편지와 함께 그녀의 어머니에게 되돌려 보내졌다. 결국 그녀는 문제의 그 젊은이와 결혼했으며, 하터 부인은 크리스마스 때 그녀에게 보통 손수건 주머니나 식탁보를 보내주었다.

조카딸들에게 실망을 느낀 하터 부인은 조카들한테 주의를 돌렸다. 찰스는 처음부터 그리 마음에 차진 않았으나, 그런대로 합격자였다. 그는 항상 자기 아주머니에게 쾌활하게 경의를 표했으며, 그녀가 젊은 시절을 회상할 때면 굉장히 관심 있는 체하며 듣곤 했었다. 이런 점에서 그는 그것을 지겨워하며 솔직하게 표시했던 미리엄과 커다란 대조를 이루었다. 찰스는 결코 싫증 내지 않았다. 그는 항상 착하고 명랑했다. 그는 자기 아주머니에게 그녀가 더할 나위 없이 훌륭한 노부인이라고 하루에도 몇 번씩이나 말했다.

자신이 새로 택한 조카에게 대단히 만족한 하터 부인은 변호사에게 유언장을 새로 만들도록 지시하는 편지를 썼다. 그리고 완성된 유언장에 그녀는 지체없이 승인하고 서명했다.

게다가, 이 라디오 문제에 있어서조차도 찰스는 곧 당당하게 승리를 얻게 된 것이었다. 하터 부인은 처음에는 반대하다가 차츰 관대해지더니 마침내는 매혹 당하고 말았다. 그녀는 찰스가 외출할 때면 훨씬 더 그것을 즐겨 들었다.

찰스가 그 물건을 혼자 있게 내버려두지 않는 게 문제였다. 하터 부인은 의자에 편안히 앉아서 아주 행복하게 그 세계에 빠져들어서 교향곡이나 루크레지아, 보르지아, 혹은 늪에 사는 생물에 대한 강연을 들었다. 하지만 찰스는 그렇지 못했다. 시끄럽게 꽥꽥거리는 소리로 온화한 분위기를 깨려 할 것이며, 그렇지 않으면 열광적으로 외국 방송을 들으려 했을 것이다. 그러나 찰스가 친구들과 밖에서 식사하러 나간 저녁에는, 하터 부인은 그 라디오에 한층 더 귀를 기울였다. 그녀는 두 개의 전등을 켜고 등이 높은 의자에 앉아서 저녁 프로그램을 즐겁게 듣는 것이었다.

그 섬뜩한 일이 처음으로 일어난 때는 라디오를 설치한 지 약 석 달가량 지난 뒤였다. 찰스는 브리지를 하러 가고 없었다.

그날 저녁의 프로그램은 민요 콘서트였다. 한 유명한 소프라노 가수가 애니 로리를 부르고 있었는데, 애니 로리를 듣는 도중에 이상한 일이 일어났다. 갑자기 끊겨 잠시 음악이 중단되면서, 윙윙거리는 소리와 찰까닥 하는 소리가 계속되더니 그것 역시 사라져버렸다.

정적이 흐른 뒤 아주 희미하고 나지막하게 웅얼거리는 소리가 들렸다.

하터 부인은, 이유는 알 수 없었지만 그 기계가 어딘가 아주 멀리 떨어진 곳에 파장이 맞춰지고 있다는 느낌을 받았다. 그런데 그때, 또렷하고 분명하게 한 남자가 아일랜드식 억양이 약간 깃든 목소리로 말을 하는 것이었다.

"메리—내 말 들려요, 메리? 나는 패트릭이오…… 곧 당신에게 가겠소, 준비하겠소, 메리?"

그런 다음, 거의 동시에 애니 로리의 선율이 다시 그 방에 울려 퍼졌다.

하터 부인은 양손으로 팔을 꼭 잡은 채 의자에서 꼿꼿하게 앉아 있었다.

내가 꿈을 꾸고 있었나? 패트릭! 패트릭의 목소리가! 패트릭의 목소리가 바로 이 방에서 그녀에게 말을 하다니! 아니야, 꿈이었을 거야, 어쩌면 환각이었을지도 몰라. 잠깐 잠이 들었던 거야. 이상한 꿈도 다 있군—죽은 남편이 에테르(빛, 열, 전기, 자기 현상의 가상적 매체)를 통해 말을 하다니.

그녀는 약간 놀랐을 뿐이다. 그가 무슨 말을 했더라?

"곧 당신에게 가겠소 준비하겠소, 메리?"

그게 사전 경고라는 걸까? 심장쇠약증. 그녀의 심장. 그녀는 이제 나이가 들었던 것이다.

"경고야, 바로 그거야."

하터 부인은 의자에서 천천히, 그리고 고통스러워하며 일어나서, 과연 그녀답게 덧붙여 말했다.

"엘리베이터를 설치하느라고 괜히 돈만 낭비했잖아!"

그녀는 자기가 경험한 일에 대하여 아무에게도 말하지 않았지만, 그다음 이틀간은 생각에 잠긴 채 약간 몰두해 있었다.

얼마 뒤, 그런 일이 두 번째로 일어났다. 그녀가 그 방에서 또 혼자 있을 때였다. 관현악 발췌곡을 방송하고 있던 라디오에서 전과 똑같이 갑작스럽게 소리가 사라져 갔다. 다시 정적이 흐르더니, 거리감이 느껴지면서 마지막으로 패트릭의 목소리가 들렸다. 그건 생전의 그의 목소리가 아니라, 순화되고 꿈꾸는 듯했으며, 이 세상 것 같지가 않은 이상한 목소리였다.

"나 패트릭이오, 메리. 이제 바로 당신에게 가겠소—."

그러더니 딸그락 소리와 윙윙 소리가 난 다음, 그 관현악 발췌곡이 다시 흘러나왔다.

하터 부인은 시계를 힐끗 보았다.

그래, 내가 이 시간에 잠이 들 리는 없어. 잠결이 아닌 말짱한 정신 상태에서 그녀는 패트릭의 목소리를 들었던 것이다. 그건 환각이 아니라고 그녀는 확신했다. 그녀는 당황해 하며, 찰스가 에테르 파동 이론에 대해 설명해 주었던 것을 다시 생각해내려고 노력했다.

패트릭이 정말 말할 수가 있을까? 그래, 그 생각에는 본래부터 불가능한 게 아무것도 없었다. 패트릭이 그녀에게 말을 한 것이다. 그는 그녀에게 곧 다가올 일에 대비시키려고 현대 과학을 이용한 것이다.

하터 부인은 하녀 엘리자베스를 부르는 종을 울렸다.

엘리자베스는 키가 크고 몹시 여윈, 예순 살의 여인이었다. 그녀의 완고한 외모에는 자기 여주인에 대한 애정과 걱정하는 마음이 가득 차 있었다.

하녀가 나타나자 하터 부인이 말했다.

"엘리자베스, 내가 당신한테 한 말 기억해? 내 사무용 책상의 왼쪽 맨 위 서랍 말이야. 그건 하얀 꼬리표가 붙어 있는 긴 열쇠로 잠겨 있어. 거기에 모든 것이 준비되어 있어."

"준비돼 있다니요, 마님?"

"내 장례 준비 말이야." 하터 부인이 씩씩거리며 말했다.

"내 말이 무슨 뜻인지 잘 알고 있잖아, 엘리자베스. 그 물건들을 넣을 때 나를 도와주었잖아."

엘리자베스의 얼굴은 이상하게 울상이 되었다.

"오, 마님, 그런 물건들에 마음 쓰지 마세요. 마님은 훨씬 좋아지신 것 같은데요." 그녀는 울먹이며 말했다.

"우리는 모두 언젠가는 가야 하는 거예요." 하터 부인은 진지하게 말했다.

"나는 일흔이 넘었어요, 엘리자베스 자, 자, 어리석게 그러지 말아요. 정 울려면 다른 데 가서 울어요."

엘리자베스는 훌쩍거리며 물러갔다.

하터 부인은 무한한 애정을 느끼며 그녀의 뒤를 바라보았다.

"어리석은 늙은이지만 충실해. 너무 충실해. 가만있자, 내가 저 사람에게 100파운드를 물려주었던가, 50파운드밖에 안 물려주었던가? 100파운드라야 하는데."

노부인은 그 문제로 걱정하다가 다음 날 당장 자기 변호사에게 유언장을 다시 보고 싶으니 좀 보내 달라고 편지를 썼다. 그날은 찰스가 점심을 먹으며 그녀를 깜짝 놀라게 한 말을 한 날이기도 했다. 그가 말했다.

"그런데, 메리 아주머니, 그 따로 남겨 놓은 방에 걸린 우습게 생긴 노인네가 누구죠? 벽난로 선반 위에 있는 그림말이에요. 턱수염과 양옆에 구레나룻을 기른 그 멋쟁이 노인 말이에요."

하터 부인은 그를 톡 쏘아보았다.

"그건 패트릭 아저씨가 젊었을 때란다." 그녀가 말했다.

"오, 맙소사, 메리 아주머니, 정말 죄송합니다. 무례하게 굴려고 한 건 아니에요."

하터 부인은 위엄 있게 머리를 끄덕이며 그 사과를 받아들였다.

찰스는 불확실하게 계속 말했다.

"저는 다만 궁금했을 뿐입니다. 그냥······."

그가 우유부단하게 말을 하다가 멈추자, 하터 부인이 날카롭게 말했다.

"그래서, 말하려고 한 게 뭐냐?"

"아무것도 아닙니다." 찰스가 급히 말했다.

"사리에 맞는 일이 아니라는 뜻이에요."

그 당시에는 노부인은 더 이상 아무 말도 하지 않았으나, 그날 나중에 그들이 단둘이 있을 때, 그녀는 그 이야기를 끄집어냈다.

"말해 주렴, 찰스 네 아저씨의 그림에 대해서 왜 물어보았는지 말이야."

찰스는 당황하는 것 같았다.

"말씀드렸잖아요, 메리 아주머니, 제가 어리석게 추측한 것일 뿐이라고요. 전혀 말도 안 되는 일이에요."

"찰스, 나는 알아야겠다."

하터 부인은 아주 독재자 같은 목소리로 말했다.

"좋아요, 아주머니, 정 그러시다면. 저는 그분을 어디선가 뵌 것 같았습니다 —그 그림에 있는 분 말이에요. 어젯밤 제가 차도를 올라오고 있을 때, 끝쪽 창문에서 내다보고 있었어요. 아무래도 빛의 착란 효과 때문인 것 같습니다. 저는 도대체 그가 누구인지 궁금했어요. 그 얼굴이 너무, 초기 빅토리아 시대 인물 같았거든요. 제 말이 무슨 뜻인지 아시겠어요? 그런데, 엘리자베스가 집에 손님이나 낯선 사람이 아무도 오지 않았다고 해서…… 나중에 저는 무심코 그 빈방으로 들어가 보았더니 벽난로 선반 위에 그림이 걸려 있는 게 아니겠어요. 정말 그대로 닮은 사람이었어요! 그건 아주 쉽게 설명이 될 겁니다. 잠재의식 같은 거죠. 아마 저는 전에 그 그림을 전혀 의식하지 못한 채 본 적이 있었을 겁니다. 그러고는 창문에 그 얼굴이 나타났다는 착각에 빠진 거죠."

"마지막 창문이라고?" 하터 부인이 날카롭게 말했다.

"예, 왜요?"

"아무것도 아니다." 하터 부인이 말했다.

하지만 그녀는 깜짝 놀랐다. 그 방은 남편이 옷을 갈아입던 방이었다.

바로 그날 저녁, 찰스가 다시 집을 비운 사이에 하터 부인은 몹시 초조해하며 라디오를 듣고 앉아 있었다. 만일 세 번째로 그 불가사의한 목소리를 듣는다면, 그것은 자신이 실제로 어떤 다른 세계와 통신했다는 것을 전혀 의심할바 없이 최종적으로 증명해 주는 것이었다.

그녀의 심장이 조금 더 빨리 뛰기 시작했으나, 전과 똑같이 방송이 중단되고 죽음 같은 정적이 흐른 뒤 그 희미하고 꿈꾸는 듯한 목소리가 다시 들려왔을 때, 그녀는 조금도 놀라지 않았다.

"메라—당신은 지금 준비가 되어 있구료……. 금요일 밤에 당신에게 가겠소……. 금요일 밤 9시 반에……. 두려워하지 마오. 아무 고통도 없을 거요. 준비해요……."

그러더니, 마지막 단어가 거의 갑자기 끊기며 관현악곡이 다시 시끄러운 불협화음으로 터져 나왔다.

하터 부인은 잠시 동안 꼼짝도 않고 앉아 있었다. 그녀의 얼굴은 새하얗게 질려 있었으며, 우울한 표정을 지은 채 입술을 깨물었다.

이윽고 그녀는 일어나서 책상에 앉았다. 약간 떨리는 손으로 그녀는 다음과 같은 글을 썼다.

> *오늘 밤 9시 15분에 나는 죽은 남편의 목소리를 분명히 들었습니다. 그이는 금요일 밤 9시 30분에 오겠다고 말했습니다. 만일 내가 그날 그 시각에 죽게 된다면 나는 영혼 세계와 분명히 통할 수 있다는 것을 증명하기 위해 그 사실들을 알리고 싶습니다.*
>
> *메리 하터.*

하터 부인은 자신이 쓴 글을 다시 읽어보고 봉투에 넣어 봉한 뒤 겉봉에 주소를 썼다. 그리고 종을 울렸다. 엘리자베스가 재빨리 들어왔다.

하터 부인은 책상에서 일어나 방금 쓴 편지를 그 늙은 여인에게 건네주었다. 그녀가 말했다.

"엘리자베스, 만일 내가 금요일 밤에 죽으면 그 편지를 마이넬 박사에게 보내 줘(엘리자베스가 뭔가를 항의하려는 듯한 태도를 보이자). 아니야, 나 하고 논쟁할 생각은 말아요. 당신은 예감을 믿는다고 종종 내게 말했잖아. 나는 지금 어떤 예감을 느끼고 있어. 그리고 한 가지 더 할 말이 있어. 나는 내 유언장에 당신에게 50파운드를 남긴다고 했어. 하지만, 100파운드를 주고 싶어. 만일 내가 죽기 전까지 은행에 갈 수 없으면 찰스가 그것을 처리할 거야."

전과 같이, 하터 부인은 엘리자베스가 울며 항의하는 것을 가로막았다. 자기 결심에 따라서, 노부인은 다음 날 아침 조카에게 그 문제에 관해 말을 했다.

"기억해 두렴, 찰스, 나한테 무슨 일이 생기더라도 엘리자베스에게 50파운드를 더 주어야 한다."

"요즘엔 무척 우울해하시는 것 같아요, 메리 아주머니."

찰스가 쾌활하게 말했다.

"무슨 일이 생긴다는 건가요? 마이넬 박사님의 말에 의하면, 20년쯤 지난 뒤에 우리는 아주머니의 백 번째 생신을 축하하게 될 거라고 했는데!"

하터 부인은 그를 보고 다정하게 웃었을 뿐 대답은 하지 않았다.

잠시 뒤 그녀가 말했다.

"금요일 저녁때 뭐 할 거니, 찰스?"

찰스는 약간 놀라는 것 같았다.

"실은, 에윙네가 와서 브리지를 하자고 했는데, 만일 제가 집에 있는 게 좋으시다면……."

"아니다." 하터 부인이 단호하게 말했다.

"안 된다는 뜻이야, 찰스 다른 날은 괜찮지만 그날 밤만큼은 나 혼자 있는 게 낫겠어."

찰스는 호기심 어린 눈으로 그녀를 쳐다보았으나, 하터 부인은 더 이상 아무 말도 하지 않았다. 그녀는 용기 있고 단호한 노부인이었다. 그녀는 그 이상한 경험을 혼자서 체험해야 한다고 느꼈다.

금요일 저녁, 집은 대단히 조용했다. 하터 부인은 여느 때와 마찬가지로 등이 높다란 의자를 벽난로 앞에 끌어다 앉았다. 그녀는 모든 준비를 끝냈다. 그날 아침 그녀는 은행에서 지폐로 50파운드를 찾아다가, 엘리자베스가 울며 항의하는데도 아랑곳없이 그 돈을 건네주었다.

그녀는 자신이 쓰던 물건들을 모두 분류하고 정리했으며, 보석류 한두 점에 친구들이나 친척들의 이름을 쓴 꼬리표를 달았다. 그녀는 또 찰스에게 줄 지시사항도 작성해 두었다. 워스터 찻잔 세트는 사촌 에마에게 주고, 세브르 도자기들은 윌리엄 청년에게 주라는 등등.

이제 그녀는 자신의 손에 든 긴 봉투를 보며, 그 속에 들어 있는 서류 한

장을 꺼냈다. 이것은 그녀의 지시에 따라 홉킨스 씨가 보내 준 그녀의 유언장
이었다. 그녀는 이미 그것을 한 번 더 들여다보았다. 그것은 짧고 간결한 서류
였다.

　　충실한 봉사의 사례로써 엘리자베스 마샬에게 50파운드의 유산, 자매
　　와 친사촌에게 각각 500파운드씩의 유산, 그리고 나머지는 사랑하는
　　조카 찰스 리지웨이에게.

　하터 부인은 머리를 여러 번 끄덕였다. 그녀가 죽으면 찰스는 굉장한 부자
가 될 것이다. 어쨌든, 그는 그녀에게 무척 착하게 대해 주었다. 항상 친절했
고 다정했으며 즐거운 얘기로 늘 그녀를 기쁘게 해주었다.

　그녀는 시계를 보았다. 30분이 되기 3분 전이었다.

　자, 그녀는 준비되었다. 그리고 그녀는 침착했다—아주 침착했다. 비록 그녀
가 이 마지막 말들을 혼자서 여러 번 되풀이하긴 했지만, 그녀의 심장은 이상
하고 불규칙하게 뛰었다. 그녀 자신은 그것을 거의 깨닫지 못했지만, 그녀의
신경은 극도로 긴장되어 있었다.

　9시 30분. 라디오가 켜졌다.

　그녀가 무엇을 듣게 될 것인가? 일기예보를 알리는 친숙한 목소리일까, 아
니면 25년 전에 죽은 남자의 꿈 꾸는 듯한 목소리일까?

　그러나 그녀는 아무 소리도 듣지 못했다. 그 대신 어떤 친숙한 소리가 들렸
다. 그것은 그녀가 잘 알고 있는 소리였지만, 오늘 밤엔 마치 얼음 같은 손이
자신의 심장 위에 놓인 것처럼 느껴졌다. 현관에서 뭔가를 더듬는 소리—그
소리가 다시 들렸다. 그때 차가운 돌풍이 방에 휘몰아치는 것 같았다.

　하터 부인은 이제 자신의 직관이 어떤 것인지 의심하지 않았다. 그녀는 두
려웠다. 아니, 그 이상이었다—그녀는 겁에 질려 있었다.

　그때 그녀는 갑자기 이런 생각이 떠올랐다.

　'25년은 긴 세월이야. 패트릭은 이제 내겐 낯선 사람이지.'

　공포! 바로 그것이 그녀를 엄습해 오고 있었다.

문밖에서 가벼운 발걸음 소리—가볍고 주저하는 발걸음 소리. 그러더니 문이 조용하게 스르르 열렸다.

하터 부인은 다리를 비틀거렸으며, 몸은 좌우로 흔들거리는 상태로 열린 출입구를 뚫어져라 쳐다보았다. 무엇인가가 그녀의 손가락 사이에서 빠져나와 벽난로로 들어가 버렸다.

그녀는 목구멍이 막힌 듯이 질식할 듯한 외마디 소리를 질렀다. 출입구의 어스름한 빛 속에 한 낯익은 물체가 갈색 턱수염과 구레나룻을 기르고 빅토리아풍의 구식 외투를 입은 채 서 있었다.

패트릭이 그녀에게 온 것이다!

공포에 질린 그녀의 심장이 한번 뛰더니 멈췄다. 그녀는 비틀리고 웅크린 자세로 바닥에 미끄러져 쓰러졌다.

엘리자베스가 거기에서 그녀를 발견한 것은 한 시간이 지난 뒤였다.

마이넬 박사가 당장 불려 왔고, 찰스 리지웨이도 브리지를 하다가 급히 불려 왔다. 그러나 속수무책이었다. 하터 부인은 이미 때가 늦었던 것이다.

엘리자베스는 이틀이 지난 뒤에야 비로소 여주인이 자기에게 준 편지를 기억해냈다. 마이넬 박사는 그것을 굉장히 흥미 있게 읽은 다음, 찰스 리지웨이에게 보여주었다.

"아주 이상한 우연의 일치입니다." 그가 말했다.

"당신의 아주머니는 죽은 남편의 목소리에 대해 환각을 가졌던 게 분명합니다. 그분은 너무나 긴장해서 극도로 흥분해 있다가, 그 시간이 되자 그만 충격으로 돌아가신 겁니다."

"자기 암시 말입니까?" 찰스가 말했다.

"그런 종류라고 할 수 있겠죠. 당신에게 가능한 한 빨리 검시 결과를 알려드리겠습니다만, 나 자신은 그것을 의심하지 않습니다. 순전히 형식적인 절차이긴 하나, 상황이 그러하니만큼 검시를 해보는 게 바람직하죠."

찰스는 이해한다는 듯이 고개를 끄덕였다.

그 전날 밤 집안사람들이 잠자리에 들었을 때, 그는 라디오 케이스 뒤에서 위층에 있는 자기 방까지 연결된 전선을 제거했다. 또, 그날 저녁엔 날씨가 쌀쌀했기 때문에, 그는 엘리자베스에게 자기 방에 불을 지펴 달라고 한 다음, 그 불에 갈색 턱수염과 구레나룻을 태워버렸다. 돌아가신 자기 아저씨가 입었던 빅토리아 시대풍의 옷은 더그매(지붕과 천장 사이의 공간)에 있는 장뇌 냄새가 나는 상자에 도로 넣어두었다.

그가 아는 한, 그는 전적으로 안전했다. 아주머니에게 적절한 조치를 취해 주면 몇 년은 더 살 수 있을 거라고 마이넬 박사가 그에게 말했을 때, 그의 머릿속에 처음 어렴풋이 윤곽이 잡혔던 그 계획은 훌륭하게 성공을 거둔 것이다. 갑작스러운 충격이라고 마이넬 박사가 말했다.

노부인들을 좋아하는 다정한 청년 찰스는 혼자서 미소 지었다.

의사가 떠나자, 찰스는 기계적으로 자신이 해야 할 일들을 시작했다. 장례식 준비가 최종적으로 마무리되어야 했다. 먼 곳에서 오는 친척들을 위해서는 열차 시간을 알아 봐야 했으며, 한두 명 정도는 하룻밤을 묵고 가야 할 것이다. 찰스는 자신이 생각하는 내면적 의향에 따라 그 모든 것을 능률적이고 조직적으로 처리했다.

'정말 아주 멋진 솜씨가 아닌가!'

그에게는 걱정거리가 있었다. 찰스가 얼마나 쪼들리고 있었는지는 아무도 몰랐으며, 그의 죽은 아주머니는 더욱더 몰랐다.

그가 하는 일은 은폐되어 있었으나, 감옥의 그림자가 그의 앞에 다가와 있었다. 만일 그가 두세 달 내로 상당한 액수의 돈을 마련하지 못하면 그대로 발각되어 끝장이 날 것이다. 하지만—그건 이제 잘된 것이다.

찰스는 혼자서 미소 지었다. 그것 덕택에—그래, 위법은 아니니 몹쓸 장난이라고 말해도 좋으리라. 거기에는 죄가 되는 게 아무것도 없다. 그는 구조되었다. 그는 이제 굉장한 부자였다.

하터 부인이 유언장 문제를 조금도 숨기지 않았기 때문에 그는 그 문제에 대해 아무런 걱정도 하지 않았다.

이러한 생각들과 아주 적절하게 때를 맞추듯, 엘리자베스가 문에 나타나 홉킨스 씨가 와서 만나보고 싶어한다고 알려왔다. 참으로 적절한 때라고 찰스는 생각했다. 휘파람이 나오려는 것을 억누르며 그는 표정을 적당히 엄숙하게 지은 뒤 서재로 갔다. 거기에서 그는 25년이 넘도록 죽은 하터 부인의 법률 고문 변호사였던, 빈틈없어 보이는 노신사를 맞이했다.

찰스의 권유에 따라 자리에 앉은 그 변호사는 짤막하게 마른기침을 하며 사무적인 문제로 들어갔다.

"나는 당신이 내게 보낸 편지를 도무지 이해할 수가 없어요, 리지웨이 씨. 당신은 돌아가신 하터 부인의 유언장을 우리가 가진 줄 아는 것 같더군요."

찰스는 그를 빤히 쳐다보았다.

"그렇지만 분명히, 저는 아주머니가 그렇게 말씀하시는 것을 들었는데요."

"오 맞습니다, 맞아요. 그건 우리가 보관하고 있었죠."

"있었다고요?"

"그렇습니다. 하터 부인은 지난 화요일 우리에게 그것을 보내달라는 편지를 쓰셨습니다."

불안한 느낌이 찰스에게 엄습해왔다. 그는 막연히 불쾌한 예감이 들었다.

"틀림없이 부인의 서류 가운데 들어 있을 겁니다."

변호사가 조용하게 말했다.

찰스는 아무 말도 하지 않았다. 그는 변호사의 말이 믿어지지 않았다. 그는 하터 부인의 서류들을 이미 철저하게 정리했었기 때문에 그 가운데 유언장이 없다는 것을 완전히 확신하고 있었다. 잠시 뒤, 자제력을 되찾고서 그는 이렇게 말했다. 그의 목소리는 자기 자신에게 비현실적으로 들렸으며, 그는 등에 찬물이 뚝뚝 떨어지는 것 같은 느낌이 들었다.

"누가 부인의 물건을 정리했죠?" 변호사가 물었다.

찰스가 엘리자베스라는 하녀가 그렇게 했다고 대답했다. 홉킨스 씨의 말에 따라 엘리자베스를 불러들였다. 그녀는 얼른 들어와서 엄숙하고 곧은 자세로 자기에게 주어지는 질문에 대답했다.

그녀는 자기 여주인의 옷과 개인적인 물건들을 모두 정리했다. 그녀는 그 가운데에 유언장 같은 법률 문서는 하나도 없었다고 절대 확신했다. 그녀는 유언장이 어떻게 생겼는지도 알고 있었다—그녀의 가엾은 여주인이 죽던 바로 그날 아침 그것을 손에 들고 있었기 때문이다.

"그게 틀림없소?" 변호사가 날카롭게 물었다.

"예, 선생님. 마님이 그렇게 말씀하셨어요. 그런 다음 마님은 제게 지폐로 50파운드를 주셨지요. 그 유언장은 길고 푸른 봉투 속에 들어 있었어요."

"맞소." 홉킨스 씨가 말했다.

엘리자베스가 계속 말했다.

"지금 생각해보니, 그 파란 봉투는 그 이튿날 아침에 이 탁자 위에 놓여 있었어요—하지만 속은 비어 있었죠. 저는 그것을 책상 위에 올려놓았습니다."

"나도 거기에서 그걸 본 기억이 나요." 찰스가 말했다.

그는 일어나서 그 책상으로 다가갔다. 잠시 뒤 그는 손에 봉투 하나를 들고 와서 홉킨스 씨에게 건네주었다.

변호사는 그것을 살펴보더니 머리를 끄덕였다.

"이건 지난 화요일 내가 그 유언장을 넣어 발송한 봉투입니다."

두 남자는 엘리자베스를 응시했다.

"제가 할 일이 더 있습니까, 선생님?" 그녀가 공손하게 물었다.

"지금으로서는 없소, 고맙소."

엘리자베스가 문쪽으로 갔다.

"잠깐, 그날 저녁때 벽난로에 불이 있었습니까?" 변호사가 말했다.

"예, 선생님. 거기는 항상 불을 피웁니다."

"고맙소, 됐어요."

엘리자베스가 나갔다.

찰스는 탁자에 떨리는 손을 얹은 채 몸을 앞으로 기울이고 있었다.

"무슨 생각을 하고 계신 겁니까? 무슨 뜻이죠?"

홉킨스 씨는 머리를 흔들었다.

"아직은 유언장이 나타나리라는 희망을 가져야 합니다. 만일 그렇지 않으면……."

"그렇지 않으면, 뭡니까?"

"딱 한 가지 결론밖에는 내릴 수가 없는 것 같습니다. 당신의 아주머니는 유언장을 파기하기 위해 그것을 보내 달라고 한 거죠. 그렇게 하면 엘리자베스가 손해를 보니까, 현금으로 그녀의 유산 금액을 내준 거고요."

"그렇지만 왜요? 무엇 때문에?" 찰스가 거칠게 외쳤다.

홉킨스 씨는 기침을 했다. 마른기침이었다.

"당신은 아주머니와, 어—다툰 적은 없었습니까, 리지웨이 씨?"

그가 나지막하게 말했다.

찰스는 숨을 헐떡였다.

"전혀 없었습니다." 그가 흥분하여 외쳤다.

"우리는 끝까지 아주 친절하고 더할 나위 없이 다정한 사이였어요."

"아!"

홉킨스 씨는 그를 보지 않고 이렇게 외쳤다.

찰스는 변호사가 자신을 믿지 않고 있다는 생각이 들자 깜짝 놀랐다. 냉담한 이 늙은이가 무슨 소리든 듣지 않았다고 누가 장담하겠는가? 찰스의 소행에 대한 소문이 그의 귀에도 들어갔을지도 모른다. 그러니까 그는 그와 같은 소문이 하터 부인의 귀에도 들어가서, 그 문제로 아주머니와 조카가 말다툼했으리라고 상상하는 게 틀림없다.

아냐, 그렇지 않아! 찰스는 자기 생애에서 가장 쓰라린 순간 중 하나를 알고 있었다. 그가 거짓말을 해도 다들 믿었었다. 그러나, 지금은 진실을 말하고 있는데도 믿어 주지 않는다. 이런 운명의 장난이 어디 있담! 물론 아주머니는 그 유언장을 절대로 태워 버리지 않았다! 그래—.

그의 생각은 갑자기 정지했다. 그의 눈앞에 떠오르는 장면은 무엇일까?

한 손으로 자신의 가슴을 움켜잡고 있는 한 노부인, 무엇인가 슬쩍 빠져나온다—종이다. 벌겋게 달아오른 깜부기불에 떨어져 버린다—.

찰스의 얼굴은 납처럼 변했다. 자신의 거친 목소리가 들렸다.

"그 유언장이 결코 발견되지 않는다면?"

"하터 부인이 전에 만든 유언장이 아직 있습니다. 1920년 9월 날짜로 되어 있죠. 거기에서 하터 부인은 전 재산을 미리엄 하터, 지금은 미리엄 로빈슨이 된 조카딸에게 남겼습니다."

이 바보 같은 늙은이가 뭐라고 말하는 거야, 미리엄? 정체도 모르는 남편과 낑낑거리는 애새끼들을 넷씩이나 거느린 미리엄에게? 그 온갖 재주를 다 부린 것이 미리엄을 위해서였다니!

그의 바로 곁에서 전화벨이 시끄럽게 울렸다. 그가 수화기를 들었다.

친절하기 이를 데 없는 그 의사의 목소리였다.

"당신이오, 리지웨이? 당신이 알고 싶어할 것 같아 전화했소. 검시 결과가 막 나왔소. 사인은 내가 추정한 대로요. 그렇지만, 심장병은 부인이 살아 있을 때 내가 생각했던 것보다 훨씬 더 나쁜 상태였소. 아무리 잘 치료했어도 부인은 두 달 이상은 더 살지 못했을 거요. 당신이 궁금해할 것 같아서 전화했소. 당신에게 다소 위로가 될지 모르겠소."

찰스가 물었다.

"죄송하지만, 그것을 다시 말해 주시겠습니까?"

"부인은 두 달 이상은 더 살지 못했을 거라고요."

의사는 약간 더 큰소리로 말했다.

"모든 걸 되도록 잘해 보려고 했던 것 아니오."

그러나 찰스는 수화기를 탁 내려놓았다. 마치 멀리 떨어진 곳에서 말하는 듯한 변호사의 목소리가 들려왔다.

"저런, 리지웨이 씨, 어디 아픕니까?"

빌어먹을! 점잔빼는 변호사 같으니라고, 그 불쾌한 멍텅구리 마이널 영감! 그에게는 이제 아무 희망이 없었다—단지 감옥 벽의 그림자만 남아 있을 뿐.

그는 누군가가 자기를 가지고 놀고 있다는 느낌이 들었다—쥐를 가지고 노는 고양이처럼. 지금 누군가가 틀림없이 웃고 있겠지…….

청자의 비밀

잭 하팅턴은 티(골프공을 올려놓는 자리)에서 위쪽을 향해 쳐 날린 공을 원망스러운 듯 내려다보았다. 그 공 옆에 서서 그는 티를 되돌아보며 거리를 가늠해 보았다. 그의 얼굴은 자신을 비웃는 모습을 생생하게 나타내 주고 있었다.

그는 한숨을 쉬며 쇠머리 달린 골프채를 꺼내어 그것으로 심술궂게 두 번을 휘둘러 민들레와 잔디 덤불을 차례로 전멸시킨 다음, 본격적으로 공을 칠 자세를 취했다. 스물네 살의 나이로 인생에 거는 한 가지 야망이 골프에서 디캡(골프에서 못하는 사람을 위해 실제 타수에서 감하는 타수)을 감소시키는 일이라고 생각하는 사람에게는, 생계비를 버는 문제로 자기 시간과 마음을 빼앗겨야 한다면 참기 어려운 일일 것이다.

잭은 7일 중에서 5일 하고도 반나절은 시내에 있는 일종의 마호가니 무덤에 갇혀 있었다. 토요일 오후와 일요일은 인생의 일다운 일에 고스란히 바쳤으며, 열정이 지나친 나머지 그는 스터턴히스 골프장 근처에 있는 조그만 호텔에서 방을 빌려 살면서, 시내로 들어가는 그 8시 46분 기차를 타기 전에 한 시간씩 연습하려고 매일 아침 6시에 일어났다. 그 계획에 한 가지 불리한 점이 있다면, 그는 아침의 그 시각에는 어떤 것도 제대로 칠 수 없을 것 같다는 점이었다. 골프채를 잘못 휘두르면 공은 엉뚱하게 나갔다. 그가 매시(짤막한 골프채)로 친 공은 땅 위에서 제멋대로 굴렀으며, 어떤 그린에서도 최소한 네 번은 퍼트(공을 골프채로 가볍게 쳐서 구멍에 넣는 것)를 해야 할 형편이었다.

잭은 한숨을 내쉬며 골프채를 단단히 잡은 다음, 그 마법과 같은 말들을 혼자서 되풀이했다.

'왼팔을 똑바로 들어 스윙하며 절대로 얼굴을 들지 말 것'

그는 골프채를 뒤로 휘둘렀다. 그때 날카롭게 외치는 소리가 그 여름 아침의 정적을 뒤흔드는 바람에 놀라서 우뚝 멈추고 말았다.

"사람 살려―. 도와주세요! 사람 살려!"

그것은 여자 목소리였으며, 끝에 가서는 일종의 꼴깍하는 숨넘어가는 소리를 내며 사라져 갔다.

잭은 골프채를 내던지고 그 소리가 나는 방향으로 뛰었다. 그 소리는 아주 가까운 곳에서 들렸었다. 골프 코스 중에서 특히 이 부근은 인적이 드문 외진 곳으로, 인가도 거의 없었다. 사실, 가까운 곳에는 딱 한 집밖에 없었는데, 그 구세계(아메리카 대륙의 신세계에 대응되는 의미)풍의 미려한 분위기 때문에 잭이 종종 눈여겨보았던 그림 같은 아담한 별장이었다. 그가 달리고 있는 곳은 바로 그 별장을 향해서였다. 그곳은 그가 있는 쪽에서 보면 히스로 뒤덮인 비탈에 가려 있었으나, 그는 이것을 돌아 불과 1분도 채 못 되어 빗장을 질러 놓은 그 조그만 대문에 손을 얹고 서 있었다.

정원에 한 처녀가 서 있는 것을 보고, 순간 잭은 도와 달라고 소리를 친 사람이 바로 그녀였다는 결론으로 당연하게 비약했다. 그러나 그는 이내 마음을 바꿨다. 그녀가 반쯤 잡초로 가득 찬 작은 바구니를 손에 든 것으로 보아, 그녀는 화단 테두리에 뭔가 심어 놓은 팬지 꽃밭에서 잡초를 뽑다가 방금 일어선 게 분명했다. 그녀의 눈은 부드럽고 따스했으며, 거무스름한 모양새가 꼭 팬지를 닮았으며, 파랗다기보다는 보라색에 가깝다는 것을 잭은 알아차렸다. 순 자줏빛 리넨 드레스를 입고 있어서 정말 한 송이 팬지 같았다.

그 처녀는 성가심과 놀람이 엇갈린 표정으로 잭을 쳐다보고 있었다.

"실례합니다. 혹시 방금 소리치지 않았습니까?" 잭이 말했다.

"제가요? 아뇨."

깜짝 놀라는 그녀의 태도가 너무나 진지했으므로 잭은 몹시 당황했다. 이국적 억양이 약간 깃든 그녀의 목소리는 너무나 부드럽고 귀여웠다.

"그럼, 그 소리는 들었겠죠? 바로 이 근처에서 났거든요." 그가 소리쳤다.

그녀는 그를 빤히 쳐다보았다.

"난 전혀 아무 소리도 듣지 못했는데요."

이번에는 잭이 그녀를 빤히 쳐다보았다. 그토록 애타게 도와달라고 간청하는 소리를 그녀가 듣지 못했다니 정말 믿을 수 없었다. 그러나 그녀의 침착함이 너무 명백해서 그는 그녀가 자기에게 거짓말을 하는 것이라고는 도저히 생각할 수가 없었다.

"그 소리는 바로 이 근방에서 났습니다." 그가 고집스레 말했다.

그녀는 그를 이제는 의심스러운 듯이 바라보고 있었다.

"뭐라고 소리쳤는데요?" 그녀가 물었다.

"'사람 살려—. 도와주세요, 사람 살려!'라고요"

"사람 살려—. 도와주세요, 사람 살려?" 그 처녀가 되풀이했다.

"누군가가 당신에게 장난을 친 거예요. 여기에서 누가 살해당했겠어요?"

잭은 어리둥절해하며 정원 오솔길에서 시체를 찾아보려는 생각으로 두리번거렸다. 그러나 그는 자기가 틀림없이 그 소리를 들었으며, 절대 상상해낸 것이 아님을 더욱더 확신했다. 그는 오두막의 창문들을 올려다보았다. 모든 것이 더할 나위 없이 고요하고 평화로웠다.

"우리 집을 수색해 보고 싶으세요?" 그 처녀가 냉정하게 말했다.

그녀가 의심하는 빛이 너무 뚜렷해서 잭은 한층 더 심한 혼란에 빠졌다. 그는 외면해버렸다.

"죄송합니다. 저 위의 숲 속에서 난 소리였나 보군요." 그가 말했다.

그는 모자를 들어 보이며 물러 나왔다. 어깨너머로 뒤돌아보니, 그 처녀는 침착하게 다시 잡초를 뽑고 있었다.

한동안 그는 숲 속을 샅샅이 뒤졌으나, 어떤 이상한 일이 일어난 흔적을 찾을 수는 없었다. 그러나 그는 그 소리를 정말로 들었다는 것을 여전히 확신했다. 결국, 그는 찾는 것을 포기하고 서둘러 호텔로 돌아와 아침을 부리나케 먹고는, 늘 그러하듯이 아주 아슬아슬하게 8시 46분 기차를 잡아탔다.

기차에 자리를 잡고 앉았을 때, 그는 양심의 가책을 약간 느꼈다. 그가 들은 것을 즉각 경찰에 신고했어야 하지 않을까? 그가 그렇게 하지 않은 것은 순전히 그 팬지 아가씨가 너무도 확고하게 믿지 않았기 때문이었다. 그녀는 분명히 그가 꾸며대고 있다고 의심하고 있었다. 아마 경찰도 똑같을지 모른다. 그는 정말로 자신이 그 소리를 들었다는 것을 절대적으로 확신하는가?

이제 그는 아까만큼 그렇게 확신에 차 있지 못했다. 잃어버린 흥분을 되찾으려고 애쓰다 보니 당연히 그렇게 된 것이다. 멀리서 들려오는 새소리를 여자 목소리와 비슷하다고 착각한 것이었나?

그러나 그는 그러한 연상을 화를 내며 거부했다. 그건 여자 목소리였으며, 그는 그 소리를 확실히 들은 것이다. 그는 그 소리가 나기 직전에 손목시계를 보았던 것을 기억해냈다. 그가 그 소리를 들은 것은 7시 25분경이 틀림없다. 그건 경찰에게 유익한 사실일지도 모른다—만일 어떤 것이 발견된다면.

그날 저녁 집으로 돌아와, 혹시 범죄가 저질러졌다는 기사가 있나 보려고 그는 마음을 졸이며 석간신문을 들여다보았다. 그러나 아무것도 없었으며, 그는 안심해야 할지 실망해야 할지 알 수가 없었다.

다음 날 아침에는 비가 왔다. 비가 많이 와서 제아무리 열렬한 골프광이라 할지라도 그 열성을 포기해야 할 판이었다. 잭은 가까스로 일어나 아침을 단숨에 먹고 기차를 잡으려고 달렸으며, 다시 신문을 열심히 살펴보았다. 어떤 소름끼치는 것을 발견했다는 기사는 여전히 없었다. 석간신문들도 똑같은 이야기들뿐이었다. 잭은 혼잣말을 했다.

"이상해, 하지만 별수없지. 아마 어린 소년들이 숲 속에서 못된 장난을 쳤던 모양이야."

그는 다음 날 아침 일찌감치 나갔다. 그 별장을 지나가다가 그 처녀가 정원에 나와서 또 잡초를 뽑고 있는 것을 보았다. 그녀의 습관임이 분명했다. 그는 어프로치를 굉장히 훌륭하게 쳤을 때 그녀가 그것을 봐주었으면 했다.

그는 그다음 티에 공을 놓고 시계를 힐끗 보았다.

"정각 7시 25분이군." 그는 중얼거리듯이 말했다.

"혹사—."

그 단어들은 그의 입술에 그대로 얼어붙고 말았다. 등 뒤에서 전에 그를 몹시 놀라게 했던 똑같은 소리가 또 들려왔던 것이다. 긴박한 곤경에 처한 여자 목소리였다.

"사람 살려—. 도와줘요, 사람 살려!"

잭은 뒤쪽으로 달려갔다. 팬지 아가씨가 대문 옆에 서 있었다. 그녀가 깜짝 놀란 표정을 하고 쳐다보자, 잭은 그녀에게 뛰어가며 의기양양하게 소리쳤다.

"이번에는 들리셨겠죠?"

그녀의 눈은 그가 헤아릴 수 없는 어떤 흥분을 담은 채 둥그렇게 뜨고 있었으나, 그가 다가가자 그녀는 뒷걸음질을 치며 마치 집으로 도망칠 궁리를 하는 것처럼 집을 힐끗 돌아다보기까지 했다.

그녀는 머리를 흔들며 그를 빤히 쳐다보았다.

"나는 아무것도 듣지 못했어요." 그녀는 의아한 듯이 말했다.

그 말은 그녀가 그의 양미간을 한 대 쾅 치는 것과 같았다. 그녀는 너무나 정직해 보였기 때문에 그녀를 믿지 않을 수도 없었다. 그러나 그는 그것을 상상해낸 게 아니었다. 그럴 리는 없었다, 그럴 리는.

그는 그녀가 부드러운 목소리로 거의 동정하듯이 말하는 것을 들었다.

"전쟁신경증에 걸리셨군요?"

순간 그는 그녀가 두려워하던 표정과 집을 돌아보던 것이 이해가 갔다. 그녀는 그가 망상으로 고통받고 있다고 생각한 것이다.

그때, 찬물을 끼얹은 듯한 끔찍한 생각이 들었다. 그녀의 말이 옳을지도 몰라! 나는 망상으로 고통받는 것일까? 그 생각으로 공포에 사로잡혀 그는 한마디 말도 없이 비틀거리며 돌아 나왔다. 그 처녀는 그가 가는 것을 지켜보며 한숨을 쉬고 고개를 흔들더니, 다시 몸을 굽혀 잡초를 뽑기 시작했다.

잭은 그 문제를 논리적으로 생각해 보려고 노력했다. 그는 혼잣말을 했다.

"만일 7시 25분에 그 끔찍한 소리를 다시 듣게 된다면, 내가 일종의 환각을 가지고 있음이 분명해. 그러나 나는 듣지 않을 거야."

그는 온종일 흥분해 있다가 다음 날 아침에 그 문제를 증명해 보기로 하고 일찌감치 잠자리에 들었다.

그런 상태에서는 아마 당연한 일이겠지만, 그는 밤새도록 거의 뜬눈으로 지새우다가 마침내는 늦잠을 자고 말았다. 그가 호텔에서 나와 골프장을 향해 달리고 있을 때가 7시 20분경이었다. 그는 25분에 그 불길한 장소까지 도달하지 못할 거라는 것을 깨달았지만, 만일 그 목소리가 순전히 환각이었다면, 그는 그 소리를 어디에서든 듣게 될 것이 분명했다. 그는 눈을 시곗바늘에 고정한 채 계속 달렸다.

25분. 멀리서 외치는 여자의 목소리가 메아리쳐 왔다. 그 소리를 알아들을 수는 없었으나, 그것이 전에 들었던 소리와 같은 것이며, 같은 곳에서, 그러니까 그 별장 근처 어딘가에서 난다는 것도 확신할 수 있었다.

정말 이상하게도 그 사실이 그에게 기운을 북돋워 주었다. 그건 못된 장난인지도 모른다. 겉으로 보기에는 그런 것 같지 않지만, 그 처녀가 그를 속이고 있는 건지도 모른다. 그는 어깨에 힘을 주고 골프 가방에서 골프채 하나를 꺼냈다. 그는 별장에 다다를 때까지 두세 개의 홀을 쳐나갔다.

그 처녀는 평상시대로 정원에 있었다. 오늘 아침 그녀는 고개를 들어 올려 다보았으며, 그가 모자를 들어 인사를 건네자, 좀 수줍어하며 아침인사를 했다. 그녀는 훨씬 더 아름다워 보인다고 그는 생각했다.

"날씨가 좋습니다, 그렇죠?"

그는 그 말의 어쩔 수 없는 진부함을 저주하면서도 쾌활하게 외쳤다.

"예, 그래요, 아름다운 날씨예요."

"정원의 꽃들에게는 아주 좋겠지요?"

처녀는 매혹적인 보조개를 드러내며 살짝 미소 지었다.

"어머, 아니에요! 꽃들에게는 비가 필요해요. 보세요, 다 말라버렸잖아요."

잭은 그녀가 가리키는 것을 보려고 정원과 골프장을 나누는 나지막한 울타리 쪽으로 가서, 그 너머로 정원을 들여다보았다.

"괜찮은 것 같은데요."

그가 그렇게 말할 때 그녀의 약간 동정하는 듯한 시선이 자기를 훑어보고 있다는 것을 의식하며 어색하게 말했다.

"햇빛이 좋죠?" 그녀가 말했다.

"사람은 꽃에게 항상 물을 줄 수 있어요. 그러나 태양은 힘을 주며 건강을 회복시켜 주죠. 당신은 오늘 훨씬 좋아 보이는데요."

그녀의 격려하는 듯한 어조에 잭은 굉장히 화가 났다.

'빌어먹을, 암시를 주어 나를 치료하려고 하는군.' 그는 속으로 이렇게 말했다.

"내 건강은 완벽합니다." 그가 화내며 말했다.

"그렇다면 다행이에요." 그녀는 재빨리, 그리고 진정시키듯이 말했다.

잭은 그녀가 자기를 믿지 않았기 때문에 속이 탔다. 그는 몇 개의 홀을 더 친 다음 서둘러 돌아와서 아침식사를 했다. 식사를 하면서 처음에는 몰랐으나, 그는 자기 옆 식탁에 앉아 있는 한 남자가 세심하게 자기를 쳐다보고 있다는 것을 깨달았다. 그는 강하고 힘이 있는 얼굴을 지닌 중년 남자였다.

그는 검은 턱수염을 짧게 기르고 있었고, 매우 날카로운 회색 눈을 지녔으며, 여유 있고 자신 있는 태도로 보아 지적 직업을 가진 층에서도 높은 지위에 있는 사람임을 알 수 있었다.

잭이 알기로는 그의 이름은 래빙턴이며, 그가 유명한 정신과 전문의라고 어렴풋이 소문으로 들은 적이 있었다. 그러나 잭은 할리가에 자주 가는 사람이 아니었기 때문에, 그 이름은 그에게 거의, 아니 전혀 아무런 의미도 없었다.

그러나 오늘 아침 그는 조용히 지켜보는 그의 눈길에 무척 신경이 쓰였으며, 그 때문에 약간 놀랐다. 자신의 비밀이 모든 사람이 볼 수 있을 정도로 그렇게 얼굴에 뚜렷하게 씌어 있다는 말인가? 이 남자는 자신의 직업적인 직감에 의하여 감추어진 뇌 속의 회백질 안에 뭔가 탈이 났다는 것을 알고 있다는 말인가? 잭은 그런 생각이 들자 몸서리쳐졌다. 그게 정말일까? 정말 미쳐 가는 걸까? 그 모든 일이 환각일까, 아니면 엄청난 음모일까?

그때 갑자기 그 해답을 시험할 수 있는 아주 간단한 방법이 그에게 떠올랐다. 여태까지 그는 주위에 혼자밖에 없었다. 만일 누군가 다른 사람이 그와 함께 있다면? 그렇다면 세 가지 일 중에서 한 가지가 발생할 것이다. 그 목소리는 들려오지 않을지도 모른다. 아니면, 그들은 둘 다 그 소리를 들을 것이다. 그것도 아니면 그 혼자서만 그 소리를 듣게 될 것이다.

그날 저녁 그는 계획을 실행하기 시작했다. 그가 함께 있고자 한 사람은 래빙턴이었다. 그들은 아주 쉽게 대화에 빠져들어갔다. 나이 많은 남자 쪽에서는 잭이 그의 흥미를 끌었음이 분명했다. 그 사람은 아침식사 전에 몇 홀을 함께 치자는 제의를 아주 쉽고 자연스럽게 받아들였다. 그것은 다음날 아침으로 약속되었다.

그들은 7시가 되기 조금 전에 출발했다. 고요하고 구름 한 점 없으면서도 그다지 덥지 않은, 골프 치기에는 안성맞춤인 날씨였다. 잭은 비참했지만, 그 의사는 잘 치고 있었다. 그의 마음은 온통 앞으로 다가올 그 위기에 열중해 있었다. 그는 계속 자기의 손목시계를 슬쩍슬쩍 보고 있었다. 그들이 7번 티에 도착했을 때가 약 7시 20분이었는데, 그 티와 홀 사이에 별장이 있었다.

그들이 지나갈 때 그 처녀는 여느 때처럼 정원에 있었다. 그녀는 그들이 지나갈 때 고개를 들지 않았다. 두 개의 공은 그린에 있었는데, 잭의 공은 홀 가까이, 그리고 의사의 공은 약간 멀리 떨어져 있었다.

"나는 이쪽을 잡겠소." 래빙턴이 말했다.

"나는 이것을 노려야겠어."

그는 몸을 구부리고 자기가 잡은 방향을 가늠해보고 있었다.

잭은 눈을 시계에 고정한 채 버티고 서 있었다. 정각 7시 25분이었다.

공이 잔디밭을 따라 날쌔게 달리다가 홀의 가장자리에 멈춰 멈칫거리더니 쏙 들어갔다.

"훌륭한 퍼트예요." 잭이 말했다.

그의 목소리는 거칠게 들렸으며, 어쩐지 그의 목소리 같지가 않았다. 그는 커다란 안도의 한숨을 내쉬며 손목시계를 팔 위로 끌어올렸다. 아무 일도 일어나지 않았다. 그 주문(呪文)이 깨진 것이다.

"잠깐 기다려 주신다면, 담배 한 대 피워야겠습니다." 그가 말했다.

그들은 8번 티에서 잠시 멈췄다. 잭은 자기도 모르게 약간 떨리는 손가락으로 담배 파이프를 채워 불을 붙였다. 엄청난 정신적 부담이 마음속에서 사라진 것 같았다.

"하, 정말 날씨 한번 좋구나."

그는 자신의 앞에 펼쳐진 전경을 아주 흡족한 듯이 응시하며 말했다.

"계속 하세요, 래빙턴 씨, 멀리까지 날려 보십시오."

그런데 그때 그 소리가 났다. 바로 의사가 공을 치는 순간이었다.

몹시 날카롭고 괴로운 듯한 여자의 목소리였다.

"사람 살려ㅡ. 도와주세요! 사람 살려!"

잭이 그 소리가 나는 방향으로 홱 돌아봄과 동시에 파이프가 흥분한 손에서 떨어졌다. 그런 다음, 그는 잊지 않고 자기의 동료를 숨을 죽인 채 응시했다.

래빙턴은 햇빛을 가리고 그 코스를 내려다보고 있었다.

"약간 짧았군. 그러나 벙커(모랫바닥의 장애 구역)는 간신히 뛰어넘은 것 같은데."

그는 아무 소리도 듣지 못한 것이다. 잭은 세상이 빙빙 도는 것 같았다. 그는 심하게 비틀거리며 한두 걸음 나아갔다. 그가 정신을 차렸을 때, 그는 파삭파삭한 잔디 위에 누워 있었으며 래빙턴이 자신을 들여다보고 있음을 알 수 있었다.

"자, 이제 마음을 편히 가지시오, 마음을 편히."

"내가 어떻게 된 거죠?"

"기절했소. 그렇지 않았으면 한 번 아주 멋지게 쳤을 텐데."

"아아!" 잭이 말하며 신음 소리를 냈다.

"무엇 때문에 그러시오? 뭐 마음에 걸리는 일이라도 있소?"

"잠시 뒤에 말씀드리겠습니다. 하지만, 먼저 선생님에게 여쭤보고 싶은 게 있어요."

의사는 자기의 파이프에 불을 붙이고 비탈 위에 앉았다.

"뭐든지 물어보시오." 그가 기분 좋게 말했다.

"선생님은 지난 이틀 동안 나를 지켜보고 계셨습니다. 왜죠?"

래빙턴은 눈을 약간 깜박였다.

"그건 좀 말이 안 되는 질문이군요. 보는 것은 자유가 아니오?"

"회피하지 마십시오. 나는 심각합니다. 왜 그러셨죠? 내가 그것을 물어보는 데에는 중요한 이유가 있습니다."

래빙턴의 얼굴이 진지해졌다.

"그럼 아주 솔직하게 대답해 주겠소. 나는 당신의 모습에서 심한 긴장감으로 괴로워하는 사람에게서 나타나는 모든 증세를 알아보았다오. 그래서 나는 무엇 때문에 긴장하고 있는지 호기심을 느꼈던 거요."

"그것이라면 아주 간단하게 말씀드릴 수 있죠." 잭이 괴로운 듯이 말했다.

"나는 미쳐 가고 있습니다."

그는 극적으로 말을 멈췄으나, 그 말이 자신이 기대했던 관심과 놀라움을 불러일으키는 것 같지 않자, 그 말을 되풀이했다.

"나는 미쳐 가고 있다고요."

"아주 이상하군요." 래빙턴이 중얼거리듯이 말했다.

"정말 아주 이상한 일이오."

잭은 분노를 느꼈다.

"그게 당신이 생각하는 전부인가 보군요. 의사들은 너무 지독하리만큼 냉담하죠."

"자, 자, 젊은이. 당신은 너무 이치에 맞지 않는 얘기를 하고 있소. 우선, 나는 학위를 취득했지만, 병원을 차리지는 않았소. 엄격히 말한다면, 나는 의사가 아니오. 그건 인체에 대한 의사가 아니라는 말이 되오."

잭은 그를 날카롭게 쳐다보았다.

"그럼, 정신과 의사?"

"어떤 의미로는 그렇소. 하지만 좀더 정확하게는, 나는 나 자신을 영혼에 대한 의사라고 부른다오."

"오!"

"경멸에 찬 말투로군, 그러나 육체와 분리될 수 있고, 독립하여 존재할 수 있는 활력을 표현하려면 어떤 단어든 사용해야만 하오. 당신은 그 영혼과 잘 타협이 된 거요. 그리고 그건 목사들이 창조해낸 종교적인 용어가 아니오. 어쨌든, 그것을 정신이라고, 또는 잠재의식적 자아라고 해도 좋소. 아니면, 당신에게 더 잘 맞는 말이면 어떤 말이라도 좋아요. 당신은 방금 내 말에 화를 냈지만, 분명히 말해서 당신 같은 균형 잡히고 더할 나위 없이 정상적인 젊은이가 미쳐서 망상으로 고통받고 있다니 나에게는 정말 이상하게 들렸던 거요."

"나는 정말 미쳤습니다. 확실히 얼이 빠졌어요."

"이렇게 말하는 것을 용서해 주시오. 나는 그 말을 믿지 않소."

"나는 망상으로 고통받고 있습니다."

"저녁식사 뒤에?"

"아뇨, 아침에요."

"그럴 리는 없지."

불이 꺼진 파이프에 다시 불을 붙이며 의사가 말했다.

"나는, 다른 사람은 아무도 못 듣는 말을 듣습니다."

"천 명 중에서 한 명은 목성의 위성들을 볼 수 있소. 나머지 999명이 그것들을 볼 수 없다고 해서 목성에 위성이 존재하지 않는다고 할 수도 없거니와, 그 첫 번째 사람을 미치광이라고 부를 이유도 분명히 없는 거요."

"목성의 위성들은 증명된 과학적 사실입니다."

"오늘의 망상이 내일은 과학적 사실로 증명될 수도 있소."

래빙턴의 사무적인 태도는 자신도 모르게 잭에게 영향을 미치고 있었다. 그는 이루 헤아릴 수 없을 정도로 안심되고 기운이 났다. 의사는 잠시 동안 주의 깊게 그를 쳐다보더니 머리를 끄덕였다.

"그게 더 좋겠소." 그가 말했다.

"당신 같은 젊은이들은 자기들 자신의 철학밖에는 아무것도 존재할 수 없다는 것을 너무 확신한 나머지, 그 견해에 심한 동요를 주는 일이 발생하면 그만 질겁하고 만다는 거요. 자, 그럼, 당신이 미쳐 가고 있다고 믿는 근거나 들어보고, 당신을 격리시켜야 할지 말아야 할지를 결정하도록 하겠소."

잭은 할 수 있는 한 정확하게 일어난 일들을 설명했다.

"그러나 내가 이해할 수 없는 것은, 오늘 아침에는 왜 5분이 늦은 7시 30분에 그 소리가 났느냐 하는 점입니다." 그는 말을 끝맺었다.

래빙턴은 잠시 동안 생각하고 있었다. 그러더니, "지금 당신 시계는 몇 시요?" 그가 물었다.

"7시 45분입니다." 잭은 시계를 보며 이렇게 대답했다.

"그렇다면, 그건 아주 간단하오. 내 시계는 7시 40분이오. 당신 시계는 5분이 빠른 거요. 그건 매우 흥미롭고도 중요한 문제요. 내게는 정말 매우 귀중한 것이오."

"어떤 면에서요?" 잭은 흥미를 느끼기 시작했다.

"어쨌든, 그 설명에 의하면 첫 번째 아침에 당신이 그런 소리를 들었다는 것은 분명하오. 장난일 수도 아닐 수도 있는 소리를 말이오. 그런데, 그 다음 날에는 당신은 정확하게 그 시각에 그 소리를 듣게 될 것이라고 자신에게 암시한 거요."

"나는 분명히 그러지 않았습니다."

"의식적으로는 물론 안 그랬겠지만, 잠재의식은 우리에게 좀 우스운 장난을 친다오. 그러나 어쨌든 그 설명은 따지고 들면 결점이 드러날 것이오. 만일 그것이 암시였다면, 당신은 당신 시계로 7시 25분에 그 소리를 들었을 것이고 그 시각이 지났을 때는 결코 그 소리를 듣지 못했을 거요."

"그럼 어떻게 된 거죠?"

"글쎄, 뻔하지 않소? 그 도와 달라는 소리는 공간적으로 아주 한정된 장소와 시간을 점유하는 거요. 장소는 별장 부근이며, 시간은 7시 25분이 되는 거요."

"좋습니다. 그렇지만 왜 내가 그 소리를 듣는 사람이 되는 겁니까? 나는 유령 따위는 믿지 않습니다. 망령이 나타나 톡톡 두드리고 어쩌고 하는 따위들 말이에요. 내가 왜 그 끔찍한 소리를 들어야 합니까?"

"아! 그건 현재로서는 말할 수가 없소. 이상한 일이지만 이름난 무당 중 대다수가 철저한 회의론자에서 비롯되고 있소. 초자연적인 현상에 흥미를 느끼는 사람이라고 해서 초자연적인 현상을 경험한다고는 할 수 없소. 다른 사람들이 못 하는 일을 듣고 보는 사람들이 있소. 이유는 모르오. 그런데 열 번 중에서 아홉 번은, 그들은 그것을 보거나 듣는 것을 원하지 않으며, 자신들이 망상으로 고통받고 있다고 믿고 있소. 바로 당신처럼 말이오. 그건 전기와 비슷해요. 어떤 물질은 양도체이고, 또 어떤 물질은 부도체요. 우리는 오랫동안 그 이유를 몰랐으며, 단지 그 사실을 받아들이는 것으로 만족해야만 했소. 하지만, 오늘날에는 그 이유를 알고 있지요. 언젠가는 당신은 왜 그 소리를 듣고, 나나 그 처녀는 못 들었는지를 틀림없이 알게 될 거요. 알다시피 만물은 자연법칙의 지배를 받고 있소. 사실 초자연적이라는 것은 존재하지 않소. 소위 심령 현상이라는 것을 지배하는 법칙을 찾아내기란 아주 어려운 일일 거요. 그러나 하찮은 것도 다 쓸모가 있는 법이오."

"하지만 나는 어떻게 해야 되죠?" 잭이 물었다.

래빙턴이 낄낄거리며 웃었다.

"실제적이군, 알겠소. 자, 그렇다면 젊은이, 당신은 맛있는 아침식사를 하고 시내로 들어가서 당신이 이해할 수 없는 일로 더 이상 고민하지 마시오. 나는 꼬치꼬치 캐묻고 다니면서 그 별장에 대해 내가 알아낼 수 있는 게 있나 살펴보겠소. 그곳이 바로 미스터리의 중심지일 거요."

잭이 일어났다.

"좋습니다. 그렇게 하겠습니다만, 분명히……."

"뭐죠?" 잭은 거북한 듯이 얼굴을 붉혔다.

"그 처녀는 믿을 수 있다고 확신합니다." 그는 중얼거리듯이 말했다.

래빙턴은 재미있어하는 것 같았다.

"당신은 그녀가 아름다운 아가씨라는 말을 하지 않았구먼! 자, 기운을 내시오. 내 생각에는 그녀가 거기에 살기 이전부터 그 미스터리는 시작된 것 같소."

잭은 그날 저녁 호기심으로 가득 차 흥분된 마음으로 호텔에 돌아왔다. 그는 이제 래빙턴을 맹목적이랄 만큼 굳게 믿고 있었다. 그 의사는 그 문제를 너무나 자연스럽게 받아들였으며, 너무 실제적이고 침착하여 잭은 감명을 받았다.

잭이 저녁식사를 하러 내려갔을 때 새로운 친구가 홀에서 자기를 기다리고 있는 것을 보았다. 그는 같은 식탁에서 함께 식사를 하자고 했다.

"무슨 새로운 사실이라도 있습니까?" 잭이 마음을 졸이며 물었다.

"나는 헤더 커티지 별장의 내력을 확실하게 수집했소. 제일 처음에는 나이 많은 정원사 부부가 세 들어 살았다더군요. 그 노인이 죽자, 노부인은 딸에게로 가버렸소. 그런 다음 한 건축업자가 그것을 사들여 아주 현대적으로 개조시켜서, 주말에만 그것을 사용하는 도시 신사에게 팔았소. 약 1년 전쯤에 그 사람은 그것을 터너 부부에게 팔았다는군요. 그들은 내가 이해할 수 있는 모든 점으로 보건대, 좀 이상한 부부였던 것 같소. 남편은 영국인이었고, 아내는 러시아계 사람으로 알려졌었는데, 아주 아름답고 이국적으로 생긴 여자였다는 군요. 그들은 아주 조용하게 살면서 아무도 만나지 않고, 별장 정원 밖으로 나오는 일도 거의 없었다는 거요. 마을에 떠도는 소문에 의하면, 그들은 무엇인가를 두려워하고 있었다는데…… 하지만, 믿을 만한 얘기는 아닌 것 같소.

아무튼 그러더니 어느 날 갑자기 아침 일찍 자취를 감추어 버리고는 다시는 돌아오지 않았다는군요. 이곳에 있는 부동산업자가 런던에서 보낸 터너의 편지를 받았는데, 가능한 한 빨리 그곳을 처분해 달라고 했다는 거요. 그는 단 2주일 정도밖에는 살지 않았소. 그 뒤 가구 딸린 셋집으로 내놓게 되었죠. 지금 그 집에는 폐병에 걸린 프랑스인 교수와 그의 딸이 살고 있소. 그들이 여기에 온 지는 열흘밖에 안 되더구먼."

잭은 조용히 이야기를 듣고 있었다.

"조금도 진전이 없는 것 같군요." 그가 마침내 말했다.

"어떻습니까?"

"나는 터너 부부에 대해 좀더 알아볼 거요." 래빙턴이 조용하게 말했다.

"그들이 새벽같이 떠났다는 사실을 기억하시오. 내가 보기에는, 아무도 그들이 떠나는 것을 보지 못했다는 거요. 그 뒤 터너 씨를 봤다는 사람은 있는데, 터너 부인을 본 사람은 찾을 수 없었소."

잭의 얼굴이 창백해졌다.

"그럴 리가, 설마……."

"흥분하지 마시오, 젊은이. 어떤 사람이 죽는 순간에―특히, 폭력에 의해 죽는 순간에 그들이 환경에 끼치는 영향은 막대한 것이라오. 그 환경은 아마도 그 영향력을 흡수해 두었다가 적절한 사람이 나타나면 그것을 전달하는 것인지도 모르오. 이 경우에는 그게 당신이 된 거요."

"하지만, 하필이면 왜 납니까?" 잭이 반항하듯이 조그만 목소리로 말했다.

"어떤 도움을 줄 수 있는 사람이어야 하잖아요?"

"당신은 그 영향력을 맹목적이고 기계적인 것이라기보다는 지적이며 의도적인 것으로 간주하고 있군요. 나는 망령들이 인정에 얽혀서 어떤 특별한 목적 때문에 어떤 장소에 나타난다고는 믿지 않소. 그러나 순전히 우연의 일치라고 믿을 수는 없을 정도로 자꾸만 되풀이해서 경험하는 일이 있다면, 그것은 정의를 향해 맹목적으로 길을 찾는 것이라고 할 수 있겠지요. 맹목적인 힘이 숨어서 움직이며, 항상 그 목적을 향해 눈에 띄지 않게 행동하는 것이오."

그는 마치 자기를 사로잡은 어떤 강박관념을 떨쳐 버리려는 것처럼 머리를 흔들더니, 금방 미소를 지으며 잭에게 말했다.

"우리 그 문제를 떨쳐 버리기로 합시다. 적어도 오늘 밤만큼은 말이오"

잭은 아주 기꺼이 동의했지만, 마음속에서 그 문제를 떨쳐 버리기란 그리 쉽지 않았다. 그 주 내내 그는 나름대로 열심히 조사를 해보았으나, 그 의사가 이미 밝혀낸 정도밖에는 알아내지 못했다. 그는 아침식사 전에 골프를 치는 것도 이제는 포기해 버렸다.

그 이야기의 다음 사슬은 전혀 예기치 못했던 곳에서 이어졌다. 어느 날 호텔에 돌아온 잭은 어떤 젊은 아가씨가 자기를 만나기 위해 기다리고 있다는 전갈을 받았다. 정말 놀랍게도 그것은 정원의 그 처녀였다. 그가 항상 마음속에서 팬지 아가씨라고 부르는 그 처녀 말이다.

그녀는 매우 흥분하고 당황한 표정이었다.

"이렇게 불쑥 찾아온 것을 용서해 주시겠죠? 당신에게 말씀드릴 게 있어서요. 저······."

그녀는 주위를 불안하게 둘러보았다.

"이쪽으로 오시죠"

잭이 재빨리 말하며, 지금은 사람의 왕래가 끊긴 호텔의 숙녀용 응접실로 안내했다. 그곳은 대부분 붉은색 벨벳으로 장식된 쓸쓸한 방이었다.

"자, 앉으시죠, 미스, 미스······."

"마르쇼예요, 펠리스 마르쇼"

"앉아요, 마르쇼 양, 그리고 모두 이야기해 주십시오"

펠리스는 순순히 앉았다. 그녀는 오늘 짙은 초록색 옷을 차려입고 있었는데, 그 자신만만한 작은 얼굴의 아름다움과 매력이 한층 돋보였다.

그녀 옆에 앉자 잭의 가슴은 마구 뛰었다.

"이런 이야기예요." 펠리스가 설명을 시작했다.

"우리가 이곳에 온 지는 얼마 안 되었죠. 그런데 처음부터 그 집에—우리들의 사랑스럽고 아담한 집 말이에요. 유령이 나온다는 말을 들었어요. 그래서 하인들도 좀처럼 붙어 있지를 않는대요. 그렇지만 그건 별로 상관할 바가 못

돼요. 나는 집안일과 요리를 아주 쉽게 할 수 있으니까요.”

‘천사야.’ 젊은이는 얼이 빠진 채 생각했다.

‘정말 놀랄 만하군.’

그러나 그는 겉으로는 사무적인 주의를 기울이는 체했다.

“나는 유령 이야기 따위는 모두 어리석은 것이라고 생각했어요. 나흘 전까지만 해도 말이에요. 그런데, 나흘 밤을 연달아서 똑같은 꿈을 꾼 거예요. 한 부인이 서 있었는데, 아름답고 키가 컸으며 금발에 아주 살결이 흰 여자였죠. 그녀의 손에는 청자 하나가 들려 있더군요. 그녀는 몹시 괴로워하고 있었어요. 심한 고뇌에 차서 계속 그 청자를 나한테 내미는 것이, 마치 내게 그것을 가지고 어떻게 해달라고 애원하는 것 같았어요. 하지만 아! 그녀는 말을 하지 못했기 때문에, 나, 나는 그녀가 무엇을 요구하는 건지 알 수가 없었어요.

그것이 처음 이틀 동안 꾼 꿈이에요. 그런데 그저께 밤에는 그보다 더한 꿈을 꾸었답니다. 그녀와 그 청자가 사라지더니 갑자기 그녀의 비명이 들려왔어요. 나는 그게 그녀의 목소리라는 것을 알 수 있었죠. 게다가, 오! 그 소리는 그날 아침 바로 당신이 내게 말해 준 것이었어요. ‘사람 살려―. 도와주세요, 사람 살려!’라고요. 나는 너무도 무서워서 잠에서 깨어났죠. 그러고는 혼자 속으로 이렇게 말했답니다. ‘이건 악몽이야, 네가 들은 말은 우연의 일치일 뿐이야.’라고요. 그랬는데 어젯밤 다시 그 꿈을 꾼 거예요. 그게 뭐죠? 당신 역시 들었잖아요. 우리는 어떻게 해야 되죠?”

펠리스의 얼굴은 공포에 휩싸였다. 그녀는 조그마한 두 손을 꼭 마주 잡고 애원하듯이 잭을 쳐다보았다.

잭은 애써 태연한 체했다.

“괜찮아요, 마르쇼 양. 걱정하지 말아요. 괜찮다면 이렇게 해줬으면 좋겠군요. 그 이야기를 모두 여기 묵고 있는 내 친구인 래빙턴 박사에게 다시 들려주십시오.”

펠리스가 기꺼이 그렇게 하겠다는 표시를 하자, 잭은 래빙턴을 찾으러 나갔다. 그는 몇 분 뒤 래빙턴과 함께 돌아왔다. 래빙턴은 잭이 허둥거리며 소개하는 것에 고개를 끄덕이며 그 처녀를 날카롭게 훑어보았다. 두세 마디 안심시키는 말로 그는 그 처녀를 진정시킨 뒤, 그녀의 이야기를 주의 깊게 들었다.

그녀가 이야기를 끝마치자 그가 말했다.

"아주 이상한 일이군요. 당신의 아버지께 이 이야기를 했습니까?"

펠리스는 머리를 흔들었다.

"저는 아버지를 걱정시켜 드리고 싶지 않았어요. 아직 굉장히 편찮으시거든요." 그녀의 눈은 눈물로 가득 찼다.

"아버지를 흥분시키거나 당황하게 하는 일은 삼가고 있어요."

"이해하오." 래빙턴이 상냥하게 말했다.

"그리고 우리에게 와 줘서 기쁘오, 마르쇼 양. 아가씨도 알다시피, 여기 있는 하팅턴 씨도 아가씨와 비슷한 경험을 했죠. 나는 이제 우리가 단서를 잡았다고 말할 수 있을 것 같소. 그밖에 다른 건 생각나는 게 없소?"

펠리스는 재빨리 반응을 보였다.

"이런! 나는 왜 이렇게 어리석은지 모르겠군요. 그게 이 모든 이야기의 핵심인데. 이것 보세요, 선생님. 이것이 선반 뒤에 떨어져 있는 것을 발견했어요."

그녀는 어떤 여자를 수채화로 대충 그려 놓은 지저분한 도화지 한 장을 그들에게 내밀었다. 그건 서툰 그림에 불과했지만, 그런대로 괜찮았다. 어딘지 모르게 영국인 같지 않은 얼굴을 지닌, 키가 크고 아름다운 여자를 그린 것이었다. 그녀는 청자 하나가 놓여 있는 탁자 옆에 서 있었다.

"오늘 아침에 그것을 발견했어요." 펠리스가 말했다.

"바로 제가 꿈에서 보았던 그 여자의 얼굴과 바로 그 청자예요."

"이상한 일이로군요." 래빙턴이 말했다.

"어쨌든, 미스터리의 실마리는 틀림없이 이 청자요. 내가 보기에는 중국 청자인 것 같은데. 아주 오래된 것일 게요. 기묘하게 도드라진 무늬가 새겨져 있군."

"중국 청자가 맞습니다." 잭이 외쳤다.

"우리 삼촌이 수집하신 것 중에서 이것과 아주 비슷한 것을 본 적이 있어요. 삼촌은 중국 도자기를 굉장히 많이 수집하고 있죠. 바로 얼마 전에 이것과 똑같은 청자 하나를 본 기억이 나는군요."

"중국 청자라!" 래빙턴이 생각에 잠긴 듯이 말했다.

그는 잠시 생각에 빠져 있다가 갑자기 고개를 들고 눈에 이상한 광채를 번득였다.

"하팅턴 씨, 당신 삼촌이 그 청자를 가지고 계신 지는 얼마나 되었소?"

"얼마나 되었느냐고요? 잘 모르겠는데요."

"생각해 보시오. 최근에 사신 건가요?"

"글쎄요, 예, 그런 것 같습니다, 이제야 생각이 나는군요. 나는 도자기에 별로 관심이 없지만 삼촌이 '최근에 수집한 것들'이라며 보여준 생각이 나는데, 이것도 그중 하나였어요."

"두 달이 되기 전의 일인가요? 터너 부부는 꼭 두 달 전에 헤더 커티지 별장을 떠났소."

"예, 그런 것 같습니다."

"당신 삼촌께서는 가끔 지방 경매에도 나가시오?"

"그분은 항상 자동차를 몰고 경매하는 곳을 찾아다니시죠."

"그렇다면 그분이 터너네 물건을 경매하는 곳에서 그 청자를 샀다고 가정해 볼 수도 있겠군. 이상한 우연의 일치요. 또는, 어쩌면 내가 말하는 겉으로 드러나지 않는 정의의 인도일지도 모르오. 하팅턴 씨, 당신은 당장 삼촌을 찾아가서 어디에서 그 도자기를 샀는지 알아내야만 하오."

잭은 고개를 푹 숙였다.

"그건 불가능할 것 같은데요. 조지 삼촌은 지금 유럽 대륙에 나가 계시거든요. 어디로 편지를 보내야 하는지조차도 모르고 있습니다."

"얼마 동안 그곳에 머물러 계실까요?"

"적어도 3주 내지 한 달은 계실 겁니다."

침묵이 흘렀다.

펠리스는 걱정스러운 듯이 두 사람을 번갈아 가며 쳐다보았다.

"우리가 할 수 있는 일은 아무것도 없나요?" 그녀가 겁에 질린 채 물었다.

"아니오, 한 가지 있소." 래빙턴이 흥분을 억누르는 어조로 말했다.

"다소 이례적이긴 하지만, 나는 성공할 것이라고 믿어요. 하팅턴 씨, 당신은 그 청자를 꼭 가져와야만 하오. 그것을 가지고 와서, 만일 이 아가씨가 허락한다면 우리는 헤더 커티지 별장에서 하룻밤을 보내는 거요. 그 청자를 가지고 가서 말이오."

잭은 피부가 불안하게 스멀스멀한 것을 느꼈다.

"무슨 일이 일어나리라고 생각하고 계시는 겁니까?" 그가 불안하게 물었다.

"전혀 알 수가 없소. 하지만 나는 솔직히 미스터리가 해결되고 유령도 꼼짝 못하게 할 수 있으리라고 여기오. 어쩌면 그 청자가 이중바닥으로 되어 있어서 그 속에 무엇인가 감춰져 있는지도 모르지. 만일 그렇지 않다면, 달리 대책을 세워야 할게요."

펠리스는 두 손을 깍지 끼었다.

"멋진 생각이에요." 그녀가 소리쳤다.

그녀의 눈은 열기를 띠고 있었다. 잭은 그다지 열렬하지 않았다. 사실, 그는 내심으론 굉장히 겁이 났지만, 펠리스 앞에서는 절대 그런 사실을 드러내지 않았다. 그 의사는 자기의 말이 세상에서 가장 당연한 것처럼 행동했다.

"언제 그 청자를 가지고 올 수 있겠어요?" 펠리스가 잭을 보며 말했다.

"내일이오." 그는 마지못해 그렇게 말했다.

그는 이제 그 일을 끝까지 해내야 했다. 매일 아침 자신을 따라다니며 괴롭혀 왔던 그 도와달라는 비명 소리에 대한 기억은 인정사정 볼 것 없이 밀어내야 하며, 또 그보다 더 좋은 생각도 떠오르지 않았다.

그는 다음 날 아침 삼촌 집에 가서 문제의 그 청자를 가지고 왔다. 그가 그 것을 다시 보았을 때, 그는 그것이 그 수채화에 그려진 것과 똑같은 것임을 한층 더 확신하고도 남음이 있었지만, 아무리 주의 깊게 그것을 들여다보아도 그 안에 어떤 비밀 공간이 있는 흔적을 발견할 수가 없었다.

그와 래빙턴이 헤더 커티지 별장에 도착한 것은 밤 11시였다.

펠리스는 그들이 오나 하고 지켜보고 있다가, 그들이 문을 두드리기도 전에 얼른 문을 조용히 열었다.

"어서 들어오세요." 그녀가 속삭이듯이 말했다.

"아버지가 2층에서 잠이 드셨으니까 깨워서는 안 돼요. 이쪽에 커피가 준비되어 있어요."

그녀는 작고 아늑한 거실로 안내했다. 벽난로 위에는 알코올램프가 놓여 있었으며, 그녀는 몸을 굽혀 그들에게 향기로운 커피를 끓여 주었다.

그때 잭은 여러 겹으로 싼 포장지를 풀고 그 청자를 꺼냈다.

펠리스는 그것을 보더니 숨을 헐떡였다.

"맞아요, 바로 그거예요." 그녀가 열성적으로 외쳤다.

"그거예요. 나는 그것을 어디서든 금방 알아볼 수 있어요."

그러는 동안 래빙턴은 그 나름대로 준비를 하고 있었다. 그는 작은 탁자에서 장식품들을 모두 치워 버린 다음 그것을 방 한가운데로 옮겼다. 그러고는 의자 세 개를 가져다 놓았다. 그런 뒤, 잭한테서 그 청자를 받아 그 탁자 가운데에 놓았다. 그가 말했다.

"자, 이제 준비됐소. 불을 모두 꺼요, 그리고 어둠 속에서 탁자 주위에 둘러앉읍시다."

그 둘은 그의 말에 따랐다.

래빙턴의 목소리가 어둠 속에서 다시 들려왔다.

"아무것도 생각하지 마시오. 그렇지 않으면 마음이 산란해져요. 정신에 무리를 가하지 말아요. 우리 중 한 명이 영매력을 가지고 있을 가능성이 있소. 그렇다면, 그 사람은 정신을 잃게 될 거요. 기억해둬요, 두려워할 것은 없소. 마음속의 두려움은 떨쳐 버리고 흘려보내시오. 흘려보내시오."

그의 목소리가 사라지며 정적이 감돌았다. 시시각각으로 그 정적은 점점 더 가능성으로 가득 채워지는 것 같았다. 래빙턴이, '두려움을 버리시오'라고 말하는 건 쉬울 것이다. 하지만 잭이 느끼는 것은 두려움이 아니었다. 그건 공포였다. 그리고 그는 펠리스도 똑같이 느낄 거라고 거의 확신했다.

갑자기 그는 나지막하고 공포에 질린 그녀의 목소리를 들었다.

"어떤 무시무시한 일이 일어날 것만 같아요. 나는 그것을 느낄 수 있어요."

"두려움을 떨쳐 버려요." 래빙턴이 말했다.

"그 감응력에 대항하지 마시오."

어둠은 더욱더 짙어지는 것 같았고, 정적 또한 더욱 깊어지는 것 같았다. 그리고 공포에 대한 막연한 느낌이 점점 더 가까이 다가왔다.

잭은 숨 막힘을 느꼈다. 숨이 막힌다. 사악한 것이 바로 근처에 있었다.

마침내 투쟁의 순간이 지나갔다. 그는 정처없이 헤매고 있었다. 하류로 떠내려가고 있었다. 그의 눈이 감겼다.

평화……, 어둠…….

잭은 약간 꿈틀거렸다. 머리가 무겁다. 납덩이처럼 무겁다. 여기가 어디지?

햇빛……, 새들……, 그는 누운 채로 하늘을 올려다보았다. 그리고 모든 기억이 되살아났다. 의자에 앉아 있었는데, 그 조그만 방에서.

펠리스와 그 의사와 함께. 무슨 일이 일어난 거지?

그는 불쾌한 흥분으로 가득 찬 머리를 들고 일어나 앉아서 주위를 둘러보았다. 그는 헤더 커티지 별장에서 멀지 않은 작은 관목 숲에 누워 있었다. 근처엔 아무도 없었다. 그는 손목시계를 보았다. 놀랍게도 12시 반이었다.

잭은 허우적대며 일어나서 별장을 향해 할 수 있는 한 빨리 달려갔다. 그들은 그가 그 몽환의 경지에서 벗어나지 못하자, 놀라서 그를 집 밖으로 들어낸 게 틀림없었다.

헤더 커티지 별장에 도착하여 그는 문을 쾅쾅 두드렸다. 그러나 아무런 대답이 없었을 뿐만 아니라, 인기척도 전혀 없었다. 그들은 도움을 청하러 나간 게 틀림없다. 그렇지 않다면……. 잭은 막연한 두려움이 자신을 엄습해 오고 있음을 느꼈다. 어젯밤에 무슨 일이 일어난 것일까?

그는 가능한 한 빨리 호텔로 돌아왔다. 그는 사무실로 뭘 좀 알아보러 가다가 옆구리를 세게 찔려 거의 몸을 가누지 못할 정도로 휘청거렸다. 화가 나서 돌아보니, 한 백발 노신사가 껄껄 웃으며 서 있었다.

"난 줄 몰랐지, 애야. 난 줄은 몰랐지, 응?" 그 사람이 말했다.

"아니, 조지 삼촌, 저는 삼촌이 외국에 나가 계신 줄 알았는데요. 이탈리아 어디쯤에 말이에요."

"아! 그런데, 그렇지 못했단다. 어젯밤 도버(영국 남동쪽의 항구 도시)에 내렸지. 자동차로 런던 시내에 들어가다가 잠깐 너를 만나려고 들렀단다. 그런데 밤새도록 어디 나가 있었느냐? 좋은 일이라도……."

"조지 삼촌." 잭이 단호하게 그의 말을 가로막았다.

"삼촌께 아주 이상한 이야기를 말씀드리겠어요. 아마 믿지 못하실 거예요."

그는 그 이야기를 모두 해주었다.

"그들이 어떻게 되었는지 하느님은 아시겠죠." 그가 말을 끝맺었다.

그의 삼촌은 기절할 것만 같았다.

"그 청자—." 그는 별안간 간신히 소리를 질렀다.

"그 청자! 그게 어떻게 되었느냐?"

잭은 이해하지 못하겠다는 듯이 삼촌을 빤히 쳐다보다가, 잇달아 터져 나오는 삼촌의 말에 그제야 이해하기 시작했다. 그건 와락 한꺼번에 밀려 들어왔다.

"그건 중국 명나라의 청자로, 유일무이한 것이란 말이다. 내 수집품 중에서도 가장 뛰어난 건데 최소한 1만 파운드의 값어치는 나갈 게야. 미국인 백만장자 호겐하이머가 팔라고 한 건데, 그런 것은 세상에 단 한 점밖에 없어. 망할 놈, 대체 내 청자를 어떻게 했느냐?"

잭은 사무실로 뛰어갔다. 그는 래빙턴을 찾아야 했다.

사무실에 있던 젊은 여자가 그를 쏘아보았다.

"래빙턴 박사님은 어젯밤 늦게 떠나셨어요. 자동차로요. 여기 당신에게 남긴 편지가 있어요."

잭은 그것을 뜯어보았다. 그것은 짤막하고 함축성 있는 편지였다.

친애하는 젊은 친구에게

그 초자연적인 현상의 날이 끝났을까? 완전히 끝나지는 않았겠지. 특히 새로운 과학 용어로 속임수를 썼을 때는 말이오. 펠릭스와 병약한 아버지, 그리고 내가 안부를 전하오. 우리는 시간이 충분해야 하므로 열두 시간 앞서 출발하오.

언제나 당신의 벗 앰브러스 래빙턴 영혼의 의사

나이팅게일 커티지 별장

"잘 있어요, 여보."

"다녀오세요, 여보."

앨릭스 마틴은 작은 통나무 문에 기대어 선 채, 마을 쪽을 향해 걸어가는 남편의 멀어져 가는 모습을 지켜보았다.

이윽고 그가 구부러진 길을 돌면서 시야에서 사라져 버렸다. 그러나 앨릭스는 여전히 같은 자세로 서서 눈은 꿈꾸듯이 환상에 잠긴 채, 얼굴에 나부끼는 숱이 많은 갈색 머리를 쓸어 넘기며 멍하니 서 있었다.

앨릭스 마틴은 아름답지도 않았고, 엄격하게 말해서 귀엽지도 않았다. 더 이상 한창나이 때의 탄력 있는 피부를 지닌 얼굴이라고는 할 수 없지만, 그녀의 얼굴은 옛날에 사무실에 다닐 적의 동료가 거의 그녀를 알아보지 못할 만큼 밝아지고 부드러워졌다. 앨릭스 킹 양은 확실히 능력이 있고 사무적이었으며, 유능하고 약간 무뚝뚝한 태도를 지닌 말쑥하고 민첩한 젊은 여성이었다.

그녀는 자신이 지닌 아름다운 갈색 머리를 최대한 활용한 게 아니라, 사실은 거의 신경을 쓰지 않았다. 그녀는 그 윤곽이 뚜렷한 입을 항상 굳게 다물고 있었다. 그녀의 옷차림은 전혀 요염한 티가 없이 단정했다.

앨릭스는 어렵게 학교를 졸업했다. 열여덟 살 때부터 서른세 살이 되기까지 14년 동안 그녀는 속기 타이피스트로 일하여 자신의(그리고 그중 7년간은 환자였던 어머니까지) 생계비를 벌었다. 그것은 그녀의 소녀처럼 생긴 얼굴의 부드러운 선을 굳어 버리게 만든 생존을 위한 투쟁이었다.

사실은, 연애라는 것도 해보았다. 딕 윈디퍼드라는 동료사원하고 말이다. 여자의 마음이 다 그렇듯이, 겉으로는 모르는 체했지만 앨릭스는 그가 자기를 좋아하고 있다는 것을 항상 알고 있었다. 외견상으로 보면, 그들은 친구 이상의 아무 사이도 아니었다. 딕은 얼마 안 되는 봉급에서 어린 남동생의 학비를 대주느라고 어려움을 겪고 있었다. 그때로써는, 그는 결혼을 생각할 수 없었다.

그런데도, 앨릭스는 마음속에 미래를 그릴 때면, 언젠가는 딕의 아내가 되리라는 것을 반은 확신하고 들어갔다. 그들은 서로를 좋아했다. 그래서 그녀는 그것을 표현하곤 했지만, 그들은 둘 다 분별 있는 사람들이었다. 시간이 충분했으므로 조금도 경솔한 행동을 할 필요가 없었다. 그렇게 해서 세월은 흘렀다.

그런데 갑자기 전혀 예기치 못한 일로 해서 그녀는 되풀이되던 고생으로부터 해방되었다. 먼 사촌 하나가 죽으면서 앨릭스에게 재산을 남긴 것이었다. 그것은 2~3천 파운드여서, 연 200파운드의 수입을 올리기에 충분한 액수였다. 앨릭스에게 그것은 해방이며 생존이며 독립이었다. 이제 그녀와 딕은 더 이상 기다릴 필요가 없었다.

그러나 딕의 반응은 뜻밖이었다. 그는 그전에도 앨릭스에게 사랑하고 있다는 것을 직접적으로 표현하지 않았는데, 이제는 그게 한층 더 심한 것 같았다. 그는 그녀를 피했으며, 점점 침울하고 우울해졌다. 앨릭스는 재빨리 진실을 깨달았다. 그녀는 이제 부자가 되어 있었다. 그래서 미묘한 감정과 자존심이, 딕이 그녀에게 자기의 아내가 되어 달라고 하고 싶은 마음을 가로막고 있었던 것이다.

그녀는 그럼에도 불구하고 그를 좋아했다. 그래서 그녀가 먼저 조치를 취해야 하는지를 곰곰이 생각하고 있을 때 두 번째로 예기치 못한 일이 그녀에게 일어났다.

그녀는 한 친구의 집에서 제럴드 마틴을 만났다. 그는 그녀를 열렬히 사랑했으며 일주일 만에 그들은 약혼했다. '열정에 빠지지 않을 형'이라고 늘 자부해 왔던 앨릭스는 걷잡을 수 없을 정도로 완전히 휩쓸리고 말았다. 그녀는 뜻하지 않게 옛 애인을 대치시킬 것을 찾은 것이었다.

딕 윈디퍼드는 그녀를 찾아와서 더듬거리며 몹시 화를 냈다.

"그 남자는 당신에게 완전히 낯선 사람이야. 당신은 그에 대해 아무것도 모르잖아."

"하지만, 내가 그를 사랑한다는 것은 알고 있어요."

"당신이 어떻게 알아. 일주일 만에?"

"한 여자를 사랑하고 있다는 것을 아는 데 모든 사람이 11년씩이나 걸리지는 않아요"

앨릭스가 화가 나서 외쳤다.

그의 얼굴이 창백해졌다.

"나는 당신을 만난 이후 줄곧 당신을 좋아해 왔어. 그리고 당신도 나를 좋아한다고 생각했어"

앨릭스는 정직하게 말했다.

"나도 역시 그렇게 생각했어요." 그녀가 시인했다.

"그러나, 그것은 사랑이 뭔지 내가 몰랐기 때문이에요"

그러자 딕은 다시 감정을 터뜨렸다. 빌기도 했다가, 간절하게 부탁도 했다가, 심지어 협박까지 했다. 자기를 밀어낸 남자에 대한 협박을 말이다.

앨릭스는 자신이 너무나 잘 알고 있다고 생각했던 남자의 내성적인 성격 이면 속에 그렇게 화산 같은 면이 존재하고 있다는 것을 알고는 깜짝 놀랐다. 또한, 그녀는 약간 두려웠다. 딕은 물론 말로 위협하고 있듯이 제럴드 마틴에게 진짜로 복수할 사람은 아니었다. 그는 다만 화가 났을 뿐이었다.

이 화창한 아침에 그녀는 작은 집의 대문에 기대어 그때의 만남을 회상하고 있었다. 그녀는 이제 결혼한 지 한 달 되었으며, 전원 속에서 행복한 나날을 보내고 있었다. 그러나 그녀를 온통 사로잡고 있는 남편이 잠깐 없는 사이에, 슬그머니 불안이 그녀의 더할 나위 없는 행복에 엄습해 왔다. 그 불안의 원인은 다름 아닌 딕 윈디퍼드였다.

결혼 후 세 번을 그녀는 똑같은 꿈을 꾸었다. 배경은 달랐지만, 주요한 사실들은 항상 똑같았다. 그녀는 자기의 남편이 죽은 채 누워 있는 것과 딕 윈디퍼드가 서서 그를 내려다보는 것을 보았는데, 폭력을 휘두른 사람이 바로 그라는 것도 그녀는 뚜렷하고 명백하게 알고 있었다.

그러나 그것도 끔찍했지만, 훨씬 더 끔찍한 것이 있었다—꿈속에서는 그것이 너무나 당연하고 필연적인 것처럼 보였기 때문에 잠에서 깨어나도 끔찍하게 느껴졌다. 앨릭스 마틴, 그녀는 자기 남편이 죽은 것을 기뻐하고 있었던 것이다. 그녀는 고맙다는 듯이 그 살해자에게 손을 내밀었으며, 때때로 고맙다는 말을 하기도 했다. 그 꿈은 항상 똑같은 식으로, 그녀가 딕 윈디퍼드의 팔에 안긴 채 끝이 났다.

그녀는 이 꿈에 대해 남편에게 아무 이야기도 안 했지만, 실은 그것이 그녀가 인정하고 싶은 이상으로 그녀를 불안하게 했다.

그건 경고인가. 딕 윈디퍼드에 대한 경고인가? 그는 먼 곳에서 그녀에게 영향을 줄 수 있는 신비스러운 힘을 가지고 있다는 말인가? 그녀는 최면술에 대해서 많이 알지 못했지만, 사람은 자기 의지가 강하면 최면술에 걸리지 않는다고 항상 들어왔다.

집 안에서 날카롭게 울려 나오는 전화벨 소리에 앨릭스는 상념으로부터 깨어났다. 그녀는 안으로 들어가서 수화기를 들었다. 갑자기 그녀의 몸이 휘청거렸다. 그녀는 쓰러지지 않으려고 한 손을 내밀었다.

"누구라고 하셨어요?"

"아니, 앨릭스, 당신 목소리가 어떻게 된 거요? 못 알아들을 뻔했잖아. 난 딕이오."

"오!" 앨릭스가 말했다.

"오! 어디예요?"

"트래블러스 암스 여인숙에 있소—그 이름이 맞는 거요? 혹시 당신이 살고 있는 마을에 여인숙이 있는지도 모르는 것 아니오? 나는 휴가 중이오—여기에서 낚시를 좀 하고 있소. 오늘 저녁식사 뒤에 당신 부부를 보러 가고 싶은데 괜찮겠소?"

"안 돼요. 오면 안 돼요." 앨릭스가 날카롭게 말했다.

잠시 말이 없다가 딕이 약간 변한 목소리로 다시 말했다.

"실례했소." 그가 격식을 차리며 말했다.

"물론 나는 당신을 괴롭히지 않겠소."

앨릭스는 성급하게 끼어들었다. 물론 그는 그녀의 행동이 너무 이상하다고 생각했을 것이다. 정말이지 이상했다. 그녀의 신경은 온통 혼란스러웠다. 그녀가 그 꿈들을 꾼 것이 딕의 잘못은 아니었다.

"내 말은, 우리는 오늘 밤 선약이 있다는 뜻이에요."

그녀는 가능한 한 목소리를 자연스럽게 들리도록 하려고 노력하며 설명했다.

"내, 내일 밤에 오지 않겠어요?"

그러나 딕은 그녀의 어조에 진실성이 빠져 있음을 분명히 눈치챘다.

"정말 고맙소." 그는 여전히 딱딱한 목소리로 말했다.

"그러나 나는 언제 떠나게 될지 모르겠소. 내 친구가 오느냐 안 오느냐의 여부에 달려 있소. 잘 있어요, 앨릭스."

그는 말을 멈췄다가 어조를 달리하여 급히 덧붙여 말했다.

"당신에게 행운이 있기를."

앨릭스는 안도감을 느끼며 수화기를 내려놓았다.

'그가 여기에 와서는 안 돼.' 그녀는 혼잣말을 되풀이했다.

'그가 오면 안 돼. 오! 내가 왜 이렇게 어리석을까! 그런 상황을 상상하고 있다니. 어떻든, 그가 오지 않는다니 다행이야.'

그녀는 시골풍의 허드레 모자를 쓰고 다시 정원으로 나가다가 멈춰 서서 현관 위에 '나이팅게일 커티지 별장'이라고 새겨져 있는 것을 올려다보았다.

"너무 기발한 이름 아니에요?"

그녀는 결혼 전에 언젠가 제럴드에게 그렇게 말한 적이 있었다(나이팅게일란 새 이름과 같음을 말한다).

그는 껄껄 웃었다.

"요 런던 아가씨." 그는 다정하게 말했다.

"나는 당신이 나이팅게일의 소리를 들어본 적이 있으리라고는 생각지 않아. 또, 그래서 다행이고. 나이팅게일은 꼭 연인을 위해서만 울지. 우리는 여름밤에 우리 집 밖에서 함께 그 소리를 듣게 될 거야."

앨릭스는 그 집 문에 서서 그 소리를 실제로 들었던 것을 회상하며 행복감으로 뺨을 붉혔다.

나이팅게일 커티지 별장을 발견한 사람은 제럴드였다. 그는 터질 듯이 흥분하며 앨릭스에게 왔다. 일생에 한 번 만날까 말까 한 좋은 기회로 유일무이하고 더없이 귀중한 바로 그들을 위한 곳을 찾아냈다는 것이었다. 앨릭스가 그것을 보았을 때, 그녀 역시 매혹되고 말았다.

위치가 좀 외진 것은 사실이었다. 가장 가까운 마을에서도 2마일이나 떨어져 있었다. 그러나 유럽풍의 외관을 지닌 그 집 자체는 너무 우아했으며, 욕실이며 온수시설, 전기, 그리고 전화가 갖추어져 있어서 실속은 편리했기 때문에 그녀는 곧 반하고 말았다. 그런데 그때 문제가 생겼다. 부자였던 집주인이 변덕이 생겨서 임대하는 것을 거절했다. 그는 그것을 팔려고만 했다.

제럴드 마틴은 수입이 상당했지만, 그래도 그의 돈만으로는 모자랐다. 그는 기껏해야 1천 파운드 정도밖에 마련할 수가 없었다. 주인은 3천 파운드를 요구하고 있었다. 그러나 그곳에 마음이 있었던 앨릭스가 도움을 주었다. 은행보증으로 하여 그녀는 쉽게 돈을 구할 수 있었다. 그 집을 구입하는 데에 반 이상을 그녀가 부담했던 것이다. 그리하여 나이팅게일 커티지 별장은 그들의 소유가 되었으며, 앨릭스는 한순간도 그 선택을 후회하지 않았다.

하인들이 외딴 시골을 달가워하지 않는 것은 사실이었다—실제로 그 당시에도 한 명도 데리고 있지 않았다. 그러나 궁핍한 가정생활을 이끌어 왔던 앨릭스는 맛있고 조촐한 식사를 직접 준비하는 것과 집 안을 돌보는 것을 매우 즐거워했다.

꽃들로 장관을 이룬 정원은 마을에 사는 한 노인이 1주일에 두 번씩 와서 돌봐 주고 있었으며, 정원 가꾸기에 열심이었던 제럴드 마틴은 대부분의 시간을 거기에서 보냈다.

그녀는 집의 구석구석을 둘러보다가 늙은 정원사가 꽃밭을 가꾸는 데 열중해 있는 것을 보고 깜짝 놀랐다. 그가 일하는 날은 월요일과 금요일인데, 오늘은 수요일이었기 때문에 놀란 것이다.

"아니, 조지, 여기서 뭘 하고 계신 거예요?"

그녀는 그에게 다가가면서 이렇게 물었다.

그 노인은 껄껄거리며 일어나서 낡은 모자의 테를 만졌다.

"굉장히 놀라셨죠, 부인? 실은 이렇게 된 겁니다. 금요일은 이곳 지주가 베푸는 축제일이거든요. 그래서 속으로 생각했었죠, 이렇게 말입니다. '내가 한 번쯤 금요일 대신에 수요일에 가더라도 마틴 씨나 그의 착한 부인이 나쁘게 생각지는 않겠지.' 하고 말이지요"

"물론 괜찮아요. 축제를 재미있게 보내세요." 앨릭스가 말했다.

조지가 단순하게 말했다.

"잔뜩 먹을 수 있고, 그것을 지불하지 않아도 된다는 것은 기분 좋은 일이지요. 지주 측은 자기 소작인들을 위해 마땅히 다과회를 베푸는 거고요. 그리고 나는 또 부인이 떠나기 전에 화단에 대해 당부하고 싶은 게 있나를 알아보러 부인을 만나 뵙는 게 좋겠다고 생각했지요. 언제 돌아오실지는 모르시겠죠, 부인?"

"아니, 나는 아무 데도 안 가요"

조지를 그녀를 빤히 쳐다보았다.

"내일 런던에 안 가신다고요?"

"그렇다니까요. 왜 그런 생각을 하시게 되었죠?"

조지는 어깨 위로 머리를 홱 움직였다.

"어제 바깥양반께서 마을에 오셨을 때 만나 뵈었어요. 내게 내일 두 분이서 런던으로 가실 거라고 하셨는데요. 그래서 언제 돌아올지 확실히 모르겠다고요"

"말도 안 돼요." 앨릭스가 웃으며 말했다.

"그의 말을 잘 못 알아들은 게 틀림없어요"

그렇게 말하기는 했지만, 그녀는 제럴드가 무슨 말을 했기에 이 노인이 이렇듯 이상하게 알아들었는지 궁금했다. 런던으로 간다고? 그녀는 런던에는 결코 다시 가고 싶지 않았다.

"나는 런던을 증오해요." 그녀는 갑자기 거칠게 말했다.

"아!" 조지가 조용하게 말했다.

"허 참, 내가 잘못 알아들었던 모양입니다. 하지만 아주 분명하게 말씀하신 것 같았는데요. 부인이 여기에 머물러 계시겠다니 기쁩니다. 나는 건들건들 돌아다니는 것을 찬성하지 않거든요. 그리고 런던을 대수롭게 여기지도 않습니다. 나는 거기에 갈 필요성을 한 번도 느껴 보지 못했어요. 자동차가 너무 많아요. 그게 오늘날의 골칫거리입니다. 사람들이 자동차를 가지고 있더라도 어디에든 지그시 머물러 있을 수 있으면 축복받은 거죠. 이 집에 사셨던 에이미스 씨도 그런 걸 사기 전까지는 아주 훌륭하고 온화한 신사였지요. 그것을 산 지 한 달도 채 못 되어 이 집을 판다고 내놓은 겁니다. 침실마다 급수전이며 전기 등 모든 게 다 갖추어진 집에 살았으면 상당히 운이 좋은 건데 말이죠. '당신은 결코 이 집에다 투자한 돈을 다시 건지지 못할 겁니다.' 하고 내가 그에게 말했었죠. '내 말은, 당신처럼 그렇게 유행에 민감하게 집에 있는 모든 방에다 세면 시설을 해놓지는 않는다는 겁니다.' 하고요. 그러나 그는 내게 이렇게 말했죠. '조지, 나는 이 집을 팔아서 그 2천 파운드를 고스란히 받게 될 거요.'라고 말이오. 그러고는 정말 그렇게 했죠."

"그는 3천 파운드를 받았어요." 앨릭스가 웃으며 말했다.

"2천 파운드입니다." 조지가 되풀이하여 말했다.

"그때 그가 그렇게 말한 걸 들었습니다. 그래서 굉장한 액수구나 하고 생각했었죠."

"아뇨, 3천 파운드였어요." 앨릭스가 말했다.

"여자들은 숫자를 도무지 이해하지 못해요."

조지가 확신하지 못하는 듯이 말했다.

"설마 에이미스 씨가 부인께 얼굴을 꼿꼿이 들고 커다란 목소리로 뻔뻔스럽게 3천 파운드라고 말했다는 뜻은 아니겠죠?"

"내게 직접 그렇게 말하지는 않았어요." 앨릭스가 말했다.

"하지만 우리 남편께 그렇게 말했죠."

조지는 다시 화단에 몸을 굽혔다.

"그 가격은 2천 파운드였습니다." 그가 고집스럽게 말했다.

앨릭스는 그와 애써 논쟁하지 않았다. 그 뒤 화단 쪽으로 가서 그녀는 꽃을 한 아름 꺾기 시작했다. 햇빛과 꽃향기와 바삐 날아다니는 벌들이 어렴풋이 윙윙거리는 소리가 모두 합쳐서 그날을 완벽하게 만들어 주고 있었다.

향기로운 꽃다발을 들고 집으로 가다가 앨릭스는 화단 한 곳에서 잎사귀 사이에 조그만 진녹색의 물건이 보이는 것을 발견했다. 몸을 굽혀 그것을 주워 보았더니, 그것은 남편의 수첩이었다. 그가 잡초를 뽑을 때 호주머니에서 빠진 게 틀림없었다.

그녀는 그것을 펼쳐 약간 재미를 느끼며 기입 사항들을 살펴보았다. 그들이 결혼생활을 시작할 무렵부터, 앨릭스는 그 충동적이고 감정적인 제럴드가 그 답지 않게 질서 정연하게 정돈하는 미덕을 가지고 있다는 것을 깨닫고 있었다. 그는 식사를 정시에 맞춰 하는 것에 대해 지극히 까다로웠으며, 일과표를 항상 미리 정확하게 짜 두었다. 예를 들어, 오늘 아침에도 그는 아침식사 뒤 10시 15분에 마을을 향해 출발할 거라고 얘기했으며, 정각 10시 15분이 되자 집을 떠났던 것이다.

수첩을 들여다보다가 그녀는 5월 14일의 기입 사항을 보고 재미있어 했다.

'2시 30분 세인트 피터(성 베드로) 성당에서 앨릭스와 결혼하다.'

"멍청한 사람 같으니."

앨릭스는 혼자서 중얼거리듯이 말하며 페이지를 넘겼다. 갑자기 그녀는 딱 멈췄다.

"6월 18일 수요일이면……, 아니, 오늘이잖아."

그날을 위한 공간에 제럴드의 깨끗하고 정확한 필체로 '오후 9시'라고 적혀 있었다. 그밖엔 아무것도 적혀 있지 않았다.

제럴드가 오후 9시에 무엇을 하려고 계획했는지 앨릭스는 궁금했다.

그녀는 만일 이것이 소설이었다면, 그녀가 너무나 자주 읽었듯이, 그 일기는 의심할 바 없이 어떤 사실을 폭로하여 자기를 놀라게 했을 것이라고 생각하며 혼자서 미소 지었다. 그 안에는 틀림없이 다른 여자의 이름이 씌어 있었을 것이다. 그녀는 한가롭게 그 뒷장들을 넘겼다. 거기에는 날짜, 약속, 사업 거래를 위한 비밀 사항들이 씌어 있었을 뿐, 여자의 이름은 단 하나밖에 없었다. 바로 그녀의 이름 말이다.

그러나 그녀가 그 수첩을 자기의 호주머니를 넣고 꽃다발을 가지고 집으로 들어가면서, 그녀는 막연한 불안감을 느꼈다. 딕 윈디퍼드가 한 말들이, 마치 그가 자기 곁에서 되풀이하는 것처럼 다시 떠올랐다.

"그 남자는 당신에게 완전히 낯선 사람이야. 당신은 그에 대해 아무것도 모르잖아."

그건 사실이었다. 그녀가 그에 대해 아는 게 무엇인가? 제럴드는 마흔 살이었다. 마흔 살이나 되었으니, 그의 생애에는 여자들이 틀림없이 있었을 것이다.

앨릭스는 초조하게 머리를 흔들었다. 그녀는 이런 생각에 빠지지 말아야 했다. 그녀에게는 우선으로 처리해야 할 훨씬 더 절박한 일이 있었다. 딕 윈디퍼드가 자기에게 전화했다는 것을 남편에게 말해야 할 것인가, 하지 말아야 할 것인가?

제럴드가 벌써 마을에서 그와 마주쳤을 가능성도 고려해 보아야 한다. 그러나 그럴 경우에 그는 집에 돌아오자마자 바로 그녀에게 그 얘기를 할 게 틀림없으며, 그렇게 되면 문제는 그녀의 수중에서 벗어난다. 그렇지 않다면 어떻게 하지? 앨릭스는 그것에 관해 아무 말도 하고 싶지 않다는 것을 분명히 깨달았다.

제럴드는 항상 딕에게 친절한 태도를 보여 왔다. 그는 언젠가 이렇게 말했었다.

"불쌍한 사람, 내가 믿기에는 그 사람도 나만큼이나 당신에게 열심인 것 같던데, 그만 딱지를 맞았으니 참 운도 꽤나 없는 사람이야."

그는 앨릭스의 마음에 대해서는 조금도 의심하지 않았다.

만일 그녀가 그에게 말한다면, 그는 분명히 딕 윈디퍼드를 나이팅게일 커티지 별장으로 부르자고 할 것이다. 그러면 그녀는 딕이 먼저 그 말을 했으며, 그녀가 핑계를 대어 그를 못 오게 했다는 것을 설명해야만 할 것이다. 그리고 그가 그녀에게 왜 그렇게 했는지를 물어온다면 뭐라고 대답해야 한다? 그에게 꿈 이야기를 할 것인가? 하지만 그는 그냥 웃어 버릴 것이다. 아니면, 심한 경우에는 그는 중요하다고 생각지 않는 것에 그녀가 중요성을 부여하고 있다는 것을 알게 될 것이다. 그러고는 생각할 것이다.

오, 그가 무슨 일을 생각할지 모른다. 좀 부끄러운 일이기는 하지만, 앨릭스는 아무 말도 하지 않기로 작정했다. 그것은 그녀가 자기 남편에게 숨긴 첫 번째 비밀이었다. 그것을 생각하니 마음이 편치 못했다.

점심식사 바로 전에 제럴드가 마을에서 돌아오는 소리가 들리자, 그녀는 얼른 부엌으로 가서 요리하느라고 바쁜 체하며 당황한 표정을 감췄다.

제럴드가 딕 윈디퍼드를 보지 못했다는 것은 금방 명백해졌다. 앨릭스는 안심되기도 했고, 당황스럽기도 했다. 그녀는 이제 완전히 숨기기로 한 결정에 따라야만 했다. 그때부터 그날은 내내 초조하고 얼이 빠진 듯이 소리가 날 때마다 깜짝깜짝 놀랐지만, 그녀의 남편은 아무것도 눈치채지 못하는 것 같았다. 그는 자신의 일에 몰두하는 것 같았으며, 한두 번인가 그녀가 어떤 일상적인 말을 했을 때는 꼭 두 번씩 말해야만 대답할 정도였다.

앨릭스는 그와 함께 조촐하게 저녁식사를 하고 난 다음, 바깥에서 자라고 있는 담자색과 흰색 자라난화의 향기가 부드러운 밤 공기에 실려 들어오도록 창문을 열어젖힌 채 오크나무로 대들보를 댄 거실에 앉아 있을 때에야 비로소 그 수첩 생각이 났으며, 의심과 당혹스러움에 빠져 있던 생각에서 벗어나기 위해 기쁜 마음으로 그 이야기를 꺼냈다.

"여기 당신이 꽃밭에 물을 주다가 떨어뜨린 물건이 있어요"

그녀가 이렇게 말하며 그것을 그의 무릎으로 던져 주었다.

"그것을 화단에 떨어뜨렸어, 내가?"

"그렇다니까요, 이제 당신 비밀을 모두 알았어요"

"무죄야" 제럴드는 머리를 흔들었다.

"오늘 밤 9시에 무슨 약속이 있죠?"

"오! 그건……."

그는 당황하는 것 같았으나, 무엇인가 굉장히 재미있는 일이 있는 것처럼 미소를 지었다.

"그건 아주 멋진 앨릭스라는 아가씨와 한 약속이야. 그녀는 갈색 머리에 푸른 눈을 가지고 있고, 특히 당신을 좋아하지."

"나는 이해가 안 가는데요" 앨릭스는 짐짓 엄격한 체하며 말했다.

"당신은 이리저리 아무것이나 둘러대고 있군요"

"아냐, 그렇지 않아. 사실은 오늘 밤에 사진 원판을 몇 장 현상하려고 하는데, 잊을까 봐 표시해둔 거야. 당신이 나를 좀 도와줬으면 좋겠어."

제럴드 마틴은 열광적인 사진 취미를 갖고 있었다. 그의 카메라는 다소 구식이긴 했지만 훌륭한 렌즈를 가지고 있었으며, 암실로 준비한 조그마한 지하실에서 직접 감광판을 현상했다. 그는 앨릭스를 다른 자세로 포즈를 취하게하는 일에 결코 싫증을 내지 않았다.

"그럼, 그건 9시에 정확하게 해야만 되겠군요." 앨릭스가 놀려대며 말했다.

제럴드는 약간 당혹스러운 표정을 지었다. 그는 어딘가 퉁명스러운 데가 있는 태도로 이렇게 말했다.

"여보, 사람은 항상 일정한 시간 동안에 할 일을 계획해야만 해. 그런 다음엔 그 일을 정확하게 해치우는 거지."

앨릭스는 잠시 동안 아무 말 없이 앉아서, 검은 머리를 뒤로 젖히고 어둠침침한 배경에 깨끗이 면도한 얼굴의 뚜렷한 윤곽을 드러운 채 담배를 피우며 의자에 앉아 있는 남편을 지켜보고 있었다.

그런데 갑자기, 근원을 알 수 없는 공포의 물결이 그녀에게 밀어닥쳐 자제하기도 전에 그녀는 소리를 지르고 말았다.

"오! 제럴드, 내가 당신을 좀더 알았더라면 좋았을 텐데."

남편은 놀란 얼굴로 그녀를 돌아보았다.

"아니, 앨릭스, 당신은 나에 대해 모든 것을 알고 있어. 나는 노덤벌랜드에서 보냈던 소년 시절과 남아프리카에서의 생활, 그리고 내게 성공을 가져다주었던 캐나다에서의 최근 10년간에 대해 당신에게 이미 이야기했잖아!"

"사업에 대해선 물론 그래요!"

제럴드는 갑자기 웃었다.

"무슨 말인지 알고 있어. 연애 말이지? 여자들은 모두 똑같아. 사적인 일밖에는 당신의 흥미를 끌 만한 게 아무것도 없는가 보군."

앨릭스는 목이 타는 것을 느끼며 불분명하게 투덜거렸다.

"아니, 연애가 있기는 있었을 거 아니에요? 내 말은, 만일 내가 알고 있기만 했더라면……."

다시 얼마 동안 침묵이 흘렀다. 제럴드 마틴은 우유부단한 태도를 보인 채 인상을 찌푸리고 있었다. 그가 다시 말했을 때, 그것은 좀 전의 농담기 어린 태도는 전혀 찾아볼 수 없이 엄숙했다.

"당신은 그게 현명하다고 생각해, 앨릭스 그 푸른 수염의 사나이(아내를 여섯이나 죽인 인물)의 침실 사건을? 내 인생에 여자가 있었다는 것은 맞는 이야기야. 그것을 부정하진 않겠어. 내가 부정한다고 해도 당신이 믿어 주지도 않을 것이고. 그러나 그들 중 단 한 명도 내겐 아무 의미가 없었다는 것을 솔직하게 맹세할 수 있어."

그의 목소리에는 그것을 듣고 있는 아내를 안심시키는 진지함이 깃들어 있었다.

"이젠 됐어, 앨릭스?" 그는 웃으며 이렇게 물었다.

그런 다음 의혹에 찬 시선으로 그녀를 쳐다보았다.

"하고많은 날 중에서 오늘 밤에 당신이 이런 불쾌한 일들에 신경 쓰게 된 원인이 뭐지? 전에는 한 번도 그런 말을 한 적이 없었잖아."

앨릭스는 일어나서 침착하지 못하게 이리저리 걸어 다니기 시작했다.

"오! 나도 모르겠어요." 그녀가 말했다.

"나는 온종일 신경을 곤두세우고 있었어요."

"이상하군. 정말 이상해."

제럴드는 마치 혼잣말처럼 나지막한 목소리로 말했다.

"그게 왜 이상해요?"

"오, 여보, 내게 그렇게 화내지 말아요. 당신은 늘 너무 상냥하고 침착하기 때문에 그게 이상하다고 말했을 뿐이야."

앨릭스는 억지로 미소를 지었다.

"오늘은 모든 것들이 짜고 나를 괴롭혔어요." 그녀가 털어놓았다.

"심지어는 조지 영감까지 우리가 런던으로 갈 거라는 엉뚱한 생각을 하고 있더군요. 당신이 그렇게 말했다는 거예요."

"그를 어디에서 만났지?" 제럴드가 날카롭게 말했다.

"그는 금요일 대신 오늘 일하러 왔었거든요."

"어리석은 늙은이 같으니라고." 제럴드가 화를 내며 말했다.

앨릭스는 깜짝 놀라 쳐다보았다. 제럴드의 얼굴은 분노로 경련이 일었다. 그녀는 남편이 그렇게 화를 내는 것을 한 번도 본 적이 없었다. 그녀가 놀라는 깃을 보더니, 제럴드는 자제력을 되찾으려고 노력했다.

"그는 어리석은 늙은이야." 그가 말했다.

"당신이 무슨 이야기를 했기에 그가 그렇게 생각하게 됐죠?"

"내가? 나는 아무 말도 하지 않았어. 적어도 오, 그래, 기억나는군. 내가 '아침에 런던으로 떠나는' 것에 대해 가벼운 농담을 좀 했더니 그것을 진담으로 받아들인 모양이군. 그렇지 않으면 그가 제대로 듣지 못한 거야. 물론 당신이 그의 잘못을 깨우쳐주었겠지?"

그는 그녀의 대답을 애타게 기다렸다.

"물론이죠. 하지만 그 사람은 일단 어떤 생각을 하게 되면―글쎄요, 그것을 오랫동안 기억하는 노인네 같아요."

그러고 나서 그녀는 정원사가 그 집에 대한 금액을 가지고 고집 부리던 이야기를 해주었다.

제럴드는 잠시 말이 없다가 천천히 이렇게 말했다.

"에이미스는 2천 파운드는 현금으로 나머지 1천 파운드는 어음으로 받겠다고 했지. 아마 그것 때문에 그런 오해를 하게 된 것 같소."

"정말 그런가 봐요." 앨릭스가 말했다.

그때 그녀는 시계를 올려다보고는 장난기 어린 손짓으로 그것을 가리켰다.

"이제 내려가 봐야겠군요, 제럴드? 예정 시간보다 5분이나 늦었잖아요."

아주 이상한 미소가 제럴드 마틴의 얼굴에 떠올랐다.

"나는 마음이 변했어. 오늘 밤에는 사진을 만지지 않겠어."

그가 조용하게 말했다.

여자의 마음이란 이상했다. 수요일 밤 그녀가 잠자리에 들었을 때, 앨릭스의 마음은 편안했고 만족스러웠다. 잠시 공격을 받은 그녀의 행복이 다시 예전처럼 의기양양하게 되살아난 것이다.

그러나 그 다음 날 저녁때쯤, 그녀는 어떤 알 수 없는 힘들이 작용하여, 자신의 행복을 몰래 손상시키고 있다는 것을 깨달았다. 딕 윈디퍼드는 다시 전화하지 않았지만, 그녀는 자신에게 그의 영향력이 미치고 있다는 것을 느꼈다.

자꾸만 그가 한 말들이 그녀에게 떠올랐다.

'그 남자는 당신에게 완전히 낯선 사람이야. 당신은 그에 대해 아무것도 모르고 있잖아.'

그리고 또 그녀의 남편이, '당신은 그게 현명하다고 생각해, 앨릭스 그 푸른 수염의 사나이의 침실 사건을?' 하고 말했을 때 그녀의 뇌리에 뚜렷하게 박힌 그의 얼굴이 기억났다.

왜 그렇게 말했을까? 그가 한 말의 의미는 무엇일까?

거기에는 경고가 있었다. 협박 같은 것 말이다.

그는 마치 실제로는, '당신은 내 인생에 주제넘게 파고들지 않는 게 좋아. 만일 그렇게 한다면 불쾌한 충격을 받을지도 몰라.' 하고 말하는 것 같았다. 사실, 몇 분 뒤에 그는 자기의 생애에서 중요한 여자는 아무도 없었다고 맹세했다. 그러나 앨릭스는 그의 진실성에 대한 확고한 느낌을 되찾기 위해 애써 보았으나 허사였다. 그에게 그것을 맹세할 의무는 없지 않았던가?

금요일 아침쯤, 앨릭스는 제럴드의 생애에 여자가 있었을 것이라고 확신했다. 그가 온갖 공을 다 들여 그녀에게 숨기려고 한 푸른 수염의 사나이의 침실 이야기 말이다. 그녀의 질투심은 천천히 고개를 들다가 이제는 맹렬해졌다.

그것이 그날 밤 저녁 9시에 그가 만날 예정이었던 여자였나? 사진을 현상한다는 그의 이야기는 얼떨결에 꾸며낸 거짓말은 아니었을까?

갑자기 휘몰아치는 이상한 느낌과 함께 앨릭스는 자신이 그 수첩을 발견한 이후로는 줄곧 고통받고 있다는 것을 알았다. 그러나 그 안에는 아무것도 없었다. 거기에 그 모든 일의 기이함이 있었다.

사흘 전만 해도 그녀는 남편을 철두철미하게 알고 있다고 맹세했을 것이다. 그러나 이제 그는 그녀가 전혀 알지 못하는 낯선 사람같이 생각되었다. 그녀는 그가 평소의 그 마음씨 좋은 태도와는 너무나 다르게, 조지 영감에 대해 비정상적으로 화를 내던 것을 기억했다. 사소한 일이겠지만, 그것을 보면 그녀가 자기 남편인 그 사람을 실제로는 모르고 있다는 생각이 들었다.

금요일과 주말에 쓸 몇 가지 작은 물건들을 마을에서 들여와야 할 일이 있었다. 오후에 앨릭스는 제럴드가 정원에 있는 동안 그것들을 가지러 가겠다고 했다. 그러나 좀 놀랍게도 그는 그 말에 거칠게 반대하며 자기가 가겠다고 했다. 앨릭스가 할 수 없이 그에게 양보했지만, 그의 고집은 그녀를 깜짝 놀라게 했다. 그는 그녀가 마을에 가는 것을 왜 그렇게 열심히 막았을까?

갑자기 그 모든 일을 분명하게 해주는 해석이 떠올랐다. 그녀에게 아무 말도 하지는 않았지만, 제럴드는 실제로 딕 윈디퍼드를 만났던 게 아닐까? 그녀의 질투심도 결혼 당시에는 완전히 잠자고 있다가 그 뒤에야 나타났다. 그렇다면, 제럴드도 나와 똑같을 수 있지 않겠는가? 남편은 자기가 딕 윈디퍼드를 다시는 못 만나게 하고 싶었던 게 아닐까? 이렇게 해석하니 사실과 너무 딱 들어맞고 앨릭스의 혼란스러운 마음이 적잖게 위안이 되었으므로, 그녀는 그렇게 생각하기로 마음을 굳혔다.

그러나 차 마시는 시간이 지나가자, 그녀는 침착하지 못하고 불안했다. 그녀는 제럴드가 떠난 뒤 자기를 공격하는 어떤 유혹과 싸우고 있었다.

마침내, 그 방을 한 번 완전히 정돈해야 할 필요가 있다고 확신함으로써 자신의 양심을 달래며 2층에 있는 남편의 드레스 룸으로 올라갔다. 그녀는 청소하는 체하려고 청소도구를 가지고 갔다.

'나는 확신을 해야 해.' 그녀는 마음속으로 되풀이하여 말했다.

'나는 확신을 해야 해.'

그녀는, 그가 자기의 명예를 손상시키는 것이 있었다면 보나마나 몇 년 전에 없애버렸을 거라고 생각했다. 그러면서도 그녀는 남자들이란 지나친 감상벽이 있어서, 가끔 아주 절대적인 증거물을 간직하고 있을 수도 있다고 생각했다. 결국 앨릭스는 굴복했다.

그녀는 자신의 행동에 대한 부끄러움으로 뺨을 붉히며, 숨을 죽인 채 서랍들을 비워 편지와 서류뭉치들을 샅샅이 조사했으며, 심지어는 남편 옷의 호주머니까지 뒤졌다. 딱 두 개의 서랍이 그녀를 곤란하게 만들었다. 옷장의 아래쪽 서랍 하나와 책상의 오른쪽에 달린 조그만 서랍이 잠겨 있었다. 그러나 앨릭스는 이젠 부끄러움을 전혀 몰랐다. 그 서랍 중 하나에서 자기를 쫓아다니는 그 가공의 여자에 대한 증거가 나올 것이라고 그녀는 확신했다.

그녀는 제럴드가 아래층의 식기장 위에다 부주의하게 열쇠들을 둔 채 떠났다는 것을 기억해냈다. 그녀는 그것을 가지고 와서 하나씩 하나씩 열어 보았다. 세 번째 열쇠가 책상 서랍에 맞았다. 앨릭스는 그것을 얼른 잡아당겼다. 거기에는 수표장 한 권과 어음으로 가득 찬 지갑이 하나 있었으며, 서랍 뒤쪽에 끈으로 묶인 편지 한 뭉치가 있었다.

앨릭스는 불규칙하게 호흡하며 그 끈을 풀었다. 순간 그녀의 얼굴이 빨갛게 달아오르며 그녀는 그 편지들을 서랍 속에 다시 넣고 닫은 다음 잠갔다. 그 편지들은 자신이 결혼 전에 제럴드 마틴에게 보낸 것들이었다.

그녀는 이제 자기가 찾고 있는 것을 발견하게 되길 기대하기보다는, 찾아볼 곳은 다 찾아보았다고 느끼고 싶은 마음에서 그 옷장으로 다가갔다. 그녀는 자신이 부끄러웠으며, 자신의 행동이 미친 짓이라는 것을 깨달았다.

곤혹스럽게도 제럴드의 열쇠꾸러미 중 아무것도 그 서랍에 맞는 게 없었다. 그래도 포기하지 않고, 앨릭스는 다른 방으로 가서 열쇠를 골라 가지고 돌아왔다. 다행히 예비 침실의 양복장 열쇠가 그 옷장에도 맞았다. 그녀는 그 서랍을 열어 잡아 뺐다.

그러나 거기에도 세월이 흘러 이미 더러워지고 퇴색된 신문 오려 낸 것들을 둥글게 말아 놓은 것밖에는 아무것도 없었다.

앨릭스는 안도의 한숨을 내쉬었다. 그러면서 그녀는 제럴드가 무슨 기사에 그토록 관심이 있었기에 그렇게 먼지투성이의 두루마리를 애써 보관하고 있는지 궁금함을 느끼며, 오려 낸 기사들을 훑어보았다. 그것은 거의 모두 미국 신문들로, 날짜는 약 7년 전의 것들이었으며 악명 높은 사기꾼이자 중혼자인 찰스 리메이터의 재판을 다룬 기사들이었다.

리메이터는 자기의 아내들을 죽인 혐의를 받고 있었다. 그가 세 들어 살던 집 중 한 집 마루 밑에서 해골이 발견되었을 뿐만 아니라, 그와 '결혼했던' 대부분의 여자들의 행방이 묘연하다는 것이다. 그는 미국에서도 가장 훌륭한 법률적 재능을 가진 몇몇 사람의 도움을 받아 완벽한 솜씨로 그 고발로부터 자신을 변호했다. '증거 불충분'이라는 배심원들의 평결이 아마 그 사건을 가장 잘 진술하고 있었는지도 모른다. 증거가 없었기 때문에, 비록 그에게 제기된 다른 고발들에 대해서는 장기 징역형을 선고받았지만, 정작 사형에 처할 만한 죄에 대해서는 무죄로 밝혀졌다.

앨릭스는 그 당시 그 사건에 의해 야기된 흥분과 약 3분 뒤에 리메이터가 탈주함으로써 일어난 물의가 어느 정도였는지를 기억하고 있었다. 그는 다시

잡히지 않았다. 그 당시 영국 신문에서도 그 사람의 인간성이나 여자들에 대한 이상한 힘에 대해 논란이 많았으며, 법정에서 흥분하기를 잘하는 그의 성격이나 격렬한 항의, 그리고 모르는 사람들은 그의 불 같은 성격 탓이라고 돌렸지만, 실은 심장이 약했기 때문에 종종 갑자기 쓰러졌다는 이야기들이 함께 실렸었다.

오려 낸 신문기사 중 하나에 남편과 닮은 사진이 실린 것을 보고 앨릭스는 약간 흥미를 느끼며 그것을 자세히 들여다보았다. 턱수염을 길게 기른 학자처럼 보이는 신사였다. 그것은 그녀에게 누군가를 생각나게 해주었지만, 그 순간에는 그 사람이 누구인지 알 수 없었다. 그녀는 많은 남자들이 그런 취미를 가지고 있다는 것을 알고 있었지만, 제럴드가 범죄와 유명한 재판에 관심이 있는 줄은 결코 몰랐다.

그녀에게 갑자기 생각이 난 얼굴은 누구였을까? 문득 그녀는 그것이 바로 제럴드라는 것을 알고는 충격을 받았다. 눈과 눈썹이 그를 굉장히 많이 닮았다. 아마 그래서 그가 그것들을 오려서 보관했나 보다. 그녀의 시선은 그 사진 아래에 쓰여 있는 글로 옮겨갔다. 피고의 수첩에 어떤 날짜들이 씌어 있었는데, 그 날짜들은 그가 자기의 희생자들을 죽인 날짜들일 거라는 내용이었다.

그런 다음 한 여인의 주장이 실려 있는데, 범인은 왼손의 손바닥 바로 아래, 즉 왼쪽 손목에 흉터가 있다는 증언을 하여 범인을 확실하게 밝혔다는 내용이었다.

앨릭스는 갑자기 손에 들고 있던 신문을 떨어뜨렸으며, 몸을 휘청거렸다. 제럴드도 왼쪽 손바닥 바로 아래의 손목에 조그만 자국이 있었던 것이다.

방이 빙빙 돌았다. 그녀가 단번에 그렇게 절대적인 확신으로 비약했다는 것은 나중에 생각해 봐도 이상한 일이었다.

제럴드 마틴은 찰스 리메이터였다! 그녀는 그것을 알았고, 순식간에 그것을 받아들였다. 제자리에 맞아 들어가는 그림 맞추기 장난감의 조각처럼, 뿔뿔이 흩어진 조각들이 그녀의 머리를 온통 맴돌고 있었다.

집을 사기 위해 지불된 돈은, 그녀의 돈이었다―오직 그녀의 돈뿐이었다. 그 은행 보증 어음을 그녀는 그에게 넘겨주었었다. 그녀의 꿈조차도 사실 의미가 있는 것으로 드러났다. 그녀의 내부 깊숙이 자리 잡고 있는 잠재의식적인 자아는 항상 제럴드 마틴을 두려워해 왔던 것이며, 그로부터 도망가고 싶어했던 것이다. 그리고 그녀의 자아가 도움을 요청한 사람은 딕 윈디퍼드였다. 그것 역시 그녀가 그 사실을 의심하거나 망설이지 않고, 그렇게 쉽게 받아들일 수 있게 한 이유였다. 그녀는 리메이터의 또 다른 희생자가 되게끔 되어 있었다. 아마도 곧바로.

무슨 일인가가 기억났을 때 그녀는 무심결에 소리를 지르고 말았다.

'수요일 저녁 9시'

그 지하실의 바닥은 판석을 아주 쉽게 들어낼 수 있었다. 그는 희생자 중한 명을 지하실에 매장한 적이 있었다. 바로 그 일을 수요일 밤에 하기로 계획 세웠었던 것이다. 게다가, 그것을 조직적인 습관으로 인해 미리 기록해놓다나—미친 짓이야! 아니, 그것은 논리적이었다. 제럴드는 예정된 일이 있으면 항상 메모를 해두었다. 살인도 그에게는 다른 것과 마찬가지로 사업 계획일 뿐이었다.

그런데 무엇이 나를 구해 주었지? 무엇이 나를 구해 줄 수 있었지? 마지막 순간에 그에게 측은한 마음이 들었을까? 아니다—즉시 그 대답이 그녀에게 떠올랐다. 조지 영감이었다.

그녀는 그제야 남편이 화를 억누르지 못했던 이유를 알아차렸다. 그는 만나는 사람마다 아내와 함께 그다음 날 런던으로 갈 거라는 말을 함으로써 길을 닦아 놓았던 것이다. 그런데 조지가 뜻밖에도 일하러 와서 그녀에게 런던 이야기를 했고, 또 그녀가 부인했던 것이다. 따라서 조지 영감이 그 대화를 들먹일 테니 그날 밤에 그녀를 죽이기에는 너무 위험했던 것이다. 그야말로 위기를 모면한 것이다! 만일 그녀가 그 사소한 일을 말하지 않았더라면—앨릭스는 몸서리를 쳤다.

그러나 낭비할 시간이 없었다. 그녀는 당장 도망쳐야 했다. 그가 돌아오기전에. 그와 함께 같은 지붕 아래에서 또 하룻밤을 보내야 할 하등의 이유가 없었다. 그녀는 급히 그 신문 조각의 두루마리를 서랍 속에 넣고 잠갔다.

그러나 순간 그녀는 마치 화석처럼 꼼짝도 못하고 서 있었다. 대문이 길 쪽으로 삐걱하며 열리는 소리를 들었던 것이다. 남편이 돌아왔을지도 모른다.

잠시 동안 앨릭스는 돌처럼 서 있다가, 발끝으로 살금살금 창문으로 다가가서 커튼 뒤에 숨어 내다보았다.

역시 남편이었다. 그는 혼자서 웃으며 콧노래를 흥얼거리고 있었다. 그가 들고 있는 물건을 보고, 그녀는 그렇지 않아도 겁에 질려 있는 심장이 딱 멈추는 것 같았다. 그것은 새 상표가 붙은 삽이었다.

앨릭스는 본능적으로 어떤 사실을 깨달았다.

'오늘 밤이 예정일이로구나.'

그러나 아직 기회는 있었다.

제럴드는 여전히 콧노래를 부르며 집 뒤로 돌아갔다.

'그것을 지하실에 갖다 놓으러 가는구나. 준비하려고.'

그녀는 몸서리를 치며 이렇게 생각했다. 한순간도 망설이지 않고 그녀는 계단을 뛰어 내려가서 그 집 밖으로 나갔다. 그러나 그녀가 문에서 나온 순간, 그녀의 남편이 집 뒤쪽에서 돌아 나왔다.

"이봐, 어디를 그렇게 급히 달려나가는 거야?" 그가 말했다.

앨릭스는 침착하고 여느 때와 같이 보이려고 필사적으로 노력했다. 그 순간의 기회는 놓쳐 버렸지만, 만일 그녀가 그의 의심을 사지 않도록 주의한다면 기회는 또 올 것이다. 어쩌면 지금이라도.

"골목 끝으로 갔다가 되돌아올 생각이었어요."

그녀가 말했으나, 자신이 듣기에도 목소리에는 힘이 없었던 것 같았다.

"좋아, 내가 함께 가주지." 제럴드가 말했다.

"아뇨—. 제발, 제럴드. 나는 신경이 예민하고 머리가 아파요. 그래서 혼자 가고 싶어요."

그는 그녀를 주의 깊게 쳐다보았다. 그녀는 그의 눈에 잠시 의심하는 빛이 스쳐 지나가는 것을 알아챘다.

"무슨 일이야, 앨릭스? 안색이 창백한데. 떨고 있잖아!"

"아무것도 아니에요."

그녀는 억지로 무뚝뚝하게 말하며 미소를 지어 보였다.

"머리가 아픈 것뿐이에요. 걸으면 좋아질 거예요."

"당신이 나와 함께 가고 싶지 않다고 말해도 소용없어."

제럴드가 너털웃음을 터뜨리며 말했다.

"당신이 원하든 원하지 않든 나는 갈 테니까."

그녀는 더 이상 반대하지 않았다. 혹시라도 내가 알고 있는 게 아닌가 하고 이 사람이 의심한다면…….

애써 노력하여 그녀는 평상시의 태도를 어느 정도 되찾게 되었다. 그러나 그가 그녀를 이따금씩 완전히 안심할 수는 없다는 듯이 곁눈으로 힐끔힐끔 쳐다보는 것 같아 그녀는 마음이 불안했다. 그의 의심이 완전히 가라앉지 않았다는 것을 느낄 수 있었다.

집에 돌아왔을 때, 그는 그녀한테 좀 누워 있으라고 하더니, 오드콜로뉴(화장수)를 가져와서 그녀의 관자놀이를 닦아주었다. 그는 여전히 헌신적인 남편이었지만, 앨릭스는 마치 손발이 덫에 걸린 것처럼 무기력함을 느꼈다.

단 한 순간도 그는 그녀를 혼자 있게 내버려두지 않았다. 그는 부엌에도 그녀와 함께 가서, 그녀가 미리 준비해둔 간단한 저녁식사를 나르는 것을 도와주었다. 저녁식사는 그녀를 숨 막히게 했으나 그녀는 지금 자신의 목숨을 위해 싸우고 있다는 것을 알고 있었다.

이웃과는 몇 마일이나 떨어져 있어서 도움을 요청할 수도 없었다. 그녀는 그 남자와 단둘이 있었으므로, 완전히 그의 손아귀에 든 셈이었다. 오직 한 가지 길이 있다면 그의 의심을 누그러뜨려서 몇 분간만이라도 자기를 혼자 있게 내버려두도록 하는 것이었다. 그녀가 홀에 있는 전화기 쪽으로 가서 도움을 요청할 수 있을 만큼의 시간이라도. 이제 희망은 그 길밖에 없었다. 만일 그녀가 도망을 친다고 해도 도움을 요청하기 훨씬 전에 그에게 붙잡히고 말 것이다.

그가 지난번에 자기 계획을 어떻게 포기했던가를 기억했을 때 순간적으로 그녀에게 한 가지 희망이 떠올랐다.

'딕 윈디퍼드가 오늘 저녁때 우리를 보러 오기로 했다고 말해 볼까?'

그 말들은 그녀의 입술에서 떨렸다. 그래서 그녀는 급히 입을 다물어 버리고 말았다. 이 남자는 두 번째는 놓치지 않을 것이다. 그의 침착한 태도 속에는 그녀를 구역질 나게 하는 의기양양한 결의가 도사리고 있었다. 그것은 그 범죄를 재촉하는 결과밖에 안 될 것이다. 그는 이 자리에서 나를 살해한 다음, 딕 윈디퍼드에게 태연하게 전화를 걸어 갑자기 나가 봐야 할 일이 생겼다고 둘러댈 것이다.

오! 만일 딕 윈디퍼드가 오늘 저녁 집에 오기만 한다면. 만일 딕이……

갑자기 어떤 생각이 그녀의 마음을 스쳐 지나갔다. 그녀는 남편이 혹시 자기의 마음을 읽을까 봐 두려운 듯이 그를 곁눈으로 날카롭게 보았다. 계획을 세우고 나니, 그녀는 용기가 났다. 그녀는 스스로도 놀랄 만큼 태도가 완전히 자연스러워졌다. 그녀는 제럴드가 이제 아주 안심하고 있다는 것을 느꼈다.

그녀는 커피를 끓여 날씨가 좋은 저녁이면 그들이 종종 앉곤 했던 현관으로 그것을 날라다 놓았다.

"참 그리고, 우리 조금 있다가 사진 작업을 시작해야 해."

제럴드가 불쑥 말했다.

앨릭스는 오싹한 전율을 느꼈지만 태연하게 대꾸했다.

"당신 혼자 하면 안 돼요? 나는 오늘 밤 좀 피곤해서 그래요."

"오래 걸리지 않을 거야." 그는 미소를 지었다.

"그리고, 그다음에는 피곤한 일이 없을 거라고 내가 약속하지."

그 말이 그에겐 재미있는 모양이었다. 앨릭스는 몸서리를 쳤다. 지금이 아니면 자신의 계획을 실행할 시간은 결코 오지 않을 것이다.

그녀가 일어섰다.

"정육점 주인에게 전화를 좀 해야겠어요." 그녀가 태연하게 말했다.

"당신은 일부러 움직이실 필요 없어요."

"정육점 주인에게? 이 늦은 시간에?"

"물론 가게 문은 벌써 닫았을 거예요. 그러나 집에는 분명히 있을 거예요. 내일이 토요일이니까, 다른 사람이 사가기 전에 일찌감치 얇게 저민 송아지 고기를 좀 갖다 달라고 해야겠어요. 그 노인네는 나를 위해서라면 무슨 일이든 할 거예요."

그녀는 재빨리 집으로 들어가서 문을 닫았다.

제럴드가, "문 닫지 마." 하고 말하는 소리가 들리자, 그녀는 재빨리 가볍게 받아넘겼다.

"그래야 나방이 안 들어오죠. 나는 나방이 싫어요. 내가 정육점 주인과 연애라도 할까 봐 걱정하는 거예요, 바보같이?"

일단 안에 들어가자 그녀는 전화 수화기를 확 잡아채고서 트래블러스 암스 여인숙의 전화번호를 댔다. 전화는 금방 연결되었다.

"윈디퍼드 씨 계세요? 아직 거기 계신가요? 그를 좀 바꿔 주시겠어요?"

그때 그녀의 심장이 신물이 날 정도로 쿵 하고 뛰었다. 문이 열리더니 그녀의 남편이 홀로 들어왔다.

"나가세요, 제럴드 전화할 때 누가 듣는 건 싫어요."

그녀가 토라지며 말했다.

그는 그저 웃기만 하고 의자에 털썩 주저앉았다.

"정말 정육점 주인한테 전화하는 게 확실한 거야?"

그는 뚫어지게 쳐다보았다.

앨릭스는 절망했다. 그녀의 계획이 수포로 돌아가고 말았다.

잠시 뒤면 딕 윈디퍼드가 전화를 받을 것이다. 위험을 무릅쓰고 도와달라고 소리 소리칠까? 제럴드가 전화를 비틀어 빼앗기 전에 그가 내 말을 알아들을 것인가? 아니면, 단지 못된 장난이라고만 생각해 버릴까?

그런데 그녀는 들고 있는 수화기에 달린, 목소리를 상대방에게 들리게도 안 들리게도 할 수 있는 조그만 전건(電鍵)을 초조하게 잠갔다 풀었다 하다가, 문득 다른 생각이 떠올랐다.

'어려울 거야.' 그녀는 생각했다.

'그렇게 하려면 침착하게 적절한 말들을 생각해내고, 한순간도 말을 더듬으면 안 돼. 하지만 나는 할 수 있을 거야. 나는 해야만 해.'

그리고 바로 그 순간 딕 윈디퍼드의 목소리가 수화기에서 들려왔다.

앨릭스는 심호흡을 했다. 그런 다음 전건을 확 누르고 말했다.

"나이팅게일 커티지 별장의 마틴 부인이에요. 내일 아침에 얇게 저민 송아지 고기 좋은 것으로 여섯 장만 가져와 주세요. '아주 중요해요'(그녀는 전건을 풀었다) 정말 고마워요, 헥스워디 씨, 너무 늦게 전화를 걸어 실례가 안 되었는지 모르겠군요. 하지만 그 송아지 고기를 정말(그녀는 다시 전건을 눌렀다) '생사에 관계되는'(전건을 풀었다) 문제예요……. 꼭이요. 내일 아침(전건을 눌렀다) '가능한 한 빨리요'(전건을 풀었다)……."

그녀는 수화기를 제자리에 걸고 숨을 몰아쉬며 남편 쪽으로 돌아보았다.

"그래, 당신은 정육점 주인에게 그런 식으로 말한다 이거지?"

제럴드가 말했다.

"여자다운 수법이죠." 앨릭스가 가볍게 말했다.

그녀는 흥분을 참느라 속이 부글부글 끓었다. 그는 아무것도 의심하지 않았다. 딕은 설사 이해하지는 못했다 할지라도 틀림없이 올 것이다.

그녀는 거실로 들어가서 전깃불을 켰다. 제럴드가 그녀의 뒤를 따라왔다.

"당신 갑자기 활기에 가득 차 보이는데."

그는 호기심 어린 눈초리로 그녀를 지켜보았다.

"예, 두통이 사라져 버렸어요." 앨릭스가 말했다.

그녀는 평소에 즐겨 앉던 자리에 앉아서 자기와 마주 보는 의자에 깊숙이 앉아 있는 남편에게 생긋 웃어 보였다. 이제 그녀는 살았다. 시간은 아직 8시 25분밖에 안 되었다. 9시 전에 딕은 도착할 것이다.

"방금 당신이 끓여 준 커피 맛은 별로인 것 같아." 제럴드가 불평했다.

"맛이 너무 쓰던데."

"그건 내가 새로 한번 시도해본 거예요. 당신 마음에 들지 않는다면 다시는 그렇게 만들지 않을게요, 여보."

앨릭스는 바느질감을 집어들고 꿰매기 시작했다. 그녀는 헌신적인 아내 역할을 하는 자신의 능력에 완전히 자신감을 얻었다. 제럴드는 책을 몇 페이지 읽었다. 그런 다음 시계를 힐끗 올려다보더니 책을 밀어붙였다.

"8시 반이군. 지하실에 내려가 작업할 시간이야."

바느질감이 앨릭스의 손가락에서 빠져나갔다.

"오! 아직 안 돼요. 9시까지 기다려요."

"안 돼, 여보. 8시 반에 해야 돼. 그게 내가 정해 놓은 시간이야. 그렇게 되면 당신은 훨씬 더 일찍 잠자리에 들 수 있잖아."

"하지만 나는 9시까지 기다리는 편이 낫겠어요."

"8시 반에 해야 해." 제럴드가 끈질기게 말했다.

"나는 시간을 정하면 항상 그대로 한다는 것을 당신도 알잖아. 따라와, 앨릭스. 나는 이제 1분도 더 기다리지 않겠어."

앨릭스는 그를 올려다보고 자신도 모르게 공포의 물결에 휘말려 들고 있다는 것을 느꼈다.

제럴드의 손은 경련을 일으키고 있었으며, 눈은 흥분으로 빛을 발하고 있었다. 그리고 계속 마른 입술에 침을 바르고 있었다. 그는 이제 더 이상 자신의 흥분을 감추려고 하지 않았다.

앨릭스는 이렇게 생각했다.

'그건 사실이야. 이 사람은 기다리지 못해. 꼭 미친 사람 같아.'

그는 그녀에게 성큼성큼 걸어오더니, 어깨에 손을 얹고서 그녀를 홱 일으켰다.

"따라와, 여보. 그렇지 않으면 내가 당신을 끌고 가겠어."

그의 어조는 쾌활했지만, 그 뒤에는 그녀를 소름끼치게 하는 잔인함을 공공연히 드러내고 있었다. 그녀는 있는 힘을 다해 몸을 홱 빼내 움츠린 채 벽에 착 달라붙었다. 그녀는 힘이 없었다. 도망칠 수도 없었다. 그녀는 아무것도 할 수 없었다. 그리고 그는 그녀를 향해 다가오고 있었다.

"자, 앨릭스―."

"싫어요, 싫어."

그녀는 소리를 지르며, 그를 막기 위해 손을 무기력하게 내밀었다.

"제럴드―, 멈춰요. 당신에게 할 말이 있어요, 고백할 일이……."

그는 멈췄다.

"고백한다고?" 그는 호기심을 느끼는 듯이 말했다.

"예, 고백할 일이 있어요"

그녀는 그의 관심을 붙들어 두기 위해 필사적으로 계속했다.

"당신에게 이미 말했어야 할 일이에요."

경멸하는 표정이 그의 얼굴을 휩쓸었다. 그 주문(呪文)이 깨지고 말았다.

"옛 애인 이야기겠군." 그가 빈정거리며 말했다.

"아뇨─." 앨릭스가 말했다.

"다른 이야기예요. 당신은 그것을 아마도─예, 당신은 그것을 범죄라고 말할 거예요."

그러고 나서 곧 그녀는 자기가 말을 제대로 했다는 것을 알았다. 다시 그의 주의를 끌었던 것이다. 그것을 보고 그녀는 다시 용기를 얻었다. 그녀는 한 번 더 위기를 모면했다는 것을 느꼈다.

"다시 앉는 게 좋겠어요." 그녀가 침착하게 말했다.

그녀는 방을 가로질러 자기 의자로 가서 앉았다. 그녀는 몸을 굽혀 바느질감을 집어들기까지 했다. 그러나 그녀의 침착한 태도 이면에서 그녀는 열심히 생각하며 이야기를 꾸며내고 있었다. 구조될 때까지 꾸며낸 이야기로 그의 관심을 붙들어 두어야만 했기 때문이다.

"당신에게 내가 15년 동안 속기 타이피스트로 일해 왔다고 말했죠? 그건 전적으로 사실은 아니에요. 사실은 두 번의 공백기가 있었어요. 첫 번째는 내가 스물두 살 때였죠. 나는 한 남자를 만났는데, 재산이 약간 있는 나이가 많은 사람이었어요. 그는 나를 사랑했고, 내게 결혼하자고 했어요. 나는 그것을 받아들여 우리는 결혼했죠." 그녀는 잠깐 멈췄다.

"나는 그를 꾀어 나한테 지급되도록 그에게 생명보험을 들게 했어요."

그녀는 남편의 얼굴에 갑자기 민감한 흥미가 솟아오르는 것을 보고, 다시 자신감을 얻어 계속 말을 이어나갔다.

"전쟁이 일어나는 동안 나는 병원 시약소에서 잠시 일했어요. 거기에서 별의별 희귀한 약품과 독약을 다 만져 보았죠. 예, 독약도요."

그녀는 돌이켜보는 듯이 말을 멈췄다. 그는 이제 굉장히 많은 흥미를 느끼고 있었으며, 그것을 전혀 의심하지 않았다. 살인자는 살인에 관심을 둘 수밖에 없을 테니까. 그녀는 그 점에 모험을 걸었는데, 다행히 성공했다.

그녀는 시계를 슬쩍 훔쳐보았다. 8시 35분이었다.

"독약을 하나 가지고 있었는데─그건 하얀 분말이죠. 조금만 먹어도 죽는 것이었어요. 당신은 독약에 대해 좀 알고 있겠죠?"

그녀는 다소 걱정을 하며 그 질문을 했다. 만일 그가 안다면, 조심해야 했던 것이다.

"아니, 나는 그것에 대해서는 거의 아는 바가 없소." 제럴드가 말했다.

그녀는 안도의 숨을 내쉬었다. 그러면 그녀의 일이 좀더 쉬워진다.

"히오스신(동공확장제)에 대해서는 물론 들어보았겠죠? 이것은 그것과 거의 같은 식으로 작용하는 약품이지만, 절대로 알아낼 수가 없어요. 어떤 의사라도 심장마비라고 진단서를 작성할 거예요. 나는 그 약을 소량 훔쳐서 가지고 있었죠."

그녀는 자신의 힘을 집결시키느라고 잠시 멈췄다.

"계속해 봐." 제럴드가 말했다.

"아뇨, 두려워요. 당신에게 말할 수 없어요. 다른 때 하겠어요."

"지금 해." 그가 성급하게 말했다.

"나는 듣고 싶어."

"우리가 결혼한 지 한 달이 지났어요. 나는 나이 많은 남편에게 아주 친절하고 헌신적으로 잘해 주었어요. 그는 온 동네 사람들에게 내 칭찬을 했어요. 내가 얼마나 헌신적인 아내였는가는 모두들 알고 있었죠. 나는 저녁마다 그에게 커피를 직접 끓여 주었어요. 어느 날 저녁 우리 둘밖에 없었을 때, 나는 그의 잔에다 그 치명적인 알칼로이드를 조금 집어넣었죠."

앨릭스는 말을 멈추고, 조심스럽게 바늘에 실을 다시 꿰었다. 그녀는 일생 동안 연기라곤 해본 적이 없었지만, 지금 이 순간만큼은 세계에서 가장 위대한 여배우에게도 뒤지지 않았다. 그녀는 냉혹한 독살범의 역할을 해내고 있었다.

"매우 평화로웠어요. 나는 그를 지켜보며 앉아 있었죠. 한번 그는 숨을 헐떡이더니 바람을 쐬게 해달라고 하더군요. 나는 창문을 열어 주었죠. 그랬더니 그는 의자에서 움직이지 못하겠다고 했어요. 그리고 곧 그는 죽었죠."

그녀는 미소를 지으며 말을 멈췄다.

8시 45분이었다. 그들은 이제 곧 올 것이다.

"보험금이 얼마나 되었지?" 제럴드가 말했다.

"약 2천 파운드쯤이었어요. 나는 투기를 했다가 그 돈을 모두 날려 버렸죠.

그래서 다시 사무실에서 일했어요. 그러나 결코 오래 있을 생각은 없었죠. 그때 나는 다른 남자를 만났어요. 나는 사무실에서 결혼 전 성을 계속 사용했어요. 그래서 그는 내가 결혼한 경험이 있다는 것을 몰랐죠. 그는 꽤 잘생긴 젊은 남자였는데 상당한 부자였어요. 우리는 서섹스에서 조용히 결혼식을 올렸죠. 그는 자기의 생명보험을 들고 싶어하지 않았지만, 내게 유리하게 유언장을 만들었어요. 그는 첫 번째 남편과 마찬가지로 내가 자기 커피를 직접 끓여 주길 원했어요."

앨릭스는 회심의 미소를 지으며 짤막하게 덧붙였다.

"나는 커피를 무척 맛있게 만들거든요." 그런 다음 그녀가 계속했다.

"나는 우리가 살고 있던 마을에 여러 명의 친구가 있었는데, 어느 날 저녁 식사를 하고 난 뒤 내 남편이 갑작스럽게 심장마비로 죽게 되자, 그들은 나를 무척이나 가엾게 여겼답니다. 그런데 그때 의사는 정말 마음에 들지 않았어요. 그가 나를 의심했다고 생각하지 않지만, 남편의 갑작스러운 죽음에 그는 몹시 놀라워했거든요. 내가 왜 다시 사무실로 되돌아갔는지는 정말 모르겠어요. 습관인 것 같아요. 나의 두 번째 남편은 약 4천 파운드를 남겼어요. 나는 이번에는 투기하지 않았어요. 투자를 했죠. 그런 다음, 아시다시피……."

그러나 그녀의 말은 방해를 받았다.

제럴드 마틴은 얼굴이 시뻘게진 채 거의 질식할 것처럼 헉헉거리면서 둘째 손가락을 벌벌 떨며 그녀를 가리켰다.

"그 커피ㅡ, 이럴 수가! 그 커피에!"

그녀는 그를 빤히 쳐다보았다.

"맛이 왜 썼는지 이제야 알겠군. 이 악마! 네가 나에게 독약을 먹이다니!"

그는 손으로 의자의 팔걸이를 꽉 붙잡았다. 그는 금방이라도 그녀에게 달려들 태세였다.

"네가 나에게 독약을 먹였어!"

앨릭스는 뒷걸음질치며 벽난로까지 나아갔다. 이제 겁에 질린 그녀는 부정하려고 입을 열다가 그만 멈췄다. 1분만 더 있으면 그가 덤벼들 것이다.

그녀는 있는 힘을 다해 버티고 있었다. 그녀는 그의 눈을 뚫어지게 꼼짝하지 못할 정도로 쳐다보았다. 그녀가 말했다.

"예, 내가 당신에게 독약을 먹였어요. 이미 그 약은 작용하고 있고요. 지금 당신은 의자에서 일어나지 못해요. 당신은 움직일 수 없다고요."

만일 그녀가 그를 거기에 붙들어 둘 수만 있다면―단 몇 분만이라도.

아! 무슨 소리지? 길에서 발걸음 소리, 대문이 삐걱하는 소리, 그런 다음 바깥의 작은 길에서 들리는 발걸음 소리, 홀의 문이 열렸다.

"당신은 움직일 수 없어요." 그녀가 말했다.

그런 다음 그녀는 그를 살짝 스쳐지나 곧장 그 방에서 달려나가서 거의 까무러치듯이 딕 윈디퍼드의 팔에 쓰러졌다.

"아! 앨릭스!" 그가 외쳤다.

그러더니 함께 온, 키가 크고 건장한 체구의 경찰복 차림을 한 사람에게 말했다.

"가서 저 방에 무슨 일이 일어났는지 살펴보시오."

그는 앨릭스를 소파 위에 조심스럽게 눕히고 그녀에게 몸을 굽혔다.

"앨릭스" 그가 말했다.

"가엾은 앨릭스. 저자가 당신에게 무슨 짓을 한 거요?"

그녀는 눈을 깜박이며 입으로는 그의 이름만 중얼거릴 뿐이었다.

딕이 착잡한 생각에 잠겨 있을 때 경찰관이 그의 팔을 건드렸다.

"방에는 의자에 앉아 있는 어떤 남자밖에는 아무도 없습니다. 그런데 그 사람은 굉장히 놀란 것처럼 보입니다. 그리고……."

"뭡니까?"

"그 사람은 죽었습니다."

그들은 앨릭스의 목소리를 듣고 깜짝 놀랐다. 그녀는 마치 어떤 꿈속에서처럼 말했다.

"그리고 곧……." 그녀는 마치 어떤 것에서 인용하는 것처럼 말했다.

"그는 죽었어요"

우연한 사고

"그리고 이건 분명히 말해 두겠는데 틀림없이 같은 여자일세!"

헤이독 대령이 자기 친구의 간절하고 열성적인 얼굴을 들여다보고 한숨을 쉬었다.

그는 에번스가 그렇게 기쁨에 넘쳐서 단정을 짓지 말았으면 했다. 직업상 오랜 세월을 바다에서 보낸 동안에 노함장은 자신과 관련이 없는 일이면 그냥 내버려두라는 교훈을 얻었다. 전검찰국 수사과 경감이었던 그의 친구 에번스는 좀 다른 인생철학을 가지고 있었다. '주어진 정보에 따라 행동하라'라는 것이 젊은 시절의 그의 좌우명이었으나, 그동안 그것을 그 자신의 정보를 찾아내라는 정도로까지 개선했다.

에번스 경감은 아주 유능하고 빈틈없는 사람이었으므로 그 지위도 정당하게 얻은 것이었다. 그가 경찰에서 은퇴하여 꿈에 그리던 시골집에 정착한 지금까지도 그의 직업적인 본능은 여전히 활발했다.

"종종 얼굴이 생각나지 않을 때도 있지." 그가 의기양양하게 되풀이했다.

"앤터니 부인이야. 그래, 분명히 앤터니 부인이라니까. 자네가 메로든 부인이라고 말했지만 나는 대번에 그녀를 알아보았다네."

헤이독 대령은 걱정스러워졌다.

메로든 부부는 에번스를 제외하고는 그의 가장 가까운 이웃이었기 때문에, 메로든 부인을 그 유명한 사건의 여주인공이라고 하는 것이 그에게는 괴로운 일이었다.

"그건 오래전 일이야." 그가 좀 가냘프게 말했다.

"9년 전일세." 에번스가 변함없이 정확하게 말했다.

"9년하고 3개월 전이야. 자네, 그 사건 기억하나?"

"어렴풋이."

"앤터니는 비소를 상용(常用)하는 사람으로 밝혀졌지. 그래서 그들이 그녀를 석방한 걸세." 에번스가 말했다.

"그런데, 왜 그들이 그렇게 해서는 안 되나?"

"안 될 이유가 전혀 없었지. 그들은 증거에 입각하여 평결을 내린 것뿐이니까. 지극히 옳은 일이지."

"그렇다면, 된 걸세." 헤이독 대령이 말했다.

"대체 우리가 무슨 일로 신경을 곤두세우는 건지 모르겠군."

"누가 신경을 곤두세운단 말인가?"

"자네가 말이야."

"천만에."

"그건 이미 다 끝난 일일세." 대령이 간단하게 말했다.

"만일 메로든 부인이 정말 불행하게도 자기 일생 중 한때에 살인죄로 재판을 받고 석방된 경험이 있다면."

"석방된 것이 그저 불행하다고 간주할 일은 아니지." 에번스가 끼어들었다.

"내 말이 무슨 뜻인지 알 걸세." 헤이독 대령이 흥분하여 말했다.

"만일 그 가엾은 부인이 그렇게 비참한 경험을 했다면, 우리가 나서서 그것을 꼬치꼬치 캐낼 필요는 없지 않은가?"

에번스는 대답하지 않았다.

"자 에번스, 그 부인은 무죄였어. 자네도 방금 그렇게 말했잖나."

"나는 그녀가 무죄라고 말하지 않았네. 그녀가 석방되었다고 했을 뿐이지."

"그건 마찬가지야."

"항상 그렇지는 않네."

헤이독 대령은 의자 옆에다 담배 파이프를 똑똑 두드리기 시작하다가 멈추고 정신이 바짝 나는 듯이 똑바로 앉았다.

"이봐—이봐, 이봐." 그가 말했다.

"그쪽에서 냄새가 나는구먼, 그렇지? 자네는 그녀가 무죄라고 생각하지 않는 거지?"

"꼭 그렇다고 말하지는 않았네. 나는 다만 알 수 없을 뿐이야. 앤터니는 비소를 복용하는 버릇이 있었네. 그의 아내가 그에게 그것을 구해 주었지. 그런데 어느 날 그는 실수로 너무 많은 양을 복용한 걸세. 그 실수가 그의 아내의 잘못이었을까? 그건 아무도 말할 수 없었으며, 배심원들도 미심쩍은 점을 그녀에게 유리하도록 아주 훌륭하게 해석해 주었지. 그건 좋아. 나는 그것을 비난하는 게 아닐세. 그렇지만 나는 알고 싶다네."

헤이독 대령은 다시 한 번 더 자기의 담배 파이프로 주의를 돌렸다.

"어쨌든, 그건 우리가 상관할 일이 아닐세." 그가 느긋하게 말했다.

"나는 그다지 확신할 수가 없어."

"하지만, 분명히."

"잠깐 내 말을 들어보게. 이 메로든이라는 사람 말일세. 어제저녁 자기 실험실에서 실험한다고 뭔가를 만지작거리고 있다가—자네도 기억하겠지만."

"그래. 그는 비소에 대한 마르시 시험(비소와 안티몬의 검출법)을 한다고 했지. 그리고 자네가 그것에 대해 모두 알고 있을 거라고 했네. 그건 자네 전문이었으니까. 그리고 낄낄 웃었지. 만일 그가 한순간이라도 그렇게 생각했다면 그런 말을 하지는……"

에번스가 끼어들었다.

"자네 말은 만일 그가 알고 있었다면 그런 말을 하지 않았을 거라는 이야기로군. 그들은 결혼한 지 얼마나 되었지? 6년이 되었다고 했던가? 장담하건대, 그는 자기 아내가 한때 유명했던 앤터니 부인이라는 것을 전혀 모르고 있을 거야."

"그리고 확실히 그는 나한테서도 그 이야기를 못 들을 걸세."

헤이독 대령이 완고하게 말했다.

에번스는 그 말에 개의치 않고 계속해서 말했다.

"자네가 방금 내 말을 가로막았는데, 마르시 실험을 하고 난 뒤, 메로든은 시험관 안에 들어 있는 어떤 물질을 가열하여 그 금속성 침전물을 물에 녹인 다음, 질산은을 첨가하여 그것을 침전시켰지. 그건 염소간염에 대한 실험이었다네. 간단하고 대단찮은 실험이지. 그런데 나는 우연히 그 탁자 위에 펼쳐져 있던 책에서 이런 글을 읽었다네. '황산에 CL_{204}를 넣으면 염소산염을 변질시킨다. 만일 열을 가하면 격렬하게 폭발하므로, 그 혼합물은 저온에서 보관해야 하며 아주 소량만 사용해야 한다.'라고 씌어 있었지."

헤이독 대령은 자기의 친구를 빤히 쳐다보았다.

"그래서, 그게 어쨌다는 건가?"

"바로 이걸세. 나도 직업상 여러 가지 실험을 해보았지. 살인에 대한 실험 말일세. 그런데 그 사실들을 이용하는 방법이 있다네. 편견과 증인들의 일반적인 부정확성을 참작하면서 그것들의 무게를 달아 그 침전물을 자세히 조사해보는 것이지. 그리고 살인에 대한 실험이 또 한 가지 있다네. 아주 정확하지만, 좀 위험하지! 살인자는 한 번의 범죄로는 거의 만족하지 않는 법이지.

그에게 시간을 주고, 또 아무도 의심하지 않게 되면 그는 또 살인을 저지르고 만다네. 여기 한 사람이 있다고 치세. 그 사람은 자기 아내를 죽였던가, 아니면 죽이지 않았네. 상황이 그에게 그리 불리하지 않을 수도 있겠지. 그의 과거를 조사해 보세. 만일 그가 여러 명의 아내를 가졌었다는 것을 발견한다면, 그리고 그들이 모두 죽었다고 해볼까. 좀 이상하겠지? 그렇다면 자네는 알게 될 걸세! 하지만 지금 나는 법적으로 말하는 건 아닐세. 나는 도덕적인 확실성을 말하는 거라네. 일단 자네가 확신하게 된다면, 증거를 찾으며 나갈 수 있지 않을까?"

"그래서?"

"이제 요점에 다가가고 있네. 그 사람에게 조사해 볼 과거라도 있다면 괜찮지. 그러나 그 살인범이 저지른 범죄가 그의, 또는 그녀의 첫 번째 범죄라면? 그렇다면 그 실험은 아무런 반응을 얻지 못하는 것이 되고 말 걸세. 그 범인은 석방되어 다른 이름으로 버젓이 인생을 시작하게 된다네. 그 살인범이 다시 살인을 저지를까, 저지르지 않을까?"

"끔찍한 생각이군."

"자네는 그래도 여전히 그게 우리가 상관할 일이 아니라고 할 텐가?"

"그렇다네. 자네는 메로든 부인이 완전히 결백한 여인이라고 밖에는 달리 생각할 이유가 없어."

에번스 경감은 잠시 침묵했다. 그런 다음 천천히 이렇게 말했다.

"나는 자네에게 우리가 그녀의 과거를 조사해 보았으나, 아무것도 발견하지 못했다고 말했지. 그건 전혀 사실이 아니라네. 의붓아버지가 있었어. 18세 소녀일 때 그녀는 어떤 청년을 좋아했었지. 그런데 의붓아버지가 그들을 떼어놓으려고 권위를 행사한 거야. 어느 날 그녀와 의붓아버지는 좀 위험한 벼랑을 따라 걷고 있었지. 거기에서 우연한 사고가 있었네. 의붓아버지는 그 가장자리에서 굴러 떨어져 숨졌다네."

"자네는 설마—"

"그것은 우연한 사고였지. 우연한 사고였다고! 앤터니가 비소를 너무 많이 먹은 것도 우연한 사고였어. 만일 거기에 다른 사람이 있었다는 사실만 없었더라도 그녀는 결코 재판을 받지 않았을 걸세. 그렇지만 그는 태도를 바꾸고 말았지. 배심원들은 만족했을지라도 그는 만족스럽지 못한 것처럼 보였다네. 분명히 말해 두지만, 헤이독, 나는 그 여자가 있는 곳에서 또 다른 사고가 발생할까 봐 두려운 것이라네!"

노함장은 어깨를 움츠렸다.

"그렇다면, 자네가 어떻게 그것을 방지하겠다는 건지 모르겠군."

"나로 모르겠어." 에번스가 슬프게 말했다.

"나는 그냥 내버려두겠네." 헤이독 대령이 말했다.

"다른 사람들의 일에 간섭해 보았자 좋을 건 하나도 없으니까."

그러나 그 충고는 은퇴한 경감에게 맞지 않았다. 그는 인내력을 가지고 있으면서도 단호한 사람이었다. 친구와 헤어진 그는 마을로 어슬렁어슬렁 걸어가며, 마음속으로는 어떻게 하면 성공적으로 처리할 수 있을까를 궁리하고 있었다.

우표를 몇 장 사려고 우체국으로 들어가다가, 그는 자기가 걱정하고 있던 대상인 조지 메로든과 맞부딪쳤다. 화학 교수 출신인 그는 키가 작고 꿈꾸는 듯이 보이는 사람으로, 태도는 상냥하고 친절했으나, 평상시에 보면 완전히 얼이 빠진 것 같았다. 그는 에번스를 알아보고는 상냥하게 인사하며, 부딪칠 때 바닥에 떨어뜨렸던 편지들을 주우려고 허리를 굽혔다.

에번스도 허리를 굽히고 그 사람보다 더 빠른 동작으로 그 편지들을 주워 사과하며 건네주었다. 그렇게 하면서 그는 그것들을 슬쩍 보았는데, 맨 위에 적힌 주소를 보고 그는 모든 의심이 온통 새롭게 되살아남을 느꼈다. 그것은 유명한 보험회사의 이름이었던 것이다.

즉시 그의 마음은 결정되었다. 순진한 조지 메로든은 어떻게 해서 자신이 은퇴한 경감과 함께 마을로 걸어가고 있는지를 거의 깨닫지 못했으며, 더군다나 화제가 어떻게 해서 생명보험 쪽으로 흐르게 되었는지도 모르고 있었다.

에번스는 자신의 목적을 달성하는데 아무런 어려움도 겪지 않았다. 메리든은 자기 아내에게 이익이 되도록 자신의 생명보험을 들었다는 이야기를 자발적으로 했으며, 그 보험회사에 대한 에번스의 의견을 물었다.

"나는 좀 어리석은 투자를 했습니다." 그가 설명했다.

"그 결과, 수입은 감소하고 말았죠. 만일 내게 무슨 일이 생긴다면, 아내는 몹시 궁핍해질 겁니다. 이 보험이 그런 문제를 해결해 줄 겁니다."

"부인은 그 생각에 반대하지 않으셨나요?"

에번스가 지나가는 말투로 물었다.

"어떤 부인들은 그렇지 않습니까? 그렇게 하면 재수가 없다든가 하는 이유로 말입니다."

"오, 마가렛은 아주 현실적이죠." 메로든이 웃으며 말했다.

"미신 따위에는 전혀 사로잡히지 않아요. 사실, 내가 믿기에는 그것도 원래는 그녀의 생각이었던 것 같습니다. 그녀는 내가 너무 걱정하는 것을 좋아하지 않아요."

에번스는 자기가 원하는 정보를 입수했다. 그는 그런 다음 바로 메로든과 헤어졌는데, 입술은 굳게 꽉 다물고 있었다. 죽은 앤터니 씨는 그가 자기 아내에게 이익이 되도록 생명보험을 든 지 2~3주 만에 죽었다.

자기의 직관에 의존하는 버릇이 있었던 그는 이제 마음속으로 완전히 확신하고 있었다. 그러나 어떻게 행동하느냐 하는 것이 문제였다. 그가 원하는 것은 범인을 현행범으로 체포하는 것이 아니라 범죄가 저질러지기 전에 막는 것이었으므로, 그건 아주 다르고도 훨씬 더 어려운 일이었다.

온종일 그는 생각에 깊이 빠져 있었다. 그날 오후 그 지방 광장에서 취란화단(벤자민 디즈레일리를 추모하여 1883년에 결성된 보수당의 단체) 축제가 열렸는데, 그는 거기에 가서 페니 딥에 빠지기도 하고 돼지 한 마리의 무게를 알아맞히기도 하고 코코넛에 돌 던지기도 했으나, 표정은 시종일관 멍하니 다른 곳에 집중되어 있었다. 그는 심지어 '자라'라는 수정 점쟁이에게 2실링을 내고 점을 보기까지 했다. 그러면서 공직에 있을 때 점쟁이들을 몰아내고자 했던 자신의 활동이 기억나서 혼자 슬그머니 미소를 짓기도 했다.

그는 어떤 문장의 끝 부분이 자기의 관심을 끌기 전까지는 그녀의 염불조의 단조로운 목소리에 그다지 주의를 기울이지 않았다.

"그리고 당신은 이제 곧(정말 이제 바로), 어떤 생사의 문제에 말려들 것이오. 한 사람이 사느냐 죽느냐 하는 문제에 말이오."

"어, 그게 무슨 소리요?" 그가 불쑥 물었다.

"결정을, 당신은 결정해야 할 일이 있어요. 아주 조심해야 될 거요. 아주, 아주 조심해야 돼요. 만일 당신이 실수한다면, 아주 조그만 실수일지라도……."

"그럼 어떻게 됩니까?"

그 점쟁이는 몸을 와들와들 떨었다. 에번스 경감은 그게 모두 허튼소리라는 것을 알고 있었지만, 그래도 영향을 받았다.

"당신에게 경고하겠는데, 당신은 실수를 저질러서는 안 돼요. 만일 그렇게 하면, 그 결과는 보나마나 죽음이오."

묘하군, 너무나 묘해! 죽음이라니. 그녀가 그것을 알아내다니!

"내가 실수를 하면 죽음으로 끝난다고요? 그 말이오?"

"그래요."

"그렇다면, 내가 실수를 하면 안 되겠군요?"

이렇게 말하고 일어서며 에번스는 2실링을 건네주었다.

그는 아주 가볍게 말했지만, 점쟁이 텐트에서 나올 때 그의 턱은 매우 굳어져 있었다. 말하기는 쉬워도 확실하게 행동하기란 그리 쉽지 않았다. 그는 실수를 해서는 안 된다. 한 생명이, 한 귀중한 인간의 생명이 자기에게 달려 있다.

게다가 그를 도와줄 사람은 아무도 없다. 그는 멀찌감치 친구 헤이독의 모습을 보았다. 그에게서도 도움을 구할 수는 없었다. '그대로 내버려 두라'는 것이 헤이독의 좌우명이었다. 그러니 그것이 여기에서는 소용되지 못할 것이다.

헤이독은 어떤 여자와 말을 하고 있었다. 그녀가 그를 떠나 자기 쪽으로 올 때, 에번스는 그녀를 알아보았다. 메로든 부인이었다. 충동적으로 그는 일부러 그녀가 지나가는 길목에 서 있었다.

메로든 부인은 아름답게 생긴 여자였다. 평온함이 깃든 넓은 이마에 무척이나 아름다운 갈색 눈과 침착한 표정을 지니고 있었다. 이탈리아의 성모 마리아 같은 외모를 지닌 그녀는 가운데 가르마를 타서 귀 위로 고리를 만든 머리형 때문에 더욱더 그렇게 보였다.

그녀는 굵고 좀 졸리는 듯한 목소리를 지니고 있었다. 그녀는 에번스를 보고 반갑고 만족스러운 듯한 미소를 지었다.

"당신인 줄 알았습니다. 앤터니 부인—아니, 메로든 부인."

그는 유창하게 말했다. 그는 일부러 그런 실수를 해놓고는 시치미를 떼고 그녀를 지켜보았다. 그는 그녀의 눈이 휘둥그레지는 것을 보았으며, 호흡이 순간적으로 빨라지는 소리를 들었다. 그러나 그녀의 눈은 머뭇거리지 않았다.

그녀는 침착하고도 당당하게 그를 응시했다.

"남편을 찾고 있는 중이었어요. 혹시 그이를 보지 못하셨나요?"

그녀가 조용하게 말했다.

"조금 전에 저쪽에서 보았는데요."

그들은 조용하고 유쾌하게 잡담을 하며 나란히 그 방향으로 갔다.

경감은 점점 더 감탄스러움을 느꼈다. 이 얼마나 대단한 여자인가! 얼마나 자제력이 강한가! 얼마나 놀라운 침착성인가! 감탄할만한 여자다. 그리고 아주 위험한 여자야. 확신하건대, 대단히 위험한 여자이리라.

그는 여전히 아주 불안한 상태였지만, 첫 번째 단계에는 만족했다. 그녀에게 그가 자기를 알아보았다는 것을 알게끔 한 것이다. 그것만으로도 그녀는 경계하게 될 것이다. 그녀는 감히 분별없는 짓을 시도하지는 못할 것이다. 이제 메로든에 대한 문제가 남았다. 만일 그에게 경고해 줄 수만 있다면.

그들은 그 자그마한 사람이 페니 딥에서 자기의 몫으로 떨어진 중국 인형 하나를 멍하니 골똘하게 쳐다보는 것을 발견했다. 그의 아내가 집으로 가자고 말하자, 그는 쾌히 그러자고 했다.

메로든 부인은 그 경감에게 말했다.

"우리와 함께 돌아가서 조용히 차 한 잔 들지 않겠어요, 에번스 씨?"

그녀의 목소리에 어렴풋이 도전하는 듯한 기색이 있었던가? 그는 그렇다는 생각이 들었다.

"감사합니다, 메로든 부인. 기꺼이 그렇게 하죠."

그들은 유쾌하게 일상적인 일들을 이야기하며 그곳으로 걸어갔다.

햇빛은 반짝이고 산들바람이 부드럽게 불고 있었으며, 그들을 둘러싼 모든 것들이 유쾌하고 평범했다.

그들의 아름다운 유럽풍의 시골집에 도착했을 때 메로든 부인은 하녀가 축제를 보러 나가고 없다고 설명했다. 그녀는 자기 방으로 가서 모자를 벗고 돌아와서 차를 꺼내어 조그마한 은 램프에 주전자를 얹고 끓였다.

그녀는 벽난로 가까이에 있는 한 선반에서 작은 중국인 찻잔과 받침 접시를 세 개씩 꺼냈다.

"우리는 아주 특별한 중국차를 가지고 있답니다." 그녀가 설명했다.

"그리고 그것을 마실 때는 항상 중국식으로 하죠. 보통 찻잔이 아닌 중국식 찻잔에다 담아서요."

그녀는 말을 멈추고 찻잔 안을 들여다보더니 짜증을 내며 다른 것으로 바꿨다.

"조지, 정말 너무해요. 또 이 찻잔을 쓰셨죠?"

"미안해, 여보." 그 교수가 사과하며 말했다.

"그게 딱 좋은 크기란 말이야. 내가 주문한 것들이 아직 오지를 않았소."

"이러다가는 당신이 우리 모두를 독살하겠어요."

그의 아내가 웃으며 말했다.

"메리는 이 잔을 실험실에서 발견하면 여기로 다시 가져와서, 그 안에 특별히 눈에 띄는 것이 묻어 있지 않는 한 결코 다시 씻지 않는단 말이에요. 게다가, 당신은 요 전날 이 그릇에다 청산가리까지 넣었잖아요. 정말, 조지, 너무 위험한 일이에요."

메로든은 약간 성이 난 것 같았다.

"메리가 실험실에서 물건을 가져갈 리가 없을 텐데. 거기에 있는 어떤 것도 손을 대면 안 돼요."

"하지만 우리는 가끔 차를 마신 뒤 거기에다 찻잔을 두고 나오잖아요. 그러니 그녀가 어떻게 알겠어요? 이치를 따져 보세요, 여보."

교수가 혼자서 뭐라고 중얼거리며 실험실로 들어가자, 메로든 부인은 미소를 띤 채 차에다 끓는 물을 따른 다음, 조그만 은 램프의 불을 훅 불어 껐다.

에번스는 혼란스러웠다. 그렇지만 희미한 빛이 그에게 스며들었다.

이러저러한 이유로 메로든 부인은 생각을 내보이고 있었다. 이것이 그 '사고'가 될 것인가? 그녀는 자신의 알리바이를 미리 준비하기 위해서 일부러 그런 이야기를 하고 있는 것은 아닐까? 그래서 언젠가 그 '사고'가 일어나면 그는 그녀에게 유리한 증언을 하지 않을 수 없게 될 테니까. 그런 거라면 그녀는 어리석은 짓을 하고 있는 것이다. 왜냐하면 그전에—.

갑자기 그는 숨을 들이마셨다. 그녀는 그 차를 세 개의 찻잔에 따라서 하나는 그의 앞에, 하나는 자기 앞에, 나머지 하나는 보통 자기 남편이 앉는 의자 가까이에 있는 난로 옆의 조그만 탁자 위에 얹어 놓았는데, 그녀의 입가에 좀 이상한 미소가 감돈 것은 바로 그녀가 그 마지막 하나를 탁자 위에 얹어 놓을 때였다. 그것은 성공했다는 미소였다.

그는 알고 있었다!

감탄할만한 여자요, 위험한 여자였다. 기다리지도 않고 아무런 준비도 하지 않았다. 오늘 오후, 바로 오늘 여기에 그가 증인으로 있을 때 말이다. 그 뻔뻔스러움에 그는 숨도 제대로 못 쉴 지경이었다.

영리했다. 끔찍스러우리만큼 영리했다. 그는 아무것도 증명해내지 못할 것이다. 그녀는 그가 의심하지 않는다는 것을 믿고 있었다. 그건 단순히 '너무 빨랐기' 때문이었다. 그녀는 생각과 행동이 번개처럼 빠른 여자였다.

그는 숨을 깊이 들이쉰 다음 몸을 앞으로 기울였다.

"메로든 부인, 내가 변덕을 좀 부리는 사람입니다. 내게 친절을 베푸셔서,

내가 변덕을 좀 부리도록 해주시겠습니까?"

그녀는 미심쩍은 표정을 지었지만, 의심은 하지 않는 것 같았다.

그는 일어서서 그녀 앞에 놓인 찻잔을 들고, 작은 탁자로 가서 그 위에 놓인 것과 맞바꾸었다. 그런 다음 그것을 들고 되돌아와 그녀 앞에다 놓았다.

"나는 부인이 이것을 마시는 것을 보고 싶습니다."

그들의 눈이 서로 마주쳤다. 그녀의 눈은 침착하고 깊이를 헤아릴 수가 없었다. 그녀의 얼굴에서 핏기가 천천히 사라졌다.

그녀는 손을 뻗어 그 잔을 들었다.

그는 숨을 죽였다. 만일 그가 처음부터 실수했다면.

그녀는 그것을 입술로 가져갔다. 그러다가 마지막 순간, 몸서리를 치면서 그녀는 몸을 앞으로 기울이고 그것을 재빨리 고사리가 담겨 있는 화분에 부었다. 그런 다음 뒤로 기대어 앉아서 도전적으로 그를 쏘아보았다.

그는 안도의 한숨을 길게 쉬고는 다시 앉았다.

"어쩌시겠어요?" 그녀가 말했다.

그녀의 목소리는 달라졌다. 그건 다소 비웃는 듯했으며 도전적이었다.

그는 그녀의 말에 냉정하고 조용하게 대답했다.

"당신은 매우 영리한 여자요, 메로든 부인. 아마 내 말을 이해할 겁니다. 그건 되풀이되어서는 안 됩니다. 내 말이 무슨 뜻인지 알겠소?"

"당신 말이 무슨 뜻인지 알고 있어요."

그녀의 목소리는 억양 없이 차분했다.

그는 만족한 듯이 머리를 끄덕였다. 그녀는 영리한 여자니까 교수형에 처해지는 것을 원치 않을 터였다.

"당신 부부의 만수무강을 빌면서."

의미심장하게 말하며 그는 차를 입으로 가져갔다.

갑자기 그의 얼굴이 변했다. 그러고는 끔찍하게 일그러졌다.

그는 일어나려고 했다. 소리를 지르려고 애를 썼다. 그의 몸은 뻣뻣해졌으며 얼굴은 자줏빛으로 변했다. 그는 의자 위에 몸을 내던진 채 뒤로 쓰러졌으며 손과 발은 경련을 일으켰다.

메로든 부인은 몸을 앞으로 기울인 채, 그를 지켜보고 있었다. 그녀의 입술에 슬그머니 미소가 스쳤다.

그녀는 그에게 아주 부드럽고 상냥하게 말했다.

"당신은 실수했어요, 에번스 씨. 당신은 내가 조지를 죽이고 싶어하는 줄 알았죠? 정말 어리석은 분이군요. 정말 너무나 어리석어요."

그녀는 죽은 남자를 쳐다보며 1분 정도 더 거기에 앉아 있었다. 자기의 길을 가로막고, 자기를 사랑하는 남자로부터 떼어놓으려고 위협했던 제3의 남자를 말이다.

그녀의 미소는 활짝 피었다. 그녀는 그 어느 때보다 더 성모 마리아처럼 보였다. 그런 뒤 그녀는 목소리를 높여 외쳤다.

"조지, 조지. 오! 이리와 보세요. 정말 끔찍한 사고가 일어난 것 같아요. 가엾은 에번스 씨……."

 **종소리**

　조운 애쉬비는 자기의 침실에서 나와 문밖에 있는 층계참에 잠깐 서 있었다. 그녀가 다시 방으로 돌아갈 것처럼 반쯤 몸을 돌렸을 때, 그녀의 발아래쪽에서 종소리가 땡 하고 울렸다.

　조운은 즉시 거의 달리듯이 앞으로 나아갔다. 그녀는 너무 급히 서둘러서 그 커다란 층계 꼭대기에 이르렀을 때, 반대쪽에서 오는 한 젊은이와 부딪치고 말았다.

　"이봐요, 조운! 왜 그렇게 서둘러?"

　"미안해요, 해리. 당신을 못 보았어요."

　"그런 줄 알았소." 해리 데일하우스가 무뚝뚝하게 말했다.

　"그런데 대체 왜 그렇게 서두르는 거요?"

　"종소리가 났잖아요?"

　"알고 있소. 하지만 그건 첫 번째 종소리일 뿐이잖소."

　"아니에요, 두 번째예요."

　"첫 번째요."

　"두 번째예요."

　이렇게 논쟁하며 그들은 계단을 내려갔다.

　그들이 홀에 들어가자, 집사가 종 치는 막대기를 갖다 놓고 엄숙하고 위엄 있는 걸음걸이로 그들을 향해 다가오고 있었다.

　"그건 두 번째예요." 조운이 고집스레 말했다.

　"나는 분명히 알고 있다고요. 자, 한 가지 예를 들어서, 시간을 보세요."

　해리 데일하우스는 추가 달린 큰 시계를 힐끗 올려다보았다.

　"정각 8시 20분이군." 그가 말했다.

"조운, 당신 말이 맞는 것 같은데, 나는 첫 번째 소리를 못 들었단 말이야. 딕비!" 그는 그 집사를 불렀다.

"지금 친 게 첫 번째 종인가, 두 번째 종인가?"

"첫 번째입니다."

"8시 20분에? 딕비, 누군가가 이 일로 해고를 당하겠군."

집사의 얼굴에 잠시 희미한 미소가 보였다.

"오늘 밤은 만찬이 10분 늦게 준비되고 있습니다. 주인님의 명령이죠."

"놀라운 일이야!" 해리 데일하우스가 외쳤다.

"쯧쯧! 틀림없이 재미있는 일이 일어나는 거야! 놀라운 일이 그치지를 않는 군. 존경하는 아저씨가 어디 편찮으신가?"

"7시 기차가 30분 연착이라서……."

채찍 때리는 것 같은 소리가 들리는 바람에 집사가 말을 멈췄다.

"도대체 뭐야ㅡ. 저건 꼭 총소리 같은데." 해리가 말했다.

서른다섯 살의 검고 잘생긴 남자가 그들의 왼쪽에 있는 응접실에서 나왔다.

"무슨 소리요? 꼭 총소리 같던데." 그가 물었다.

"자동차의 역화(逆火) 소리가 틀림없습니다." 집사가 말했다.

"집 쪽으로 길이 너무 가까이 나 있고 2층의 창문들도 열려 있습니다."

"그럴 수도 있겠죠. 하지만 길은 저쪽에 있잖아요."

조운이 미심쩍은 듯이 말하고는 오른쪽을 가리켰다.

"난 그 소리가 이쪽에서 난 것 같은데요." 그녀는 왼쪽을 가리켰다.

얼굴이 검은 남자가 고개를 저었다.

"나는 그런 것 같지 않소. 나는 응접실에 있었거든. 내가 여기로 나온 것은 그 소리가 이쪽에서 났다고 생각했기 때문이오."

그는 종과 현관 쪽으로 머리를 끄덕여 보였다.

"동쪽, 서쪽, 그리고 남쪽이군요?" 해리가 참지 못하고 말했다.

"그럼, 내가 그것을 완벽하게 만들죠. 킹. 나는 북쪽이오. 내 생각에는 그 소리가 우리 뒤쪽에서 난 것 같소. 자, 어떻게 해석하겠소?"

"글쎄요, 항상 살인이라는 게 있죠." 제프리 킹이 웃으며 말했다.

"죄송합니다, 애쉬비 양."

"등이 좀 오싹한대요." 조운이 말했다.

"그 이상은 아니에요. 까닭 없이 몸이 오싹해질 뿐이에요."

"그럴 듯한 생각이군요. 살인 말이오." 해리가 말했다.

"하지만, 참! 신음 소리도 유혈도 없지 않소. 나는 토끼를 잡는 밀렵꾼이 낸 소리 같은데요."

"좀 싱거운 것 같긴 하지만, 그게 맞겠군." 킨이 동감을 표시했다.

"그러나 소리가 너무 가깝게 들렸어요. 어찌되었든 응접실로 가십시다."

"다행히도 우리는 늦지 않았어요." 조운이 흥분하여 말했다.

"나는 또 그게 두 번째 종소리인 줄 알고 계단을 막 뛰어 내려왔죠."

그들은 모두 웃으며 커다란 응접실로 들어갔다.

리첨 클로즈는 영국에서 가장 유명한 유서 깊은 저택 중 하나였다. 집주인인 허버트 리첨 로체는 여러 대 이어져 내려온 리첨 로체 가문의 마지막 인물이었는데, 그에게 좀 먼 친척들은 곧잘, '허버트 영감은 정말 정신병원에 입원해야만 돼. 완전히 미쳤다니까, 불쌍한 노인네 같으니.' 하고 말하곤 했다.

친구들과 친척들이 으레 과장이 심하다는 것을 고려해도, 얼마간의 진실은 깃들어 있는 법이다. 허버트 리첨 로체는 확실히 별난 데가 있었다. 아주 훌륭한 음악가이긴 했으나, 자신의 성질을 억제하지 못하는 사람인데다 자신의 명성에 대해 과대한 편견을 가지고 있었다. 그 집에 묵는 사람들은 그의 편견을 존중해 주어야만 했고, 그렇게 하지 않으면 결코 다시 초대받지 못했다.

그런 편견 중 하나가 그의 연주였다. 그가 저녁에 종종 그러듯이 손님들에게 연주해줄 때면, 절대적으로 조용해야만 한다. 한 마디라도 속닥거린다거나 드레스를 바스락거린다거나, 심지어 조금만 움직여도 그는 몸을 홱 돌리며 매섭게 쏘아보고는 그 불행한 손님에게 작별인사를 한 다음, 다시는 그를 초대하지 않는 것이었다.

또 한 가지는 그날의 마지막을 장식하는 만찬에 대한 절대적인 시간 엄수였다. 아침식사는 중요하지 않아서(원한다면 정오에 내려와도 상관이 없었다), 냉동 고기와 과일 스튜로 준비되는 간단한 식사였다. 그러나 만찬은 하나의 의식이자 향연으로, 그가 어마어마한 급료를 주고 큰 호텔에서 꾀어낸 일류 요리사가 준비했다.

첫 번째 종소리가 8시 5분에 울린다. 8시 15분에 두 번째 종소리가 울리고 문이 열리자마자, 모여 있는 손님들에게 저녁식사가 알려지면 그들은 행렬을 지어 엄숙하게 식당으로 들어간다.

두 번째 종소리에 감히 늦은 사람이 있다면 그 즉시 추방되었으며―리첨 클로즈 저택은 그 불행한 만찬을 영원히 닫아 버린다.

따라서 조운 애쉬비가 화닥닥 놀란 것이나, 또 신성한 의식이 그날따라 10분이나 늦어진다는 소리를 듣고 해리 데일하우스가 놀란 것은 당연했다.

자기 아저씨와 그다지 친숙하지는 않았지만, 그는 그것이 정말이지 얼마나 이례적인 일인가를 알 만큼은 리첨 클로즈 저택에 자주 드나들었다.

리첨 로체의 비서인 제프리 킨도 굉장히 놀랐다.

"이상하군요." 그가 말했다.

"나는 그런 일이 일어나는 것을 한 번도 본 적이 없는데, 틀림없습니까?"

"딕비 집사가 그렇게 말했소."

"그는 무슨 기차 얘기를 하는 것 같았어요." 조운 애쉬비가 말했다.

"적어도 내 생각엔 그래요."

"이상한데요." 킨이 생각에 잠긴 채 말했다.

"곧 그것에 대해 자세한 이야기를 듣게 되겠죠. 그렇지만 아주 이상한 일입니다."

두 남자는 잠시 동안 침묵을 지키며 그 아가씨를 지켜보고 있었다.

조운 애쉬비는 금발에 푸른 눈과 장난꾸러기 같은 눈빛을 가진 아름다운 아가씨였다. 그녀는 리첨 클로즈 저택을 처음으로 방문했는데, 그녀를 초청한 것은 해리의 주선으로 이루어진 것이었다.

문이 열리더니 리첨 로체의 양녀인 다이애나 클리브스가 그 방으로 들어왔다. 검은 눈과 조롱하는 듯한 말투로 마술을 부리는 듯한 다이애나에게는 상당한 매력이 있었다. 거의 모든 남자들이 다이애나에게 매혹되었으며, 그녀는 자기가 획득한 애정을 즐겼다. 유혹하는 듯이 열렬했다가는 완전히 냉정해지곤 하는 야릇한 아가씨였다.

"그분이 한 번쯤 지친 거예요." 그녀가 말했다.

"항상 제일 먼저 내려와 망을 보며 먹이 먹을 시간의 호랑이처럼 쿵쿵거리며 왔다 갔다 하더니, 몇 주 만에 처음으로 그분이 안 보이는군요."

젊은이들이 앞으로 불쑥 나아갔다. 그녀는 그들 둘을 보고 황홀해지도록 미소를 짓더니, 해리에게로 몸을 돌렸다. 제프리 킨은 검은 뺨을 붉히며 뒤로 밀려났다.

그러나 그가 잠시 뒤 다시 침착해졌을 때 리첨 로체 부인이 들어왔다. 그녀는 키가 크고 검은 피부를 가진 여자로, 본래부터 모호한 태도를 지니고 있었으며, 주름을 곱게 잡아 붕 뜨게 한 중간 색조의 녹색 옷을 입고 있었다. 그녀 옆에는 매부리코와 고집 센 턱을 가진 중년의 그레고리 발링이 있었다.

그는 금융계에서는 꽤 유명한 인물이었으며, 어머니 밑에서 예절 바르게 자란 그는 몇 년간 허버트 리첨 로체와 친한 친구로 지내왔다.

땡!

종소리가 위압하듯이 다시 울렸다. 그 소리가 사라져 갈 때쯤 문이 홱 열리더니 딕비 집사가 이렇게 알렸다.

"만찬이 준비되었습니다."

그런데, 그가 아주 잘 훈련된 하인이긴 했지만, 그의 무감각한 얼굴에는 굉장히 놀라는 표정이 스쳐 지나갔다. 그가 기억하기로는 처음으로, 자신의 주인이 그 방에 없었던 것이다!

그뿐만이 아니라 모든 사람의 얼굴에 놀라는 표정이 역력하게 드러났다.

리첨 로체 부인은 약간 어색하게 웃었다.

"정말 놀랍군요. 정말一, 나는 어떻게 해야 할지 모르겠어요."

모두들 당황하고 있었다. 리첨 클로즈 저택의 그 전체적인 관례가 깨진 것이다. 무슨 일이 일어난 걸까?

대화가 중단되었다. 그들은 긴장한 상태로 초조하게 기다렸다.

마침내 문이 한 번 더 열렸다. 그 상황에 어떻게 대처해야 할지가 조금 걱정되긴 했으나, 모두들 안도의 한숨을 내쉬었다. 주인에게 이 집의 엄중한 규칙을 위반했다는 사실을 강조하는 말은 결코 해서는 안 되었다.

그러나 새로 들어온 사람은 리첨 로체가 아니었다. 크고 턱수염을 기른 북유럽 해적 같은 모습 대신에, 달걀형의 머리에 불꽃 모양의 콧수염을 기르고서 전혀 흠잡을 데가 없는 야회복을 차려입은 외국인임이 틀림없는 아주 작은 남자가 그 긴 응접실로 들어왔다.

새로 들어온 사람은 눈을 반짝이며 리첨 로체 부인을 향해 나아갔다.

"죄송합니다, 부인." 그가 말했다.

"제가 몇 분 늦은 것 같군요."

"오, 천만에요!" 리첨 로체 부인이 조그만 목소리로 모호하게 말했다.

"전혀 그렇지 않아요, 미스터—." 그녀는 말을 멈췄다.

"포와로입니다, 부인. 에르큘 포와로."

그는 등 뒤에서 아주 부드럽게 "오—." 하는 소리를 들었다. 그것은 갑작스럽게 외치는 여자의 목소리로서 말이라기보다는 헐떡이는 소리였다. 아마도 그는 우쭐해 한 것 같았다.

"제가 온다는 것을 알고 있었습니까?" 그는 부드럽고 낮은 목소리로 말했다.

"그렇죠, 부인? 남편께서 부인께 말씀하셨겠죠?"

"오—오, 예."

리첨 로체 부인이 도저히 이해가 가지 않는 듯한 태도로 말했다.

"제 말은, 그런 것 같다는 뜻이에요. 저는 너무 지독하리만큼 현실적이 아니라서요, 포와로 씨. 저는 무슨 일이든 통 기억을 못 한답니다. 하지만 다행히도 딕비가 모든 것을 알아서 해주죠."

"제가 탄 기차가 연착되고 말았습니다." 포와로가 말했다.

"우리 앞에서 사고가 났거든요."

"오, 그래서 만찬이 지연되었나 봐요." 조운이 외쳤다.

그의 눈길은 재빨리 그녀에게 옮겨갔다. 아주 섬뜩할 정도로 통찰력 있는 눈길이었다.

"그것은 좀 이례적인 일인가 보군요."

"저는 정말 어떻게……." 리첨 로체 부인이 말을 시작하다가 말았다.

"제 말은……." 그녀는 어찌할 바를 몰라 하며 계속 말했다.

"그건 너무 이상한 일이에요. 허버트는 결코……."

포와로의 시선이 그 사람들을 재빨리 휩쓸었다.

"리첨 로체 씨가 아직 안 내려왔습니까?"

"예, 그런데 그건 너무 이상한—."

그녀는 애원하듯이 제프리 칸을 쳐다보았다.

"리첨 로체 씨는 신(神)처럼 시간을 엄수하시지요." 칸이 설명했다.

"그분은 만찬에 늦지 않으십니다. 글쎄요, 여태까지 한 번이라도 늦은 적이 있었는지나 모르겠군요."

낯선 손님이 보기에 그 상황은 우스꽝스러웠을 게 틀림없었다. 당황한 얼굴들이며 다들 소스라치게 놀란 꼴이라니.

"알았어요"

리첨 로체 부인이 문제를 해결하는 사람 같은 태도를 보이며 말했다.

"종을 울려 딕비를 불러 보지요"

그녀는 그 말을 행동으로 옮겼다. 집사가 즉시 들어왔다.

"딕비, 우리 집 어른 말이에요. 그이는……." 리첨 로체 부인이 말했다.

늘 하던 버릇대로 그녀는 문장을 끝맺지 않았다. 집사도 그녀가 그렇게 하기를 기대하지 않은 게 분명했다.

그는 즉시, 그 말뜻을 알아듣고 대답했다.

"리첨 로체 씨는 7시 55분에 내려오셨다가 서재로 들어가셨습니다, 마님."

"오!" 그녀는 잠깐 멈췄다.

"그럼 당신 생각으로는, 그러니까 그이가 그 종소리를 못 들었다는 건가요?"

"틀림없이 들으셨을 겁니다. 그 종은 서재 문밖에 바로 있으니까요."

"오, 무, 물론이지." 여느 때보다 더 모호하게 리첨 로체 부인이 말했다.

"만찬이 준비되었다고 주인님께 알릴까요, 마님?"

"오, 고마워요, 딕비. 내 생각으로는 그, 그, 그래야 할 것 같군요."

집사가 물러가자 리첨 로체 부인은 손님들에게 이렇게 말했다.

"딕비가 없으면 나는 무엇을 해야 할지 모르겠어요!"

잠시 침묵이 흘렀다.

그때 딕비가 다시 그 방에 들어왔다. 그의 호흡은 훌륭한 집사에게 기대할 수 있는 것보다 약간 거칠었다.

"죄송합니다, 마님. 서재 문이 잠겨 있습니다."

에르퀼 포와로가 그 상황을 지휘한 것은 바로 그때였다. 그가 말했다.

"내 생각으로는 우리가 그 서재에 가보는 게 좋을 것 같습니다."

그가 앞장서고 모두들 그 뒤를 따랐다. 그가 그 상황을 장악하는 것이 지극히 당연한 것처럼 보였다. 그는 이제 더 이상 우스꽝스럽게 생긴 손님이 아니었다. 그는 그 상황을 주도하여 이끌어 갈 사람이었다.

그는 홀로 들어가서 계단을 지나고 큰 시계 옆을 지나 그 종이 있는 벽감까지 갔다. 그 벽감의 맞은편에 닫힌 문이 있었다.

그는 그것을 처음에는 살살 두드리다가 점점 더 세게 두드렸다. 그러나 아무런 대답이 없었다. 그는 아주 민첩하게 무릎을 꿇고 열쇠 구멍에 눈을 맞췄다. 그러고는 일어나서 주위를 둘러보았다.

"여러분, 우리는 이 문을 부수어서라도 열어야 합니다. 즉시!" 그가 말했다.

아까 같이 아무도 그의 권위를 문제 삼지 않았다.

제프리 킨과 그레고리 발링이 가장 몸집이 컸다. 그들은 포와로의 지시에 따라 그 문을 부수기 시작했다. 그것은 쉬운 일이 아니었다. 리첨 클로즈 저택의 문들은 견고했다. 현대의 싸구려 건축물이 아니었다. 그 문은 완강하게 공격에 저항했으나, 마침내 남자들의 단결된 공격 앞에 굴복하여 쾅하고 안쪽으로 무너지고 말았다.

그 집에 있는 사람들은 문 앞에서 주저하고 있었다. 그들은 자기네들이 무의식적으로 보게 될까 봐 두려워하던 것을 보고만 것이다. 그들의 맞은편에는 창문이 있었다. 문과 그 창문 사이에 왼쪽으로 커다란 필기용 책상이 있었다. 그 책상의 앞이 아니라 비스듬히 옆으로 한 거대한 남자가 의자에 앉은 채 몸이 앞으로 늘어져 있었다.

그는 그들에게 등을 돌린 채 얼굴은 창문 쪽을 향해 있었지만, 그의 자세가 상황을 말해 주고 있었다. 그의 오른손은 맥없이 축 늘어져 있었으며, 그 아래쪽 양탄자 위에 조그만 권총이 빛을 내며 떨어져 있었다.

포와로는 그레고리 발링에게 날카롭게 말했다.

"리첨 로체 부인을 데려가시오. 그리고 나머지 두 숙녀분도."

그는 이해한다는 듯이 머리를 끄덕이고 한 손을 여주인의 팔 위에 얹었다. 그녀는 몸서리를 쳤다.

"자살했군요." 그녀가 조그만 목소리로 말했다.

"끔찍해요!"

그녀는 다시 한 번 몸서리를 치며 그에게 자신을 데려가도 좋다고 허락했다. 두 아가씨가 그 뒤를 따랐다.

포와로가 방으로 들어가자, 두 젊은이가 그 뒤를 따랐다. 그는 그들에게 뒤로 조금 물러서 있으라는 몸짓을 하며 시체 옆에 무릎을 꿇었다. 그는 머리의 오른쪽에서 총알 구멍을 발견했다. 그것은 반대편으로 나와, 왼쪽 벽에 걸려 있는 거울을 때려 그 거울이 산산조각이 난 것이 분명했다. 필기용 책상 위에 종이 한 장이 놓여 있었는데, 머뭇거리는 듯한 떨리는 필적으로 휘갈겨 써 놓은 '미안'이라는 단어밖에는 아무것도 씌어 있지 않은 백지였다.

포와로는 갑자기 문을 힐끔 쳐다보았다.

"열쇠가 자물통에 꽂혀 있지 않군요." 그가 말했다.

"이상한 일이야."

그는 손을 죽은 사람의 호주머니에 쑥 집어넣었다.

"여기 있군." 그가 말했다.

"그럴 줄 알았지. 수고스럽겠지만 한 번 열어 보겠소?"

제프리 킨이 그것을 받아 자물통에 넣고 열어 보았다.

"예, 딱 맞습니다."

"그리고 창문은?"

해리 데일하우스가 그쪽으로 성큼성큼 걸어갔다.

"잠겨 있어요."

"정말이오?"

포와로는 아주 재빠른 걸음걸이로 창가에 서 있는 남자 쪽으로 갔다. 그것은 바닥까지 내려와서 사람이 드나들 수 있는 기다란 프랑스식 창문이었다.

포와로는 그것을 열고 서서 잠시 동안 바로 그 앞에 있는 잔디밭을 내다본 다음 다시 닫았다.

"여러분, 경찰에게 알려야 합니다. 그들이 와서 틀림없는 자살이라고 확인할 때까지 아무것도 건드려서는 안 됩니다. 죽은 지 불과 15분 정도밖에 안 된 것 같소"

"나는 알고 있습니다." 해리가 거친 목소리로 말했다.

"우리는 그 총소리를 들었어요"

"뭐라고요? 그게 무슨 말입니까?"

해리는 제프리 킨의 도움을 받으며 설명해 주었다. 그가 말을 끝마쳤을 때, 발링이 다시 나타났다.

포와로가 좀 전에 한 말을 되풀이한 뒤 킨이 전화 걸러 나간 동안, 포와로는 발링에게 잠깐 이야기에 응해 줄 것을 요청했다. 그들이 딕비에게 서재 문 밖에서 지켜 서 있게 하고 조그마한 거실로 들어간 사이, 해리는 여자들을 찾으러 나갔다.

"당신은 리첨 로체 씨의 절친한 친구인 것으로 알고 있습니다."

포와로가 시작했다.

"그 때문에 당신에게 먼저 말을 하는 겁니다. 예의를 따지자면, 아마 부인과 먼저 이야기를 나누는 것이 마땅하겠지만, 지금으로서는 그것이 실제적이라고 생각지 않습니다." 그는 말을 멈췄다.

"나는 지금 매우 어려운 처지에 놓여 있습니다. 사실대로 당신에게 솔직히 말하지요. 내 직업은 사립탐정이오"

금융가는 약간 미소를 지었다.

"그런 말씀은 하실 필요가 없습니다, 포와로 씨. 당신의 이름은 이제 모두들 알고 있는 걸요"

"당신은 너무 친절하군요." 포와로가 고개를 숙이며 말했다.

"그럼, 이야기를 시작해 봅시다. 나는 런던에서 리첨 로체 씨가 보낸 편지 한 통을 받았습니다. 그는 거기에다 자신이 거액의 돈을 사기당하고 있는 것 같다고 썼습니다. 그가 표현한 대로 말하자면, 가족적인 이유 때문에 경찰에 요청하고 싶지 않으므로 내가 와서 그 문제를 좀 조사해 주었으면 좋겠다고 했습니다. 물론 나는 승낙했죠. 그래서 이렇게 왔습니다. 리첨 로체 씨가 원한 만큼 그렇게 빨리는 못 왔죠. 나에게도 다른 일이 있었던 데다, 리첨 로체 씨 자신의 생각은 그랬는지 몰라도 그가 결코 영국의 국왕은 아니니까요."

발링은 쓴웃음을 지었다.

"그는 정말 자신을 그런 식으로 생각했죠."

"그렇습니다. 오, 당신은 이해하겠지만, 그의 편지를 읽어보니 그가 소위 별난 사람이라는 것이 훤히 드러나 있더군요. 그는 미쳤다기보다는 불안정한 사람이었습니다. 안 그렇습니까?"

"그는 그렇게 보이게끔 행동을 했어요."

"오, 이보시오, 자살은 반드시 마음이 불안정하다고 해서 저지르는 행동은 아닙니다. 검시 배심원들은 그렇게 말하겠지만, 그것은 뒤에 남은 사람들의 감정을 상하지 않게 하기 위해서 하는 말일뿐이죠."

"허버트는 정상적인 사람이 아니었습니다." 발링이 결정적으로 말했다.

"그는 자신의 분노를 억제치 못했으며, 자기 가문에 대해 편집광적인 자부심을 느끼고 있었을 뿐만 아니라, 여러 가지 면에서 뭔가 외곬으로 생각하고 있었죠. 그러나 그럼에도 불구하고 그는 빈틈없는 사람이었습니다."

"그렇습니다. 그는 자신이 사기당하고 있다는 것을 알아차릴 만큼 아주 빈틈없었죠."

"사람이 사기당하고 있다고 해서 자살을 합니까?" 발링이 물었다.

"당신 말대로입니다. 터무니없는 소리죠. 그래서 나는 그 문제를 서둘러 알아볼 생각입니다. 가족적인 이유 때문이라고 그의 편지에 씌어 있었으니까요. 자, 당신은 세상 경험이 풍부한 사람이오. 한 남자에게 자살을 저지르도록 한 것이, 정확히 말해서 바로 그 가족적인 이유 때문이라는 것을 당신은 알고 있을 겁니다."

"당신 말씀은?"

"표면상으로는 마치 불쌍한 사람이 무엇인가를 더 발견한 것처럼 보이며,

그가 발견한 것을 마주 대할 수 없었던 것처럼 보입니다. 그러나 당신도 알다시피, 나는 의무가 있습니다. 나는 이미 고용된 겁니다. 의뢰를 받았고 그 일을 수락했으니까요. 그 '가족적인 이유' 때문에, 죽은 사람은 그것을 경찰에게 알리고 싶어하지 않았습니다. 그러므로 나는 빨리 행동을 취해야 합니다. 나는 진실을 알아야만 해요."

"당신이 그것을 알아냈을 때는?"

"그때는 내가 적절히 처리해야죠. 나는 내가 할 수 있는 일을 해야만 합니다."

"알았습니다." 발링이 말했다.

그는 잠시 동안 침묵하며 담배를 피우다가 이렇게 말했다.

"그럼에도 불구하고 나는 당신을 도울 수 없을 것 같습니다. 허버트는 내게 결코 어떤 비밀도 털어놓지 않았거든요. 나는 아무것도 모릅니다."

"하지만, 이보시오. 대체 누가 그 가엾은 신사의 돈을 사기 칠 수 있었는지는 말해 주지 않겠소?"

"말하기가 어렵군요. 글쎄, 부동산 관리인이 있긴 합니다만. 그는 새로 온 사람이죠."

"관리인이라고요?"

"예. 마샬입니다. 마샬 대위죠. 아주 훌륭한 친군데, 전쟁에서 한쪽 팔을 잃었습니다. 그는 여기에 1년 전에 왔죠. 그러나 허버트는 그를 좋아한 걸로 알고 있으며, 또 그를 믿었습니다."

"만일 그를 속이고 있는 사람이 마샬 대위라면, 굳이 비밀을 지켜야 할 가족적인 이유가 없을 텐데요?"

"어, 없죠."

포와로는 그 망설임을 놓치지 않았다.

"말씀하십시오, 무슈. 솔직하게 말해 주십시오."

"부질없는 소문인지도 모릅니다."

"제발 말해 주십시오."

"좋습니다. 그럼, 말씀드리죠. 응접실에서 아주 매력적인 외모를 가진 아가씨 한 명을 보셨습니까?"

"내가 본 바로는 아주 매력적으로 생긴 아가씨가 둘이던데요"

"오, 예. 애쉬비 양도 있군요. 아주 귀여운 아가씨죠. 그녀는 처음으로 이곳에 방문하는 겁니다. 해리 데일하우스가 리첨 로체 부인에게 그녀를 초대하라고 권했죠. 그 아가씨 말고 피부가 검은 아가씨 말입니다. 다이애나 클리브스라고 하죠"

"보았습니다." 포와로가 말했다.

"그녀는 모든 남자들의 눈을 끌 아가씨인 것 같더군요"

"그녀는 깜찍한 악마예요" 발링이 불쑥 말했다.

"근처 20마일 이내의 모든 남자들을 농락해 왔죠. 이러다가는 누군가가 그녀를 죽이고 말 겁니다."

그는 옆에서 한 사람이 예리한 관심을 두고 자기를 주시하고 있다는 사실을 망각한 채, 손수건으로 이마를 닦았다.

"그런데 그 아가씨는……"

"그녀는 리첨 로체의 양녀입니다. 그들 부부는 자식을 갖지 못하자, 몹시 실망한 끝에 다이애나 클리브스를 입양했죠. 그녀는 사촌 관계로 볼 수도 있습니다. 허버트는 그녀에게 온 정성을 다 바쳤으며 무척 아껴 주었죠"

"그는 보나마나 그녀가 결혼하는 걸 싫어했겠군?"

포와로가 자기 생각을 말했다.

"만일 그녀가 어울리는 사람과 결혼하면 그렇지 않았겠죠"

"그럼, 어울리는 사람이란 당신입니까, 무슈?"

발링은 움찔하더니 얼굴을 붉혔다.

"나는 결코 그런 말은……."

"그렇죠, 물론. 그랬을 리는 없죠! 당신은 아무 말도 안 했습니다. 그렇지만 사실이 그렇죠, 안 그렇습니까?"

"나는 그녀를 사랑하고 있습니다. 예, 리첨 로체는 그것을 흡족하게 여겼죠. 그것이 그가 그녀에 대해 생각하는 것과 딱 맞았거든요"

"그럼, 마드모아젤 자신은?"

"말씀드렸다시피 그녀는 악마의 화신입니다."

"알았습니다. 그녀는 자기 나름대로 즐기고 있었다는 말이죠? 그런데 마샬 대위가 무슨 상관이 있다는 겁니까?"

"글쎄요, 그녀는 그를 자주 만나고 있습니다. 사람들이 그러더군요. 하지만 나는 거기에 무엇인가가 있다고 생각하진 않습니다. 또 하나의 전리품 정도라고나 할까요."

포와로가 고개를 끄덕였다.

"그러나 거기에 무엇인가가 있었다고 가정한다면, 글쎄요. 그렇다면 리첨 로체 씨가 일을 신중하게 진행하고 싶어했던 이유를 설명할 수도 있겠군요."

"마샬이 위탁금을 횡령했다고 의심할 하등의 이유도 없다는 것을 아시잖습니까?"

"오, 아무렴요, 그렇고말고요! 그것은 집안식구들 중 누군가가 관련된 위조 수표 사건일지도 모릅니다. 그 데일하우스 씨라는 젊은이는 누굽니까?"

"조카입니다."

"그가 상속을 받겠죠, 물론?"

"그는 여동생의 아들입니다. 물론 그가 그의 이름을 이어받을지도 모르죠. 리첨 로체 집안의 혈통을 이어받은 사람은 한 명도 남아 있지를 않으니까."

"그렇겠군요."

"이곳에는 사실상 상속인이 한정되어 있지 않습니다. 비록 여태까지는 항상 아버지가 아들에게 물려주는 식이었지만요. 나는 늘 그가 이곳을 자기 아내가 살아 있을 동안에는 그녀에게 물려주었다가 그다음엔 아마 다이애나에게 물려 주되, 단 그가 그녀의 결혼을 승인했을 경우라는 단서를 붙였을 것으로 생각해 왔습니다. 이해하시겠지만, 그녀의 남편은 이 집안의 이름을 써야 하죠."

"알았습니다." 포와로가 말했다.

"당신은 매우 친절하게 많은 도움을 주었습니다, 무슈. 한 가지만 더 부탁해도 될까요. 리첨 로체 부인에게 지금 내가 말한 것을 모두 설명해 주신 다음 잠깐 내게 시간을 좀 내달라고 해주시겠습니까?"

그가 생각했던 것보다 더 빨리 그 문이 열리며 리첨 로체 부인이 들어왔다.

그녀는 붕 뜬 듯한 걸음으로 의자에 와서 앉았다.

"발링 씨가 내게 모든 설명을 해주었어요." 그녀가 말했다.

"어떤 불명예스러운 일도 있어선 안 돼요. 비록 저는 그것이 정말 운명이라고 느끼지만요, 당신은 안 그런가요? 제 말은 그 거울과 모든 것들 말이에요."

"뭐라고 하셨죠, 거울이라뇨?"

"제가 그것을 본 순간―그것은 하나의 상징이었어요. 남편 허버트에 대해서 말이에요! 저주받은 거예요. 오래된 가문은 흔히 저주를 받는 것 같아요. 허버트는 항상 아주 이상했어요. 최근에는 훨씬 더 이상했죠."

"이런 질문을 하는 것을 용서해 주실지 모르겠지만, 부인, 혹시 부인은 금전적으로 어려움을 겪고 있는 것은 아니겠죠?"

"돈이요? 저는 돈에는 하나도 관심이 없어요."

"사람들이 뭐라고 하는지 아십니까, 부인? 돈에 하나도 관심이 없는 사람들은 그것이 굉장히 필요하다고 하죠."

그는 과감하게 잠깐 웃었다.

그녀는 반응이 없었다. 그녀의 눈이 먼 곳에 가 있었다.

"감사합니다, 부인." 그가 말함으로써 그 대화는 끝났다.

포와로가 종을 울리자 딕비 집사가 들어왔다.

"당신에게 두세 가지 질문을 할 테니 대답해 주시오." 포와로가 말했다.

"나는 당신의 주인이 죽기 전에 의뢰했던 사립 탐정이오."

"탐정이라고요!" 집사는 숨을 몰아쉬었다.

"무슨 일로?"

"내 질문에 대답해 주길 바라오. 그 총소리에 대해서 먼저……."

그는 집사의 설명을 들었다.

"그러니까, 그 홀에는 네 명이 있었단 말이지?"

"예. 데일하우스 씨와 애쉬비 양과 킨 씨는 그 응접실에서 나왔습니다."

"나머지 사람들은 어디에 있었소?"

"나머지 사람들이요?"

"그래요, 리첨 로체 부인과 클리브스 양, 그리고 발링 씨 말이오."

"리첨 로체 부인과 발링 씨는 그 뒤에 내려왔습니다."

"그리고 클리브스 양은?"

"클리브스 양은 응접실에 있었다고 생각되는데요."

포와로는 두세 가지 질문을 더 한 다음 클리브스 양을 들여보내라는 지시를 하고 집사를 내보냈다. 그녀는 즉시 들어왔으며, 그는 발링이 얘기한 것을 염두에 두고 그녀를 주의깊게 관찰했다. 하얀 공단 드레스를 입고 어깨에 장미꽃을 단 그녀는 확실히 아름다웠다.

그는 그녀를 아주 자세하게 주시하며 자신이 리첨 클로즈 저택으로 오게 된 경위를 설명했으나, 그녀는 불안한 기색이 조금도 없이 단지 진심으로 놀라는 것 같은 태도를 보일 뿐이었다. 그녀는 마샬 대위에 대해 미지근하고 대수롭지 않은 반응을 보였다. 발링을 언급하자 그제야 활기찬 반응을 보였다.

"그 사람은 사기꾼이에요." 그녀는 매몰차게 말했다.

"제가 아버지한테 그렇게 말했지만, 듣지 않더군요. 계속 그 시시껄렁한 장사에다 돈을 집어넣는 거예요."

"마드모아젤, 당신은 아버지가 돌아가신 것이 슬픕니까?"

그녀는 그를 빤히 쳐다보았다.

"물론이에요. 저는 아시다시피 현대적이에요, 포와로 씨. 감상 따위엔 젖지 않아요. 하지만 저는 그분을 좋아했죠. 그렇지만 물론, 그분을 위해서는 최선의 일이에요."

"그분을 위해서는 최선이라고?"

"예. 아마 가까운 시일 내에 격리되어야만 했을 걸요. 그분에게 그것이 점점 더 심해지고 있었거든요. 리첨 클로즈 저택의 최후의 리첨 로체는 전능했다는 믿음 말이에요."

포와로는 충분히 이해한다는 듯이 머리를 끄덕였다.

"예, 압니다. 예, 틀림없는 정신질환 증세죠. 그런데, 내가 아가씨의 핸드백을 살펴봐도 되겠소? 아름답군요. 온통 비단으로 만든 장미꽃들이군요. 내가 무슨 이야기를 하고 있었지? 아 참, 아가씨는 그 총소리를 들었습니까?"

"오, 예! 하지만 저는 자동차에서 난 소리거나 밀렵꾼이 낸 소리쯤으로 생각했어요."

"아가씨는 응접실에 있었나요?"

"아뇨, 정원에 나가 있었어요."

"알았습니다. 고마워요, 마드모아젤. 그다음에는 킨 씨를 만나보고 싶은데, 이름이 맞습니까?"

"제프리? 그를 들여보내겠어요."

킨은 흥미를 느끼는 듯이 재빨리 들어왔다.

"발링 씨한테서 당신이 여기에 오시게 된 이유를 들었습니다. 당신에게 말씀드릴 수 있는 게 있을지 모르겠지만, 할 수만 있다면……."

포와로가 그의 말을 가로막았다.

"나는 딱 한 가지만 알면 돼요, 킨 씨. 아까 우리가 서재 문에 도착하기 직전에 당신이 몸을 구부리고 집어 올린 것이 무엇이었소?"

"저─."

킨은 자기 의자에서 반쯤 일어났다가 다시 앉았다.

"무슨 말씀이신지 모르겠군요." 그가 유쾌하게 말했다.

"아니, 알고 있을 텐데요. 당신은 내 뒤에 있었던 걸로 알고 있지만, 내 친구의 말을 빌자면, 나는 뒤통수에도 눈이 달렸답니다. 당신은 무엇인가를 주워서 야회복의 오른쪽 호주머니에 넣었잖소."

잠깐 침묵이 흘렀다. 킨의 잘생긴 얼굴에는 망설이는 빛이 역력했다.

마침내 그는 마음을 정한 것 같았다.

"여기에서 고르십시오, 포와로 씨."

그는 앞으로 몸을 기울여 자기의 호주머니를 뒤집었다. 거기에는 담배 파이프와 손수건 한 장, 조그만 비단 장미꽃 하나, 그리고 조그만 금색 성냥갑이 들어 있었다. 잠시 침묵하더니 킨은, "사실은 이것이었습니다." 하고 말했다.

그는 성냥갑을 집었다.

"나는 초저녁에 이것을 떨어뜨린 게 틀림없습니다."

"나는 그렇게 생각하지 않소." 포와로가 말했다.

"무슨 말씀이십니까?"

"내가 말한 대로요. 나는 질서정연하고, 조직적이고, 조리 있는 사람이오. 바닥에 성냥갑이 떨어져 있었다면, 내가 먼저 그것을 보고 주웠을 거요. 이 정도 크기의 성냥갑이라면, 틀림없이 내가 보았을 거요! 아니오, 그건 훨씬 더 작았던 것 같소. 이 정도쯤."

그는 조그마한 비단 장미꽃을 집었다.

"클리브스 양의 가방에서 떨어진 것 같은데?"

잠시 가만히 있더니 킨이 웃으며 그것을 시인했다.

"예, 그렇습니다. 그녀는 어젯밤 그것을 내게 주었죠."

"그랬었군요." 포와로가 말했다.

그 순간 문이 열리더니 신사복을 입은 키가 큰 금발의 남자가 성큼성큼 방으로 들어왔다.

"킨ㅡ, 아니, 이게 어떻게 된 거요? 리첨 로체 씨가 자살했다고? 세상에! 나는 믿을 수 없어. 믿을 수 없는 일이야."

"당신을 에르큘 포와로 씨에게 소개해 드리죠." 킨이 말했다.

그 사람은 움찔했다.

"저분께서 모든 이야기를 해 드릴 겁니다."

그런 다음 그는 문을 쾅 닫고 그 방을 나갔다.

"포와로 씨." 존 마샬은 잔뜩 흥분해 있었다.

"당신을 만나다니 정말 대단히 기쁩니다. 당신이 이곳에 오시다니 영광입니다. 리첨 로체는 당신이 오실 거라는 이야기를 전혀 한 적이 없었죠. 나는 당신을 끔찍이도 존경하고 있습니다, 포와로 씨."

붙임성 있는 젊은이라고 포와로는 생각했다. 관자놀이에 난 흰 머리칼과 이마의 주름살을 보면 사실 그리 젊은 것도 아니었다. 소년 같은 인상을 풍기는 이유는 바로 그 목소리와 태도 때문이었다.

"경찰은?"

"지금 도착했습니다. 나는 그 소식을 듣고 그들과 함께 올라왔죠. 그들은 별로 놀라는 것 같지 않더군요. 그는 아주 미쳤었지만, 아무리 그렇더라도……"

"그런데도 당신은 그가 자살했다는 것에 놀랐습니까?"

"솔직히 그렇습니다. 나는 글쎄요, 리첨 로체는 자기가 없으면 세상이 돌아가지 않을 거라고 생각할 줄 알았는데요."

"그는 최근에 돈 때문에 걱정이 좀 있었던 걸로 알고 있는데요?"

마샬은 고개를 끄덕였다.

"그는 투기를 좀 했죠. 발링의 위험한 사업에다 말입니다."

포와로는 침착하게 말했다.

"아주 솔직하게 말하겠소. 당신은 혹시 리첨 로체 씨가 당신이 재산을 부당하게 처리하고 있다는 의심을 하고 있었다고 생각한 적은 없습니까?"

마샬은 바보처럼 멍청하게 포와로를 쳐다보았다. 너무 바보 같아서 포와로는 웃지 않을 수 없었다.

"꽹장히 당황한 것 같군요, 마샬 대위."

"예, 정말입니다. 그건 터무니없는 생각입니다."

"아! 또 한 가지 질문이 있습니다. 그는 당신이 자기의 양녀를 빼앗고 있다는 의심을 하진 않았습니까?"

"오, 그럼 당신은 나와 디에 관해 알고 계시는군요?"

그는 당황한 태도로 웃었다.

"그렇습니까, 그럼?"

마샬은 머리를 끄덕였다.

"그러나 그분은 그것에 대해선 전혀 몰랐습니다. 디가 그에게 말하지 않았을 거예요. 그녀가 옳았던 것 같습니다. 그는 마치 한 바구니의 로켓처럼 치솟았을 겁니다. 나는 해고당했을 게 뻔하죠."

"그래서 당신은 어떤 계획을 세우고 있었소?"

"글쎄요, 맹세코, 나는 거의 모르고 있었습니다. 디에게 맡겨 버렸죠. 그녀도 자기가 알아서 하겠다고 했습니다. 사실 나는 일자리를 알아보고 있었죠. 일자리만 찾을 수 있었다면, 이 집 일은 내팽개쳤을 겁니다."

"그런 다음 마드모아젤은 당신과 결혼했겠군요? 그러나, 그렇게 되면 리첨 로체 씨는 그녀에게 돈을 주지 않았을지도 모릅니다. 다이애나 양은 돈을 좋아할 텐데요."

마샬은 기분이 좀 언짢은 것 같았다.

"내가 줄 수 있는 방법을 찾았겠죠"

제프리 킨이 그 방으로 들어왔다.

"경찰이 가려고 하고 있는데 당신을 만나 뵙고 싶답니다, 포와로 씨."

"고맙소, 내가 가겠소"

서재에 건장한 경감과 경찰의가 있었다.

"포와로 씨?" 그 경감이 말했다.

"당신에 대해 들은 적이 있습니다. 난 리브스 경감입니다."

"정말 친절하군요" 포와로가 말하며 악수를 했다.

"도움은 필요 없겠지요?" 그는 짤막하게 웃었다.

"이번에는 그렇겠는데요, 포와로 씨. 아주 순조롭게 진행되고 있습니다."

"그럼, 그 일이 아주 간단한 겁니까?" 포와로가 물었다.

"물론입니다. 문과 창문이 모두 잠겨 있었는데다 문의 열쇠도 죽은 사람의 호주머니 안에 들어 있었습니다. 지난 며칠간 태도도 아주 이상했고요. 조금도 의심의 여지가 없습니다."

"모든 것이 아주, 자연스러웠다는 겁니까?"

의사가 투덜거리듯이 말했다.

"총알이 거울을 뚫고 들어가려면 굉장히 이상한 각도로 앉아 있었던 게 분명할 겁니다. 그런데 자살이라니, 좀 이상한 일입니다."

"총알을 찾았습니까?"

"예, 여기 있습니다." 의사가 그것을 내밀었다.

"거울 아래의 벽 가까이 있었습니다. 권총은 로체 씨의 것이었습니다. 항상 그 책상 서랍에 보관해 두고 있었답니다. 이 사건 이면에 뭔가가 있는 게 분명한 것 같은데, 그건 우리가 결코 알아내지 못할 겁니다."

포와로는 머리를 끄덕였다.

시체는 침실로 옮겨져 있었다. 경찰은 이제 떠났다. 포와로는 그들의 뒷모습을 쳐다보며 현관에 서 있었다. 무슨 소리가 나서 그는 뒤돌아보았다. 해리 데일하우스가 그의 뒤에 가까이 와 있었다.

"혹시 불빛이 강한 손전등을 가지고 있소?" 포와로가 물었다.

"예, 갖다 드리죠."

그가 손전등을 가지고 돌아왔을 때에는 조운 애쉬비도 함께 왔다.

"좋다면 나와 함께 가도 괜찮소." 포와로가 친절하게 말했다.

그는 현관에서 발걸음을 옮겨 오른쪽으로 돌아가서 서재 창문 앞에 멈춰 섰다. 약 2m쯤 되는 잔디밭이 집과 오솔길에서 떼어놓고 있었다. 포와로는 몸을 굽히고 잔디밭에 손전등을 비추어 보았다. 그는 몸을 편 뒤 머리를 흔들었다.

"아니야, 거기가 아니야." 그가 말했다.

그러더니 그는 잠깐 멈추었다. 그의 표정이 천천히 굳어지기 시작했다.

잔디밭의 양쪽에는 꽃이 만발한 화단이 있었다. 포와로의 시선은 갯개미취와 달리아로 가득 찬 오른쪽 화단으로 쏠렸다. 그는 손전등을 그 화단 앞에 비췄다. 부드러운 땅 위에 발자국이 선명히 드러나 있었다.

"네 개군." 포와로가 말했다.

"두 개의 창문을 향해 나 있고, 두 개는 그 반대로 나 있어."

"정원사일 거예요." 조운이 말했다.

"아니오, 마드모아젤. 아닙니다. 잘 살펴봐요. 이 발자국은 작고 우아하며 굽이 높은 여자용 신발입니다. 다이애나 양이 정원에 나왔었다고 했어요. 아가씨가 내려오기 전에 그녀가 아래층에 내려갔는지의 여부를 알고 있습니까, 마드모아젤?"

조운은 머리를 흔들었다.

"기억이 안 나요. 저는 종소리가 울렸기 때문에 너무 허둥거리고 있었거든요. 그리고 첫 번째 소리를 들은 것 같았어요. 제가 지나갈 때 그녀의 방문이 열려 있었던 것 같긴 하지만, 확실히는 모르겠어요. 리첨 로체 부인의 방문은 닫혀 있었고요."

"알았습니다." 포와로가 말했다.

그의 목소리에 깃든 무엇인가 때문에 해리는 고개를 번쩍 들었으나, 포와로는 그를 보고 부드럽게 눈살을 찌푸리고 있을 뿐이었다.

출입문에서 그들은 다이애나 클리브스와 마주쳤다.

"경찰이 갔어요." 그녀가 말했다.

"이젠 모두 끝이에요."

그녀는 깊게 한숨을 쉬었다.

"잠깐 나와 얘기 좀 나누겠소, 마드모아젤?"

그녀가 조그마한 거실로 들어가자, 포와로가 뒤따라가서 문을 닫았다.

"무슨 일이죠?" 그녀는 약간 놀란 것 같았다.

"한 가지 간단하게 물어볼 것이 있소, 마드모아젤. 오늘 저녁 어느 때든지 서재 창문 밖에 있는 화단에 간 적이 있습니까?"

"예." 그녀는 머리를 끄덕였다.

"7시경에 한 번 갔었고, 만찬 직전에 다시 갔었어요."

"이해할 수가 없군요." 그가 말했다.

"거기에 당신 말씀대로 '이해할' 어떤 것이 있는지 알 수 없군요."

그녀는 냉정하게 말했다.

"저는 탁자장식을 하려고 갯개미취를 꺾고 있었어요. 저는 항상 꽃꽂이를 하죠, 그때가 7시경이었어요."

"그리고 난 다음, 나중에는?"

"오, 그거요! 사실 저는 드레스에다 머릿기름을 조금 떨어뜨렸거든요. 바로 이 어깨에다가요. 제가 막 내려오려던 참이었죠. 저는 드레스를 갈아입고 싶지 않았어요. 그때 그 화단에서 철 늦은 장미 하나를 본 기억이 나더군요. 얼른 달려나가서 그것을 꺾어 옷에다 핀으로 꽂았죠. 보세요—."

그녀는 그에게 바싹 다가와 장미의 꽃봉오리를 들어 보였다.

포와로는 조그마한 기름얼룩을 보았다. 그녀는 어깨가 그의 어깨에 거의 스칠 만큼 가까이 다가왔다.

"그게 몇 시였죠?"

"오, 8시 10분경이었을 거예요."

"창문을 열어 보진 않았나요?"

"그랬던 것 같아요. 맞아요, 저는 그쪽으로 가는 것이 더 빠를 거라고 생각했죠. 하지만 잠겨 있더군요."

"알았소." 포와로는 숨을 깊이 들이마셨다. 그리고 이렇게 말했다.

"총소리가 났을 때, 아가씨가 그것을 들었을 때는 어디에 있었죠? 여전히 화단에 있었습니까?"

"오, 아니에요. 그때가 2~3분 뒤였으니까, 제가 옆문으로 들어오기 직전이었죠."

"이게 뭔지 압니까, 마드모아젤?"

그는 손바닥 위에 조그마한 비단 장미꽃을 얹어 내밀었다.

그녀는 냉정하게 그것을 살펴보았다.

"이건 제 조그만 야회용 핸드백에서 떨어진 장미꽃 같은데요. 이것을 어디에서 찾았어요?"

"이건 킨 씨의 호주머니 안에 들어 있었습니다." 포와로가 냉정하게 말했다.

"아가씨가 그것을 그에게 주었소, 마드모아젤?"

"그가 그것을 저한테서 받았다고 말하던가요?"

포와로가 미소 지었다.

"언제 주었습니까, 마드모아젤?"

"어젯밤에요."

"그가 아가씨에게 그렇게 말하라고 하던가요, 마드모아젤?"

"무슨 말씀이세요?" 그녀가 화를 내며 말했다.

그러나 포와로는 대답하지 않았다. 그는 그 방에서 성큼성큼 걸어 나와 응접실로 갔다. 발링, 킨, 그리고 마샬이 거기에 있었다. 그는 곧장 그들에게 다가갔다.

"여러분, 나를 따라 서재로 와 주시겠습니까?" 그는 무뚝뚝하게 말했다.

그는 홀을 지나가다가 존과 해리에게도 말했다.

"당신들도 와주시오, 그리고, 누가 부인에게 와달라고 말해 주겠소? 감사합니다. 아! 그리고 여기 훌륭한 딕비가 있군요. 딕비, 한 가지만 간단히 묻겠소, 간단하지만 매우 중요한 문제요. 클리브스 양이 만찬 전에 갯개미취로 꽃꽂이를 했소?"

집사는 어리둥절해하는 것 같았다.

"예, 했습니다."

"틀림없소?"

"정말 틀림없습니다."

"좋아요. 자 들어오시오, 당신들 모두."

서재 안에서 그는 그들과 마주 보고 서 있었다.

"나는 한 가지 이유가 있어서 당신들을 오라고 했습니다. 이제 사건은 끝났소. 경찰이 왔다 가버렸으니까. 그들은 리첨 로체 씨가 자살했다고 합니다. 모든 것이 끝났어요." 그는 잠시 멈췄다.

"그러나, 나 에르퀼 포와로는 아직 끝나지 않았다고 말하겠습니다."

모두들 놀란 눈으로 그를 쳐다보고 있을 때 문이 열리며 리첨 로체 부인이 들어왔다.

"부인, 나는 이 사건이 끝나지 않았다는 말을 하고 있었습니다. 그건 심리학적인 문제지요. 리첨 로체 씨는 자신이 왕이라면서 굉장한 편집광적 증세를 보였습니다. 그런 사람은 자살하지 않는 법이죠. 예, 예, 그는 미쳤을지언정, 자살하진 않았습니다. 리첨 로체 씨는 자살한 게 아닙니다." 그는 멈췄다.

"그는 살해된 겁니다."

"살해되었다고요?" 마샬은 짤막하게 웃었다.

"문도 창문도 다 잠긴 방에서 혼자 있었는데요?"

"그럼에도 불구하고, 그는 살해되었습니다." 포와로가 완고하게 말했다.

"그러고는 일어나서 문을 잠갔거나 창문을 닫은 거로군요."

다이애나가 비꼬듯이 말했다.

"내가 이것을 보여 주겠소." 포와로는 창문으로 갔다. 그는 프랑스식 창문의 손잡이를 돌린 다음 부드럽게 잡아당겼다.

"보시오, 창문은 열려 있습니다. 그럼, 이것을 닫고 손잡이를 돌리지는 않겠습니다. 지금 창문은 닫혀 있되 잠기지 않은 상태입니다. 자!"

그가 잠깐 덜컹덜컹 흔들자, 손잡이가 돌아가더니 빗장이 끼우는 구멍에 쏙 들어갔다.

"알겠습니까?" 포와로가 부드럽게 말했다.

"이 장치가 굉장히 헐거워요. 바깥에서도 아주 쉽게 할 수 있겠죠."

그는 냉혹한 태도로 몸을 돌렸다.

"8시 20분에 총이 발사되었을 때 홀에는 네 명이 있었습니다. 네 사람은 알리바이를 가지고 있는 거죠. 나머지 세 명은 어디에 있었을까요? 부인은? 부인의 방에요. 발링 씨, 당신도 당신의 방에 있었소?"

"그렇습니다."

"그리고 마드모아젤은 정원에 있었습니다. 당신이 그렇다고 시인했죠."

"저는 이해할 수가―." 다이애나가 말을 꺼냈다.

"잠깐 기다려요."

그는 리첨 로체 부인에게로 고개를 돌렸다.

"말해 주십시오, 부인. 당신의 남편께서 어떤 식으로 재산을 남겼는지 혹시 알고 있습니까?"

"허버트는 제게 유언장을 읽어 주었어요. 저도 알고 있어야 한다면서요. 그이는 저에게 부동산에서 나오는 연 3천 파운드와 제게 선취권이 있는 이 집이나 시내의 집 중에서 선택할 수 있도록 했습니다. 그 밖의 전 재산은 다이애나에게 물려주되, 단 그 애가 결혼했을 때 그 애의 남편이 이 집 이름을 써야 한다는 조건이 붙어 있었어요."

"아!"

"그러나 그다음에 그이는 추가 사항을 하나 만들었어요. 바로 몇 주 전에요."

"뭡니까, 부인?"

"여전히 다이애나에게 모든 것을 남겼으나, 그 애가 발링 씨와 결혼하는 경우라고 조건을 붙였죠. 그 애가 만일 다른 사람과 결혼한다면, 그건 모두 그이의 조카인 해리 데일하우스에게 가게 되어 있어요."

"그러나 그 추가 조항은 불과 2~3주 전에 만들어졌죠."

포와로가 울리는 목소리로 말했다.

"마드모아젤은 그것을 몰랐을 겁니다."

그는 비난하듯이 앞으로 성큼 나아갔다.

"다이애나 양, 당신은 마샬 대위와 결혼하고 싶지 않은가요? 아니면 킨 씨하고?"

그녀는 방을 가로질러 가서 자기 팔을 마샬의 건장한 팔에 끼웠다.

"계속해 보세요." 그녀가 말했다.

"내가 사건을 아가씨에게 불리하도록 말해 보죠, 마드모아젤. 당신은 마샬 대위를 사랑했소. 그리고 돈도 사랑했소. 당신의 양아버지는 당신이 마샬 대위와 결혼하는 것을 결코 승낙하지 않았겠지만, 만일 그가 죽는다면 당신은 모든 것을 갖게 된다는 것을 확신하고 있었소. 그래서 밖으로 나가 화단을 밟고 열려 있던 창문으로 들어갔습니다. 당신에게는 필기용 책상 서랍에서 꺼낸 권총이 있었습니다. 당신은 사냥하게 말하며 당신의 희생물에게 다가갔죠, 그러고는 쏘았습니다. 당신은 권총을 닦고 그의 손가락을 거기에 누른 다음 그의 손 가까이 그것을 떨어뜨려 놓았습니다. 그리고 다시 나와 창문의 빗장이 떨어질 때까지 창문을 흔들었던 거죠. 그런 다음 집으로 들어왔죠. 그렇게 된 것 아닙니까? 당신에게 묻고 있소, 마드모아젤!"

"아니에요." 다이애나는 소리를 질렀다.

"아니에요, 아니라고요!"

그는 그녀를 보더니 미소를 지었다.

"그렇습니다, 그렇게 된 게 아니죠." 그가 말했다.

"그럴 수도 있었겠죠. 그럴 듯해요, 가능성이 있는 일입니다. 그러나 그렇게 될 수 없는 두 가지 이유가 있습니다. 첫 번째 이유는 당신이 7시에 갯개미취를 꺾었다는 것이고, 두 번째 이유는 여기 있는 마드모아젤이 내게 말해 준 이야기에 있습니다."

그가 조운에게 몸을 돌리자, 그녀는 어리둥절해하며 그를 쳐다보았다. 그는 격려하듯이 머리를 끄덕였다.

"그렇습니다, 마드모아젤. 당신은 내게 당신이 첫 번째 종소리를 이미 들은 뒤라, 그것이 두 번째 종소리인 줄 알고 급히 아래층으로 뛰어 내려갔다고 했습니다."

그는 재빨리 그 방을 둘러보았다.

"그게 뭘 의미하는지 모르겠소?" 그가 외쳤다.

"이해를 못 하는군요, 보시오! 보시라니까!"

그는 희생자가 앉아 있던 의자로 불쑥 나아갔다.

"시체가 어떻게 되어 있었는지 아시겠소! 책상에 정면으로 앉아 있지 않고……, 예, 책상에 비스듬히 앉아 창문을 마주 보고 있었습니다. 그것이 자살하기에 자연스러운 방법입니까? 천만에요, 그럴 수는 없죠! 종이 위에 '미안'이라고 변명을 적습니다. 그리고 서랍을 열고 권총을 꺼내어 그것을 자기 머리에 대고 쏩니다. 자살이라면 그런 식으로 되었겠죠. 그러나 자, 살인을 생각해 보십시오! 희생자는 책상에 앉아 있고, 살인범은 그의 옆에 서 있습니다. 말을 하면서 말이죠. 그리고 여전히 말을 하며 쏘는 겁니다. 그렇다면 그 총알이 어디로 가겠습니까?" 그는 멈췄다.

"머리를 관통하고, 만일 문이 열려 있다면 문을 통과하여 그 종을 때립니다. 이제 알겠습니까? 그것이 첫 번째 종소리였습니다. 방이 바로 위에 있는 마드모아젤만 들었겠죠. 살인범은 그다음에 어떻게 하겠습니까? 문을 닫아 잠그고 그 열쇠를 죽은 사람의 호주머니에 넣은 다음, 시체를 의자에 비스듬히 올려놓고, 죽은 사람의 손가락을 권총에다 대고 누른 다음 그의 옆에 떨어뜨려 놓은 뒤, 최후의 극적인 수법으로 벽에 걸린 거울을 깨뜨립니다. 간단히 말해서, 그가 자살한 것처럼 '꾸미는' 거죠. 그런 다음 창문을 통해 밖으로 나와 그것을 흔들어 빗장이 걸리도록 한 뒤, 발자국이 드러나는 잔디밭을 밟지 않고 화단을 밟은 다음, 다시 평평하게 하여 흔적을 없앱니다. 그런 뒤 집으로 돌아와서 8시 12분에 자기 혼자 응접실에 있을 때 리볼버 권총을 응접실 창문 밖으로 발사합니다. 그러고는 홀로 뛰쳐나오죠. 그렇게 한 겁니까, 제프리 킨 씨?"

그 비서는 자기에게 점점 다가오는 그 비난하는 사람을 홀린 듯이 멍하니 쳐다보았다. 그러더니 끄윽 하고 비명을 지르며 바닥에 쓰러졌다.

"이것으로 나는 충분히 대답을 들었다고 생각합니다." 포와로가 말했다.

"마샬 대위, 경찰에 전화를 걸어 주겠소?"

그는 엎어져 있는 사람에게 몸을 굽혔다.

"그들이 올 때까지도 의식을 회복하지 못하겠군."

"제프리 킨." 다이애나가 중얼거리듯이 말했다.

"그런데 이 사람이 무슨 동기가 있죠?"

"나는 이 사람이 비서였기 때문에 좋은 기회가 있었으리라고 봅니다. 장부나 수표 등을 만지면서요. 무엇인가 리첨 로체 씨의 의심을 불러일으켰겠죠. 그래서 나를 부른 거고."

"왜 하필 당신을 불렀을까요? 경찰을 부르면 안 되나요?"

"마드모아젤, 그 질문의 대답을 알고 있을 텐데요? 리첨 로체 씨는 당신과 이 사람 사이에 어떤 것이 있다는 의심을 한 겁니다. 그의 마음을 마샬 대위에게서 벗어나게 하기 위해, 당신은 부끄러운 줄 모르고 킨 씨를 가지고 놀았죠. 예, 부정할 필요는 없습니다! 킨 씨는 내가 온다는 소문을 알아채고 재빨리 행동을 취했습니다. 킨 씨 계획의 불가결한 요소는, 자기가 알리바이를 가진 8시 12분에 범죄가 저질러진 것처럼 보이도록 하는 것이었습니다. 그가 가지고 있는 한 가지 위험한 요소는, 종 근처 어딘가에 있는 게 분명한데도 그것을 가지러 갈 시간이 없었던 총알이었습니다. 그래서 우리가 모두 서재로 갔을 때 그는 그것을 주웠던 거지요. 그렇게 긴장된 순간에는 아무도 눈치채지 못하리라 생각했던 겁니다. 그러나 나는 아무것도 놓치지 않습니다! 내가 물어보았죠. 킨 씨는 잠깐 생각해 보더니 희극을 연출하더군요! 그는 자기가 주은 것이 비단 장미꽃이었다고 넌지시 비치며, 자기가 사랑하는 아가씨를 보호해 주고자 하는 사랑에 빠진 젊은이의 역할을 연기했습니다. 오, 그건 아주 영리한 행동이었지요. 그리고 만일 아가씨가 갯개미취를 꺾지 않았다면……"

"저는 그게 무슨 상관이 있는지 모르겠는데요."

"모르겠어요? 들어봐요. 화단에는 발자국이 네 개밖에 없었지만, 당신은 꽃을 꺾으면서 그보다 발자국을 더 많이 냈잖겠습니까. 그러니까 아가씨가 그 꽃들을 꺾고 다시 장미들을 가지러 온 사이에 누군가가 화단을 평평하게 해놓았다는 말이 되죠. 정원사는 아닙니다. 7시 이후에 일하는 정원사는 없죠. 그렇다면 죄가 있는 어떤 사람이 분명합니다. 틀림없이 살인범입니다. 살인은 총소리가 들리기 전에 이미 저질러져 있었습니다."

"하지만 아무도 그 진짜 총소리를 듣지 못했는데요?" 해리가 말했다.

"소음기 때문이죠. 그것과 리볼버 권총이 관목 숲에 던져져 있는 것을 찾아 낼 수 있을 겁니다."

"그렇게 위험한 짓을!"

"위험합니까? 모두들 만찬을 위해 옷을 입느라고 2층에 있었습니다. 아주 적당한 시간이었죠. 다만 총알이 뜻하지 않은 불행을 가져왔죠. 그러나 그는 그것까지도 잘 해결된 줄 알고 있었던 겁니다."

포와로는 그것을 주웠다.

"이 사람은 내가 데일하우스 씨와 창문을 살펴보고 있을 때 이것을 거울 아래에 던져 놓았습니다."

"오!" 다이애나는 마샬에게 몸을 돌렸다.

"나와 결혼해요, 존, 나를 데려가 줘요."

발링이 기침을 했다.

"사랑하는 다이애나, 내 친구 유언장의 조항에 따르면……."

"상관없어요." 그녀가 외쳤다.

"우리는 길거리에다가도 그림을 그릴 수 있으니까요."

"그렇게 할 필요 없어." 해리가 말했다.

"우리 둘이 반씩 나눠 가지면 돼, 디. 나는 아저씨의 머리가 이상해졌다는 이유로 재산을 손에 넣지는 않겠어."

갑자기 외마디 소리가 났다. 리첨 로체 부인이 벌떡 일어났다.

"포와로 씨, 저 거울은……, 그, 그가 일부러 때려 부순 게 틀림없어요."

"그렇습니다. 부인"

"오! 하지만 거울을 깨면 불행하다는데." 그녀는 그를 빤히 쳐다보았다.

"제프리 킨 씨가 아주 불행해진 것으로 입증되었죠"

포와로가 쾌활하게 말했다.

〈끝〉

단편집 《검찰 측의 증인(1948, Witness for the Prosecution)》 은 애거서 크리스티 여사(영국, 1890~1976)의 49번째 작품이며, 11번째 단편집이다. 크리스티 여사의 단편집은 모두 20권인데, 그 제목은 다음과 같다.

1. 포와로 수사집(1924, Poirot Investigates)

2. 부부 탐정(1929, Partners in Crime)

3. 수수께끼의 할리 퀸(1930, The Mysterious Mr. Quin)

4. 화요일 클럽의 살인(1932, The Tuesday Club Murders)

5. 죽음의 사냥개(1933, The Hound of Death)

6. 리스터데일 미스터리(1934, The Listerdale Mystery)

7. 명탐정 파커 파인(1934, Mr. Parker Pyne, Detective)

8. 죽은 자의 거울(1937, Dead Man's Mirror)

9. 리가타 미스터리(1939, The Regatta Mystery)

10. 헤라클레스의 모험(1947, The Labours of Hercules)

11. 검찰 측의 증인(1948, Witness for the Prosecution)

12. 쥐덫(1950, Three Blind Mice and Other Stories)

13. 패배한 개(1951, The Under Dog)

14. 크리스마스 푸딩의 모험(1960, The Adventure of Christmas Pudding)

15. 이중 범죄(1961, Double Sin)

16. 13 for Luck(1961)

17. Suprise! Suprise!(1965)

18. 13 Clues for Miss Marple(1966)

19. The Golden Ball and Other Stories(1971)

20. Poirot's Early Case(1974)

※이 중에서 16~20은 이전에 단편집에 수록된 작품을 재편집한 것임.

여기에 소개하는 단편집 《검찰 측의 증인》 은 이미 1935년에 발행된 단편집 《죽음의 사냥개》 중 7번째에 실린 명작 《검찰 측의 증인》을 중심으로 해서, 이미 나온 단편집에서 여러 작품을 발췌하여 엮은 것이다.

여기에 등장하는 단편 중 '검찰 측의 증인', '붉은 신호등', '네 번째 남자', 'SOS', '청자의 비밀', '유언장의 행방(라디오)'은 단편집 《죽음의 사냥개》에, '나이팅게일 커티지 별장', '우연한 사고'는 단편집 《리스터데일 미스터리》에 각각 실려 있는 것이다.

한편, 《검찰 측의 증인》은 영화로도 만들어져 호평을 받은 바 있다.